聚学文丛

# 若朴堂札记

靳飞 著

文汇出版社

# 出版缘起

曾子曰："士不可以不弘毅，任重而道远。"读书之事，乃名山事业。从古至今，文化事业需要一代又一代人的接续与传承。

"聚学文丛"为文汇出版社推出的一套文化随笔类丛书，既呈现读书明理、知人阅世的人文底色，也凝聚读书人生生不息的求索精神。

"聚学"一词，源于北宋文学家范仲淹的"聚学为海，则九河我吞，百谷我尊；淬词为锋，则浮云我决，良玉我切"（《南京书院题名记》），意在聚合社科文化类名家的治学随笔、读书札记、史料笔记、游历见闻等作品，既有丰富的精神内涵，又有独到的观察与思索，兼具学术性、思想性和可读性，力求雅俗共赏，注重文化价值，突显人文关怀，以使读者闲暇翻阅时有所获益。

文丛致力于文化普及读物的出版，在市场经济的环境中坚守初心，不随波逐流，以平和的心态，做一些安静的书，体现文化人的责任与担当，以此砥砺思想，宁静心灵。

书中日月，人间墨香。希望文丛的出版能为广大读者营造一处精神家园，带来丰富的人文阅读体验与感受。

文汇出版社<br>
二〇二四年四月

# 序：写文章的艺术

靳飞先生嘱咐的这篇小序，已是拖延多日了。这并不是忙碌或懒惰，而只是因为每读都若有新得，因此总是推倒重来，甚至还想套用下废名的好语，来一个"不写而写"了。

靳先生的随笔，第一个也是最为人所认知的便是明白如话，靳先生所操持的一口流利的北京话，化作文章。当然并不带有某些北京话的倨傲，仿佛是天子脚下对边地之鄙民的睥睨，而往往是极恳切的，要将满腹的见闻细细地与你说。

这种白话文的风度，在今世也是越发少见了，或者也只能从民国时期或从民国进入到当代的作家里能够偶或见到。譬如沈从文写湘西散记、汪曾祺写他的小小俗世传奇，都是亲切自然的态度。现代的白话文产生于一个芜杂的现代中国之中，从好的方面说是现代性的活力，从坏的方面说则是给写作者布下了重重荆棘，最终只有少数作家可以冲出荒野，而为现代文学和现代汉语开辟一些小径。

靳先生的语言风格即是属于这些小径中的一条，虽然不大，却是汉语的中正之路。本书的表现特别明显，第一辑里若干演讲，经编者丁佳荣兄整理成文后，居然与靳先生随笔的风貌差距甚小，这亦是从另一方面证明了靳先生的文字风格的确是文如其话，可以非常容易感受到那种白话袭人的气息。这些也许是受到了他的老师们如张中行先生的文章无形渗透与影响，堪作非物质文

I

化遗产。

但是靳先生的文章又实在有着谋篇布局，文生情，情生文虽是自然而然萌生，然而胸有成竹之后方能笔下有竹。文章亦如是。靳先生在他的文章里，看似自然轻松、信笔拈来，但其人也是调动了全身的细胞，不唯是脑细胞，甚至也可以想见如禅宗和尚的手舞足蹈，方能做成一篇大文章。这些腾挪之术往往掩盖在他的明晓文风之下，使人不知不觉地进入靳先生营造的话语迷境之中了。

记得读上海俗语阳春面的来历时，知晓阳春面乃是光面，即只有面条，没有浇头，是最为便宜的面。有老师曾对我说起越剧戏迷对迷恋的名角的热情与忠诚，即使再穷，也要买上一碗阳春面送到船头给心爱的艺人。此乃闲话，阳春面的来历却是在《幼学琼林》这一类的蒙学书籍。其逻辑推理是这样的，阳春面没有浇头，头和脚相对，无头对有脚，但《幼学琼林》里有一个典故名为阳春有脚，即某某如阳春一般来到你的身边。如是乎，光面从无头到有脚到阳春的逻辑链条便在中国民间搭建成功了。阳春面也成为最好听的面的名字。

以上说了一大堆，貌似和正文无关，但其实也是采用靳先生的文章战法之一，譬如写张永和先生的文章讲有张永和先生在的场景时模拟张先生的语调与对话，实在是妙不可言也。由此可知，以上所说却是靳文虽然明白晓畅，但并不是朱自清的清浅如梅雨潭之绿的一派，而是追求"最大意识量"的一路，如朱家溍先生评说《游园惊梦》，乃是中国文字的最佳处，增之一分不能，减之一分亦不能，音形义相结合，成为一种高浓度的艺术。而靳文也往往通过各种穿插的技术编织成中国之锦绣。

还可值得一说的就是靳先生在诸多文章中的发明，靳先生好为新说，如曾经产生影响的民国京剧是另一种现代性（我曾在文章里多次介绍此说，以为是近现代戏曲研究的一大发明），又从金融角度研究梅兰芳，实乃深谙中国社会阶层而切近民国京剧之现实也。事实上，因为高校与研究机构于京剧昆曲研究渐趋增多，时下常见的趋势多有过度阐述与有意误读，研究者往往从书面到书面，或盲目追求学术新潮（但并非了解），因而时有让人忍俊不禁的笑闻。而靳先生的新论则建立在他对京剧昆曲的熟悉与体会之中，而又善于利用学术新说的启发。书中所说的白银与昆曲，即是将白银的流动以及全球史的研究，引入昆曲的诞生背景，因而重新构造了一个昆曲史的前史。

　　因此可以说，靳先生的研究路数与学院学者往往是反其道而行之。学者们或热衷空中楼阁，而靳先生则是从基础（梨园或材料）开始深挖猛干，因而有所收获，并为其发明而自得也。

　　新说与发明是靳文的特色，也是本书的第三大亮点。如果翻读下去，在每篇文章中都有可能寻到几处新说，这或许是作者有意埋藏，等待读者去发现。然而发现或不发现又有什么要紧呢。作者（包括本书作者靳先生也包括本文作者我）都会微笑起来，正所谓文章寸心知而足可跌宕自喜也。

　　本书里的前半部分是我所熟悉的，譬如昆曲、冒辟疆诸文即是诞生在我邀请靳先生来讲座的北京大学课堂。而后半部分京都百寺选只是在网上看到过部分短章，等到阅读本书里的金阁寺一篇便可刮目相看。说到此篇，便是我拖延文章至今的缘由之一了。金阁寺、三岛、足利、世阿弥……纷至沓来又娓娓道来，又将融情入理置于日本文化与政治脉络中，非日本通不能至也。然只是日本通也不能至，还需要是从中国看日本，又从日本看中国才能道得出。恰如靳先生往来于日本与中国。

靳先生的网名为前世佳公子，虽不知从何以及从何时而起，也不知前世是何等样人。但其精神内核确是佳公子也，出入场中皆有其气场，甚至如其自嘲"自带锣鼓点"，至于日常生活心性才能也大抵可从历史里觅出一两个原型。写至此，忽然悟到佳公子必须加一个前世而非浊世的前缀方才妥贴，合乎世人之共感也。

谨以此文聊作若朴堂札记之一解罢，实则是我也借靳先生的随笔反省了一番写文章的艺术。

陈均

乙丑四月十二日写于西贡旅次

# 目 录

辑一　戏曲漫话

# 《牡丹亭》与明代社会多元化

## 一、昆曲的始与兴

在二十世纪八十年代，昆曲曾经相当没落。有一次，笔者去看昆曲演出，入场的时候，剧场里的观众可能也就五六人；看着演出过程中，台下观众就只剩笔者一人，而且在场参演的都是当时非常有名的艺术家。二〇〇一年，昆曲获得联合国人类非物质文化遗产称号。当时全世界范围内第一批只公布了两种艺术——中国昆剧、日本能乐，而且昆曲放在了第一位。这说明昆曲从此不再只是中国昆剧了，而是属于全人类的一项文化遗产。

这也触发了我对昆曲的重新认识。八十年代中国人对昆曲都较少关注，怎么到了二〇〇一年就变成全人类的了？这一问题困扰了笔者二十几年。另外，笔者在日本生活了有十五年左右，看到大多数日本人对于昆曲的喜爱程度超过京剧，也是很难想象的事情。此外，没想到白先勇制作青春版《牡丹亭》后，在全国迅速引起了轰动，使昆曲在大学里受到热烈的欢迎。所以，第一个是没想到联合国会把"非物质文化遗产第一号"授了昆曲，第二是没想到外国人对昆曲的接受程度超过京剧，第三则是没想到当代年轻人对昆曲有这么大的兴趣。

从昆曲的发源上来讲，有两座高峰。一座高峰是当年苏州昆山魏良辅和梁辰鱼两位创造了"昆山腔"，从音乐、歌唱上确立了昆曲的形态；另一座高峰是从剧本上出现了汤显祖，创作了《牡丹亭》等"临川四梦"。这两座高峰几乎是同时显现的。笔者相信，还有第三座高峰，就是演员。只不过那时候的演员基本上没有留下来姓名，所以很难去考证当时曾经出现过多么伟大的艺术家。而且这三座高峰应该是同时出现的。魏良辅岁数稍微大点，汤显祖是一五五〇年生人，梁辰鱼比他略大一点。从昆曲本身来说，应该是有这三座高峰的出现，才形成了昆曲。

这三座高峰又与欧洲的莎士比亚"撞在了一起"，现在人们也经常爱说汤显祖是"东方的莎士比亚"。他们是同一年去世的，但是出生的话，可能莎士比亚比汤显祖还要小十几岁。为什么东西方在同一时期出现了这两位戏剧的巨匠？既然昆曲是人类的文化遗产，在研究昆曲时，就不能只局限于昆曲本身，还得往外延伸去考虑这些问题。

**二、白银与昆曲**

带着这些问题，笔者关注到时代的经济发展情况。汤显祖、莎士比亚的时代，经济发展的前提是一四九二年哥伦布发现新大陆。在发现新大陆之后，就在现在的美洲又发现了很多银矿，大量的美洲白银被开采出来、运到欧洲，再从欧洲流到中国。

中国历史上一直有"金银货币"的说法，可实际上中国白银的产量很少。截至明初期洪武年间，云南银矿一年产量约为十万两白银。所以在中国黄金便宜，白银贵。大概一两金子在中国能换五六两银子。但是同样一两金子，在欧洲要换到可能十一二，甚至十三两白银。金银的兑换比例出现了巨额兑换差价。因此，外国商人纷纷从海外将白银运往中国。

首先是中国周边国家，比如日本、缅甸、越南，都把他们开采出的白银往中国送。后来，欧洲商人也察觉到这一情况。中国那时沿用元代货币制度——以纸币和铜钱作为主要流通货币。然而，由于纸币太泛滥，完全是凭借着中央政府权力，总是不能保价保值。包括给当官的俸禄，都不愿意要，最后只能强制推行。铜钱因为本身价值较低，要多花钱的话，都背不动，使用起来不方便。所以那时白银成为极为重要的货币。但是因为本身国家产银量不足，所以白银主要从周边国家流入。从唐代到明代中期，在中国流通的白银数量大概只有五亿两，到明中期，中国出现了一个白银的井喷时代；从明中期到清代中期，在中国国内流通的白银数量达到二十五亿两，翻了五倍，可见有多少外国白银流到中国来。

中国人素来喜欢存钱。在明代，这么多白银流入到中国，为了保值，许多人拿到白银以后就把白银装到坛子里，并埋在自己家院子里。这就刺激世界上的白银源源不断地流入中国。据欧洲相关统计，当时世界上有一半多的白银都流入到中国来了，所以欧洲的货币学家说白银就像一个海上的幽灵，在海上漂来漂去，但是中国变成了它们天然的归宿。也就是说，那时的中国相当富有。明政府在这种情况下，被迫通过政府命令，官方承认白银的货币地位。所以今天讲金银，其实白银在中国确立正式的货币地位是在明代中期。白银的丰富是当时经济的首要特色。

外国大量白银流入中国，一方面是因为金银差价，另一方面原因就是中国东西好。各种世界上著名的商品，大多集中在中国——中国生产的瓷器、丝绸、茶叶、工艺品等，外国人买不够、买不完，而且中国还在源源不断地创造。所以中国的对外出口贸易非常强大，在中外贸易中中国方面出现大量的顺差，而因为白银是进口的，从经济上来说对贸易是一个平衡。中国经济因为对外贸易的繁荣发展和白银的大量流入，在明中期以后就达到了今天根本难以想象的程度。

此外，还有另一重要意义。原来纸币是依靠国家权力发行的，财权都在中央政府手里，对于中央政府集权非常有利；而白银是外来的，中央政府对白银的控制力有限。这样大量的"外汇"进来以后，民间获得很多实惠，通过对外贸易有钱了，出现了很多大的富户。这些民间资本有力量之后，就有很多自己花钱的空间，为自己感兴趣的事情去投资。昆曲就是这样，一开始并没有得到中央政府的关注，而是民间有钱人注意到了，开始花钱了，把昆曲市场给炒起来的。所以说白银的大量流入和对外贸易的发展促成了明代中期以后中国的文化转型，形成了一个很少见的多元文化时代。同样，因为和中国的贸易往来，欧洲的经济也得到刺激。突出的例子就是伦敦的城市发展，像莎士比亚这样的戏剧家，也和那个时代的英国经济是分不开的。所以，汤显祖也好，莎士比亚也好，在同一时期出现这两座东西方戏剧的高峰和当时这种开放的国际贸易大环境是不可分的。因此，昆曲可以说是多元社会、开放的国际贸易，以及东西方相互沟通的结果。

在昆曲初期出现的这些人物里，能看到当时中国有

"四大声腔"，分别为余姚腔、海盐腔、弋阳腔和昆山腔，是并存的。其中，昆山腔一枝独秀，获得长足发展。这是因为当时东南沿海是对外贸易的前沿，和现在的经济形势非常相近，也是长三角地区，经历了集中发展。那时候的苏州是重要的港口城市，和国外贸易的往来非常多，并且那时候的苏州实际上是个城市集群，包括苏州、太仓、常熟、昆山这些地方。

在那些港口城市里，贸易往来频繁，很多人坐船做买卖到了苏州以后，要把这货卸下来，决定买卖进货事宜，就需要在苏州居住一段时间。这些人好不容易从茫茫大海到了港口，就要在港口好好生活几天，享受几天；谈生意需要互相招待，昆曲就应运而生了。再加上昆曲已经有大型的演出，一下子昆山腔、昆曲就流行起来了。并且如果演员颜值不高，戏剧也流行不起来，可苏州人长得漂亮，长得好看，各地的商人们看着高兴，愿意花大价钱来买票。比如说梁辰鱼的孙子，本身并不是一个职业演员，可是他对于他爷爷创造的声腔非常重视，致力于继承他爷爷的声腔。据传，他是一个很帅的小伙子，衣着也穿得特别时尚，跟别人不一样。而且因为他不是职业演员，有很大的人身自由。他经常走在街上，一边走一边唱，那么就成了"网红"，引起了大量围观者。没人知道他什么时候会演出，什么时候会唱，所以大家还都得等着他，得根据他的性情秉性来。那时候他有大量的女性粉丝，也就经常顾不上唱戏。幸亏他父母在，人也比较孝顺，经常照顾父母，这样大家才能有机会见到他。可见昆曲在那时候是一个非常时尚的东西，而且和今天的快节奏不一样。

当时还有一种艺术形式叫小唱，就是"段活"，就是唱一曲，和现在流行歌曲的性质是一样的，但当时这比较便宜、不值钱，还得是像昆曲这样的戏，能一唱唱一天。戏要演一天，观众是从早晨起来就去看戏，一直看到晚上；中间大家吃吃喝喝，谈买卖，谈生意；可能中间有几个精彩段落，还得是内行确实喜欢的，大家看一看。所以，明代的戏剧是特别长的，适应的是当时的社会生活和节奏，很多时候是这一天之中的背景音乐。

## 三、《牡丹亭》的多元色彩

《牡丹亭》也是这样。汤显祖开始写的时候一下子写了五十五出，今天坦白地讲，要说汤显祖这五十五出戏写得都好，笔者不同意这种看法，有不少场子是撑时间，其实意思不大，是为了适应当时的社会环境创作的。今天，大可不必讲什么原汁原味，关在剧场里看三天三夜的戏谁受得了？所以并非必须恢复戏的原貌，其精彩之处不在这些地方。

明代初期的理学是非常严肃的。明太祖朱元璋很霸道，也很残酷，动不动就要把人扒了皮；而且明代实行低工资制度，给当官的钱都不多。所以明代前期的文化是非常拘束的、严肃的、严厉的。同时，明代前期还确立了科举制度的内容、形式。科举是从隋代开始的，但是明代前期规定，科举内容固定为只考四书五经，而且文章分八个段落，也就是所谓的"八股文"。这样一来，那时候的社会就被科举绑架了，因为统一教材为四书五经，就读这几本书就行了，别的不需要读，而且里面还有分科，不用把这几本书读完，把其中某一本读完了，读熟了就行了。科举考试的重大的意义不仅在于最后能当官，一旦科举考试通过最低级别的考试，国家就会给钱了。为什么有很多人从年轻时候考到老，正是因为有了"工资"。所以，这种制度吸引了当时绝大多数文化人都去走这条路，整天不干别的，就是念点书，写点半通不通的文章，然后赶考，这变成了他们一生的主题。思想禁锢更是如此，因为它有标准答案；对文化的禁锢，让人自己自觉主动地形成了一种文化的束缚。

汤显祖小时候也是这样，他师出名门，相当于王阳明的徒孙一辈。汤显祖很年轻的时候就出名了，也是受科举这一套教育慢慢成长起来的，很早就考中了秀才、举人，对八股文、科举非常熟悉。可是他也有点学究气，在参加科举考试的过程中，据说当时朝廷大官想拉拢他，他不去攀龙附凤，所以考中进士比较晚，而他通过这种挫折开始对科举产生了反感之心。

汤显祖虽考中了进士，当的官却很不重要。明代的行政区划是两都十三省，两都就是以北京、南京两个城市为首都，同时全中国有十三个省。从明成祖朱棣把政治中心放在北京，南京那边就冷落下来了。可是南京的首都地位并没有撤销，其中一个问题是当年明太祖朱元璋定都南京，所以太祖的坟在南京。再有，东南、长三角经济发达，税收对于中央政府来说非常重要。另外就是文化发达，出了很多知识分子。因此，南京的首都地位还要维持着。北京有中央六部——吏、户、礼、兵、刑、工，南京也一样设置六部，和北京是一样的，只不过官稍微比北京少点。尽管如此，北京毕竟是第一政治中心，所以被分配到南京当官，属于不那么受重视的，汤显祖就被分配到南京当官去了。

这在文化发展上却是他的很好机会。因为当官比较清闲，他有足够的时间；并且当时南京的城市化程度已经非常高了。在汤显祖时代，欧洲的城市人口，以西欧为例，加起来还不够一个南京城的人口。北京的城市人口只有六十万，南京在汤显祖的时代已经成为世界上少数几个人口过百万的城市了。同时，南京参加科举考试的知识分子数量多，江南地区又有钱，南京的文化繁荣是难以想象的。汤显祖在这种文化气氛里，受到很多感染和熏陶。但他毕竟还是念儒家思想的书长大的，还有忠君报国的这种壮志，就忍不住在南京当闲官时还给中央政府提意见，而且直接写奏折批评。本来皇帝是注意不到他这么低级别的闲官的，这一写文章激烈批评皇帝，就把北京也得罪了。所以汤显祖就被从南京赶到了更偏远的地方任职，级别降得很低；后来又往上升了一点，到遂昌当知县。现在看起来，汤显祖可能也不适合当官，因为他在遂昌当知县的时候，虽有权力，但好像没留下来什么政绩。他爱好发言，对政策提出批评，也喜欢表达不同意见。他的好朋友臧晋书，也是进士出身，而且也爱戏剧，同样跟汤显祖在南京一起当官。臧晋书生活作风上出了点问题，所以被罢官了。当时虽然算是很没面子了，但是汤显祖不在乎。臧晋书被罢官回家，离开南京的时候，汤显祖还特意跑去送行，而且加以慰问。所以为什么讲到多元文化、多元社会，就是汤显祖生活的那个时代实际上非常开放，都抱着宽容的态度。汤显祖他的性格、他的经历，还有社会背景，都决定着他自己的生活趣味，和他自己的非正统的儒家观念，他不是那种道学先生。

《牡丹亭》开篇就把一位道学先生当作嘲讽对象，讲杜丽娘上学，一个老头子来教这小姑娘念四书五经，这小姑娘也不爱听，同时丫鬟也听不下去，跟道学先生捣乱，弄得他气急败坏。剧本一开始就嘲弄这种道学先生，嘲弄这种正统的儒家思想，这一笔不是没意义的。同时还要看到这里边也有汤显祖的一种自嘲，因为他也是这样过来的。也是念这些书才能通过科举，才能做官的。所以《牡丹亭》是从嘲弄道学先生和自嘲开始的。

如果说摆脱了对科举的追求，摆脱了对儒家正统思想的信念，那么再信点什么好？汤显祖在他前半生经历过那么多事情之后，突然发现"情"很重要，值得作为一生的追求。所以，他抓住了这样一个灵魂性的东西。现在的观点认为汤显祖讲的"情"就是爱情，所以"主情说"就是爱情至上论。这一点，笔者个人理解不应该这么狭窄。"情"，不能仅仅解释为爱情，不过现在还不足以跟大家辩论，只能说把两种观点都提供给大家。今天学术界的主流学说还是认为汤显祖"主情论"讲的是爱情。但是，应该扩大到人情。汤显祖对人情的理解还是非常深刻的。在《牡丹亭》里边有很多对于人情的描述。在二〇〇六年导演昆曲《牡丹亭》的时候，笔者发现导演这出戏还得整理出一条主线来，不能把那么复杂的人情并存。所以，在导演《牡丹亭》的时候整理出来的还是以爱情为一条主线，和笔者自己的观点是不一样的。为了戏能上台，为了戏的完整性，笔者从《牡丹亭》里边择出一个以爱情为主线的表达表现出来。这是笔者当时导戏的时候自己做的剧本，包括七出戏，就这么一小本就给解决了。有些"太啰唆"、太绕和卖弄文采的地方，笔者都删掉了，但是最后这小薄本还唱了两个小时，而且观众反映也都看明白了，也都觉得能理解了，可见这么一小薄本就能解决问题。

汤显祖写作《牡丹亭》的出发点和背景是他对科举、对儒家正统思想已经厌倦，并受当时南京那种城市文化的熏陶感染。二〇〇六年笔者导这版《牡丹亭》的时候感觉到最困难的一个问题是很难在剧本里发现汤显祖的思想，很难发现他自己的态度和意见。虽说

《牡丹亭》就是汤显祖写的，但剧本都是剧中人的念白和唱腔，都是以剧中人的口吻来表达的，而不是汤显祖自己要表达。当时笔者和主演研究了有一年左右，终于发现了，在"离魂"一折戏里，有一段重要的唱段叫"集贤宾"，不是剧中人的唱，不是剧中人的感情，应该是作家在直接表达自己的情感。为什么当时判定这段是汤显祖的感慨？戏中说海天一色，海上升起明月，明月因为嫦娥而升，嫦娥又因在人间偷了仙丹才奔月。在月宫里，嫦娥也难免清冷，最惦念的恐怕还是人间一点感情，一想到感情问题，突然间心里有点难受，赶快停止。这样一段唱词是由剧中女主角来演唱的，试想一个十几岁的小姑娘，怎么能突然兴起这样的感慨？设定上的江西小姑娘，大门不出、二门不迈，连去个花园都被批评，怎么可能看见过海？而且怎么能对人生发出这么大感慨？所以那段唱段应该认为是汤显祖一时没控制住，突然间把他的情绪带出来了，写到了剧本里来。从这点看，汤显祖也是在剧本里、在戏剧创作中去实现他的追求，也就是不再求官，而追求情感的表达表述。从而，《牡丹亭》也为明代的多元文化、多元社会贡献了自己的力量，成为明代多元社会的一颗璀璨明珠。

## 四、汤显祖的"心理学"

汤显祖在《牡丹亭》又塑造了一个小男孩，也就是小生柳梦梅。江西小姑娘在梦里遇到他，但可能人们没有具体关注他是从岭南来的。《牡丹亭》开篇小姑娘就在讲"春来望断梅关"，隐隐约约觉得从梅关那边离自己越来越近了。梅关在大庾岭，它是广东和江西的交界地带。大庾岭这个山脉在中国很特别。有几个重要的山脉在中国地理上有着特别重要的意义，三山五岳名气大，中国人没有不知道的，但是作为山来说，其实那几座山意义并不那么大。像陕西秦岭，才是重要山脉，因为它对于中国的气候划分、地理划分有着天大的意义；再加上刚才讲的大庾岭，植物界很多物种，是不能过大庾岭的，一旦过了，就会物种紊乱。比如像梅花，在《诗经》里还能看到黄河两岸都普遍种有梅树，是为了收获青梅当作醋来使用。但随着气候变化，梅花就不断向南转移，到北宋末、南宋初，长江以北就很难再种植梅树了，梅树退居到长江以南流域了，但是退到南方也退不过大庾岭，一旦过了，梅树就变得物种紊乱，能同时在一棵树上又开花又结梅子。

《牡丹亭》里的设定是，柳梦梅不是一个江西小男孩，而是翻过大庾岭过来的小男孩。坦白地讲，这就是另一个世界的人。杜丽娘的想象已经超越了她的生活地域。岭南，也就是广东，是对外贸易发展的根据地，因此很多进口的东西也是从广东流入内地。《牡丹亭》里边的小男孩，应该是又帅气又洋气，穿着打扮也与内地不同的一个小帅哥。由此可见，汤显祖设定的人物。在江西的小姑娘也不是一个一般的小姑娘，是当官的家里的大小姐，长得漂亮，就有足够的勇气和想象力去想着找一个理想中的男孩子从远的地方开始接近她了。这是《牡丹亭》两个主人公的背景。

根据近代西方心理学的研究，又发现一个问题。汤显祖简直就是弗洛伊德，他不仅写戏，也琢磨人心。在他的剧作里表现的人物心理，和近现代西方的心理学，特别是性心理学高度契合。像西方性心理学奠基者，大师级的人物，霭理士写了厚厚的七大本性心理学著作。在他的学科里边有一个重要判断，认为年轻女孩子和年轻男孩子的春梦是不一样的。年轻男孩了的春梦一回是一回，像电影似的。女孩的春梦是连续剧，一集接着一集，还都能接上。这些事情，汤显祖早就明白了，《牡丹亭》里展示的就是一个年轻女孩子的春梦，是一部"连续剧"。《牡丹亭》就是从梦开始，女孩子已经到了要开花的年龄了，这时候她能够感受到一种自己不知道的变化，从一种莫名的惆怅的情绪开始——"回莺啭，乱煞年光遍"。这种莫名的情绪从她刚刚睡醒出现，婴儿就会做梦，但是春梦可不是婴儿时候就能做的。所以杜丽娘在《牡丹亭》出现的时候，肯定是做了很多梦的，只不过那些梦都记不住。到那天中午，在花园里游玩之后，午觉中突然间一个清晰的春梦出现了，梦到一个又帅气又洋气的小男孩从广东来了。从此，杜丽娘就以小男孩作为春梦的主人公，开始"电视连续剧"一般一集一集演下去，一直到死。

这是一个以女性的春梦为主题的戏剧，甚至于夸张到在舞台上表现少年男女这种性爱场面。六百年前这剧作居然就这么写了，演员就这么表演了，而且还被捧成经典之作，大胆到人们难以想象。汤显祖拿捏分寸太好了，很懂女孩子的心理。所以在杜丽娘的春梦里边，小男孩都是为小女孩存在的，小女孩需要他出现什么样的感觉，就会出现什么样的感觉。小姑娘这么喜欢梦中的小男孩，就是因为他太顺手了，能给小女孩所要的所有感觉，小女孩才迷恋。当然，这在性心理学上又有一个词，"影恋"。结果，小女孩就为了这么一个莫名其妙的、不存在的形象，相思生病，一直到病死。时间很快，前后一年多就死去了。

在演出的时候，有一折叫"写真"，这折戏，在舞台上基本上就出现杜丽娘一个人物。当时主演不好干，舞台上全场几乎都只有一个人,而且是在画画。最简单的处理方法就是别人怎么演,她也怎么演。那么除了继承之外还要做点什么才能把这一出戏丰富起来?才发现原来这出戏不仅仅是这一个年轻女孩把自己的样貌画下来,而是她知道自己命不长了,但小男孩还没有出现,而且是不是真有这男孩也完全不知道。所以小女孩就想,万一将来真有这么个男孩的话,他得知道这件事,而且要明白自己也十分美丽,所以把自己的样貌画下来留给男孩,小姑娘在画的时候,拿个镜子把笔墨纸砚就准备好了。这里就出现了第二主人公,是镜子中的自己。病人临去世前,脸色和皮肤的感觉是油尽灯枯的,而且会变瘦,这样的情况下小姑娘能把死前的相貌画下来吗?她是通过镜子想象着自己没有生病的时候最美好的状态,要画出这样的感觉,所以说画画停停,画两笔之后,突然间又控制不住开始想那小男孩了,所以眉眼之中还要有风情。这点很重要,这段戏不是小姑娘上照相馆拍照片,她画的,是"自拍",而且还是要拍出自己有着美感的照片,还要有点风情。结果一走神,画出来自己病后的身材了。在杜丽娘的时代,小姑娘得丰满,画出病后的身材是个失败。杜丽娘为此想办法,说"斜添他几叶翠芭蕉",用大的芭蕉叶把身材挡住。临死前的小姑娘要注意表情、姿态、身材,都要性感,汤显祖在当时全都明白这一套东西。这样舞台上就出现了真实的杜丽娘、镜子中的杜丽娘、想象中的杜丽娘和杜丽娘想象中的小男孩,一下子台上变成四五个人物,这一出戏就丰满了,不再是独角戏了。那么这一切其实都是根据汤显祖的剧本理解出来的东西。而且我们相信,汤显祖在剧本里规定这些内容的时候,他也是能清楚地认识到这些东西的。所以汤显祖对人的情感的深刻解读,在中国文学史上是罕有的。后面，他解读完小女孩又开始解读小男孩。这女孩病死了，成了鬼，男孩出现了。他的父母去世比较早，所以男孩充满漂泊之感。男孩（指《牡丹亭》的柳梦梅）跑到杜丽娘家乡来的时候，赶上暮冬时节偶感风寒，又跌跤在地，被杜丽娘的塾师陈最良发现，老先生"颇谙医理"，将他安置到附近的梅花观中，由石道姑照料。等病稍微好一点出来走走，小男孩意外发现了杜丽娘画的这幅画。到了晚上，小男孩已经在这儿住很长时间了，也难免孤单寂寞冷，开始对着这画聊天说话，把小女孩变的鬼给引来了。小男孩当然明白大半夜在姑子庙里出现的小女孩的来路，可是这小男孩也接受了。当小女孩作为鬼出现在小男孩的世界里的时候，长处在于她不像人间的女孩爱闹，非常随和，这小男孩想要的所有感觉都在女鬼身上得到实现。所以小男孩也放不下女鬼，这就是两世情了。再到小女孩起死复生，成就一对人间夫妻，就是三世情了——牡丹亭上三生路。可见，汤显祖对小男孩的心理也把握得非常准确。《牡丹亭》就向人们展示了这样一幅图画——情窦初开的少男少女，他们细腻的、敏锐的、丰富的情感都一点一点展开了。

这就回到最初的内容上，与其说《牡丹亭》是一部昆曲，昆曲是一种中国传统戏剧，不如说是在经济高度发达、文化多元化的明中期中国社会里产生的，留给后人非常好的纪念。同样在西方，在莎士比亚之前的欧洲戏剧，感性的成分很多，还是从舞蹈演变过来的。但是突然间出了莎士比亚，他肯思考了，所以哈姆雷特突然间想到"是生还是死"的问题，出现了理性的内容。莎士比亚是西方戏剧从感性转向理性的一个里程碑。汤显祖以前，戏剧酷爱思考，突然间到汤显祖，从理性转向感性，完成了东方戏剧这样一个巨大的转折。所以说在那个时代里出现了东西方两位戏剧巨匠——莎士比亚、汤显祖，他们都是人类戏剧史上的里程碑式人物。

本文由二〇二四年十一月十七日北京城市图书馆"经典传承，寻梦人间——牡丹亭系列讲座"之"花间风月，世态纷呈——《牡丹亭》与明代社会多元化"整理而成。整理：丁佳荣、马恩铭

# 清初如皋冒氏水绘园家班

## 一、戏剧与明代社会

昆曲，是中国戏剧史上非常重要的剧种。王国维先生的《宋元戏曲考》就说中国戏剧是"北曲南戏"，在昆曲之前的元杂剧是非常突出的，到元代集大成了。换言之，中国戏剧的基本规模在元代就形成了。

但是从元代结束之后，到明中期之前，戏剧沉寂了一段时间，或者说处于一个发展的低潮。这是因为明代开始的时候，理学气氛浓厚，管得太严，对于唱戏这些事情不重视。虽然说也有明代的亲王、王爷写戏，还出了徐文长这样的人，但是戏剧总体来说是处于一个低谷期。明中期以后，特别是明晚期，昆曲异军突起，又创造了一个元杂剧之后的中国戏剧高潮。

昆曲繁荣的戏剧高潮，跟哥伦布发现美洲新大陆有关系，也就是一四九二年，明中期的弘治年间。因为在明代出现了一个特殊的情况，就是国际贸易非常繁荣。开始是周边国家的，像日本、越南、缅甸等，他们的白银进入中国。虽然古称"金银"，实际上中国是不怎么产白银的国家。云南等地虽然有银矿，但产量不高。从唐代到明中期之前，在中国国内流通的白银，也就在五亿两左右。其中还有不少是从周边国家流入的。

白银在中国少，周边多，造成了金银比价不一样。在中国，大概金和银的兑换比是一比五、一比六左右。但是到其他国家，银子就便宜了。比如在欧洲，金银兑换比大概要到一比十一或一比十二。当时国外银子比较便宜，中国的白银是比较贵的。所以很多商人就利用白银的差价到中国来倒钱。

中国那时候货币是铜钱。文人喜欢叫"孔方兄"——圆的铜钱中间带一方的孔，这就是钱了。元代、明代都用纸币。大元宝钞、大明宝钞……但那时候发行纸币没有后来金融方面的规定，票子随便印，导致纸币越来越不管用、不保值。而且皇上也是个问题很严重的人，给人发钱发的纸币，收钱收税的时候却要实物，最后给民间带来了很大困难。正好在这时候，白银及时地出现了。

周边国家的白银都来了，也是好事。而且中国人喜欢存钱，特别是觉得白银保值，也就造成了多少白银都能被消化掉的现象。而外国需要中国的瓷器、丝绸和茶叶，包括提炼白银的时候需要用的水银，是周边很多国家不产的东西，所以还从中国进口水银。

哥伦布发现新大陆之前，先是葡萄牙人从欧洲向南航行，到了非洲最南边的好望角，发现了这条航线。之后的麦哲伦又完成了绕地球一周的航行。整个国际贸易的商路打通了，在美洲新大陆又发现了银矿，美洲的白银运到欧洲，再经欧洲送到中国来。所以在白银的历史上，白银在世界上、在海面上漂移，好像它天然的归宿就是中国。

那时候，中国聚集了世界上大量的白银。从唐朝到明朝，在国内流通的白银在五亿两左右，但是明中期以后一下子暴涨到二十五亿两白银，经济相当富足了。这些白银主要流向对外贸易的前沿——东南沿海，这些地方又聚集了中国大量的白银。大概在明朝万历年间，江南苏州、常州，还有松江这三个地方的 GDP 就相当于全国的 GDP 的五分之一。那时候全国有十三个行省，江南三个府就聚集了中国五分之一的 GDP；这就出现了一个问题，即中央政府本来通过发行纸币是可以控制货币的，但是这么多白银流到中国以后，中央政府也控制不了了，对货币的垄断被打破了，也就是民间有钱了，而且非常富裕。江南这些有钱的富户有了钱后生活发生了变化，开始追求文化和社会的多元化。

在明中期隆庆年间，中央政府又做出一个很大的让步，正式地确认了白银是中国的货币，形成了中国货币的"银加钱"的制度。在这种新的货币制度下，江南的经济、文化、社会等各方面，全面繁荣起来了。不独是昆曲，包括小说、散文、工艺等，全都出现了繁荣的和多元的局面，昆曲只是其中之一而已。

昆曲在这些有钱富户的追捧之下，越来越流行。清初的诗人吴梅村也曾经在他的《琵琶行》里提到过魏良辅和梁辰鱼这两位昆曲早期的艺术家。实际上，明确的昆曲的创始人，一般的历史上还是遵从这两位。他们都是万历前后的人，魏良辅稍微早一点，在发现新大陆之前。哥伦布发现新大陆的时候，也是昆曲初创时期。戏剧家汤显祖，生于一五五〇年，万历年间中的进士，后来到南京，也是经济繁荣之后的产物。那时候南京的情况非常不一样，明朝是两个都城——一个北京，一个南京。北京因为是政治中心，所以相对比较严肃一点；而在南京没有强的政治性，以经济社会发展为主。在一五〇〇年前后，中国的人口已经达到一点二五亿人，出现了南京这样在世界范围规模来说的特大规模城市。其人口一百万人，在全世界来说都算极少见，比有六十万人口的北京还多。经过明朝中晚期的发展，南京更可以说是特大城市了。昆曲在江南红了之后，万历年间又来到北京，也特别受到欢迎，而且站住了脚，也得到皇帝的欣赏，从此流布全国。所以，昆曲是经济特别繁荣时代的产物。

到了明末，社会出现动荡。崇祯十七年（一六四四）阴历三月十九，崇祯皇帝在景山上吊，明朝灭亡。阴历五月初一，弘光帝在南京继帝位，南明朝廷建立。当时李自成也好，清军也好，在北方打得厉害，江南还相对比较安静，所以在南京称帝时，他们没有觉得有特别大的威胁。并且，南明小朝廷依旧有钱，像左良玉有兵约十七万，还有浙江的兵。当时南明朝廷总计手中还有三十几万军队。而且每年能拿到的税收可能能达到六百万两左右。但军队开支大概需要七百万两，所以还是存在亏空。南明朝廷以为自己能够占据半壁江山，钱不够就卖官。南京虽然也号称首都，但是明朝这么多年都放旧了，因此，钱到手后南明按照全盛时期的标准"大搞基建"，建新宫殿，造价很高。比如太常寺，在明末清初李清写的《三垣笔记》里边曾经特别提到过，说太常是一个厨房，居然每年就要八百两银子，一点不知道节省。所以南明朝廷仍然是有钱的，而且仍然是肆意挥霍的。而民间经过明朝中晚期的发展，就更了不得了。秦淮河上有很多名妓，都是明星性质，有钱得不得了，如李十娘、顾横波、董小宛等。她们不仅有钱，而且文化水平极高，吹拉弹唱，写字画画，包括昆曲，样样在行。据说，陈圆圆唱的还是北方昆曲，唱弋阳腔。这些江南的文人墨客跟她们来往，都是好友。余怀在《板桥杂记》里边曾经写到，有一个会馆叫"眉楼"，又称"迷楼"，在那里吃一顿饭需要一百两银子以上。他曾经参加过一个饭局，几个朋友一起吃饭，决定请客吃饭的人多出点钱，还有一个第二主人也多出点钱，其他参加的人 AA 制，每个人五两银子。一百多两银子什么概念？吴三桂之前，北京的皇亲国戚买陈圆圆用了两千两，也就是二十顿饭的事。当时买一个十三四岁唱戏的小孩，二十两到三十两。可见费用之高。所以南明的整个社会气氛还是这样的。

## 二、"晚明四公子"与阮大铖

面对南明的社会氛围，有些有识之士，已经感到愤愤不平了，开始站出来批评朝政、指责当局。代表人物就是"晚明四公子"——绍兴的陈贞慧、河南商丘的侯方域、安徽桐城的方以智及如皋冒辟疆。这些人把当政的人指名道姓地骂，像当时在南明做兵部侍郎，后来做兵部尚书的一个著名人物阮大铖，是安徽怀宁人，万历年间的进士，后在北京做官，投靠魏忠贤。所以东林党和阉党两方面都不喜欢他，被罢官回家。回到南京，他不老实，开始写剧本，是一个非常好的昆曲编剧，写一出红一出；而且他懂音韵，自己还能唱。所以他自己买一些小孩，成立一个家庭剧团，教这些孩子唱戏、演他的剧本，成为当时一大流行。

四公子们看不起他，指名道姓地批判他。有一天，公子们一起吃饭、看戏，看得正是阮大铖新推出的《燕子笺》。阮大铖听说是四公子他们要看戏大为高兴，说这帮人天天骂他，居然也来借剧团看戏，便一再嘱咐别要他们钱，然后听他们说什么。剧作讲的是在唐朝有一个才子叫霍都梁和一个姓华的名妓的恋爱故事。公子们越看越高兴，说了很多赞扬的话。但越喝酒越多，越多越上头，就开始骂了，骂到戏唱不下去了，不看戏而以骂为主了。所以这些演员也就回家了，把这事告诉主人阮大铖了，让他恨得咬牙切齿。

四公子们确实有爱国豪情，但他们的生活也是相当放纵的。像冒公子，平时的生活就是和名妓们喝酒，出去玩，他们出城回来以后，男的女的一起骑着马进城，在那时候相当扎眼。而且男的打扮得也很奇怪，冒辟疆是蒙古族人，身材高大，穿着衣服都很豪华，再穿个红色的鞋，打扮非常出众。因此，他们这样的一群人慷慨激昂地骂朝廷当局，是非常引人注目的。

所以等阮大铖掌握大权之后，就兴起大狱要抓他们。四公子中有一个人很不幸，就是陈贞慧，被抓进大狱了。冒辟疆得到消息早，跑回了如皋。陈贞慧又花了几千两银子才被赎出来。阮大铖不仅卖官，还干了很多不好的事情，到清兵打过来时，更荒诞了。明朝的衣服是有制度的，阮大铖到长江上检阅水师军队时穿素蟒，围碧玉，全副戏子打扮，让当兵的以为唱戏的来了。当时他还把唱戏的演员都派到军队当军官，打仗时很快就溃不成军了。

### 三、冒辟疆、董小宛与水绘园家班

南明朝廷完结后，打散的部队就成了土匪，遍布整个长江上边。冒辟疆只能带着一家向浙江海宁逃难，费尽周折。当时冒辟疆父母健在，家里还有大太太，还有一位太太就是秦淮八艳之一的董小宛。秦淮八艳长得漂亮，不缺钱，而且都非常骄傲，后来往往被达官显贵娶

走。但董小宛是倒过来追的冒辟疆，大概在崇祯十五年
（一六四二），那时候冒辟疆还不喜欢她，而是喜欢陈圆
圆，而且陈圆圆也爱冒辟疆。但两人决定走到一起前，
陈圆圆被人给卖了，据说是被崇祯的皇后——周皇后家
的人买走了，所以这一对鸳鸯没有成功。这之后，冒辟
疆才跟董小宛在一起的。而且是冒辟疆的一个姓陈的兄
弟，觉得这一对很合适，来撮合的，还拿钱给董小宛赎
身，并让冒辟疆跟董小宛结婚。结婚那天是崇祯十五年
中秋，当晚冒辟疆和几个兄弟，还有四公子们，以及秦
淮八艳里的一半以上，都参加了婚礼，但没想到新婚不
久，明朝就灭亡了。紧接着国难、家难都来了。

逃难路上，冒辟疆和他父亲商量，让父亲带几个人
从陆地上走，自己带人坐船走水路，然后会合。其父认
为方法虽然很好，但自己身上没带钱。于是冒辟疆找董
小宛，她聪明极了，拿出一个口袋说把这个给他。里面
是剪好的散碎银两。而且董小宛事先把银子都称好重
量，用毛笔写在银子上。冒辟疆父亲原本并不接受董小
宛，经此一事，完全改观。

等到这场战乱过去，他们又回到如皋，这时候事就
多了，前前后后亲戚家出事、朋友出事，如皋也灾难不
断。可以说董小宛嫁给冒辟疆这几年没有得到过安定的
生活。到了顺治五年中秋，董小宛跟冒辟疆在如皋赏
月，这时候社会稍微稳定，董小宛手上有一对金镯子，
赏月时董小宛就把镯子摘下，让冒辟疆给两只镯子各取
两字刻上。冒辟疆当时想了四个字，后来觉得一般，就
在第二年把镯子熔了重新打，然后另刻成四个字——比
翼连理。但是没想到董小宛戴上这副镯子时也到了生命
最后的时候。冒辟疆不争气，他那几年没完没了地生
病，哪一场病都要死一样，把董小宛折腾得身体欠佳。

顺治八年，董小宛没到三十岁，这位绝代佳人就去世了。她去世的时候，什么都不带，只戴着这一副金镯子进棺材，就因为其上有冒辟疆题的"比翼连理"四个字。而冒辟疆因董小宛的死非常难受，在家把董小宛的事一一写出来，终成《影梅庵忆语》。这是一部非常好的晚明的散文，比《浮生六记》不差。书中字字血泪，冒辟疆追悔莫及。前前后后，从崇祯十五年到顺治八年，就是冒辟疆和董小宛生活的全部时间。

董小宛去世后，冒辟疆情绪低落，他在家旁的"水绘园"成立了一个家庭剧团叫"家班"。水绘园本来是冒辟疆的父亲住，其父去世后，冒辟疆才搬到了水绘园里边住。他也找了几个漂亮的男孩子，教戏，让他们唱昆曲。他们唱的是当时流行的剧本，也包括《燕子笺》这样的戏。在冒辟疆的剧团里，早期有三个人比较出色，一个叫徐紫云，一个叫杨枝叶，还有一个叫秦霄。冒辟疆在水绘园里，一天到晚招待朋友，让这些演员唱戏，实际上是冒辟疆把南京的生活搬到了如皋水绘园。天下管不了了，但是他在如皋，他自己在小天地里，重新复制了南京的多元文化气氛。正因为这样的文化气氛，大江南北的著名的人物，都跑来找冒辟疆。那时候的如皋地方很偏僻，明代的如皋，是又临江又临海，而且那时候交通不发达，去一趟如皋很不容易。可是一时的名流、名士们都纷纷地跑到如皋去找冒辟疆，在水绘园做客。为的就是那里还保留着南京的一些气氛，让大家怀想当年。著名的人物像江左三大家的龚鼎孳、王世贞等都跑到水绘园去，写了很多诗词。

## 四、陈维崧与徐紫云

明末四公子中的陈贞慧死得早，他的父亲叫陈于廷，是东林党人的重要成员，在明代做过左都御史。陈贞慧死后家里没剩多少钱，家庭生活遇到困难，冒辟疆就把陈贞慧的儿子陈维崧接到如皋来。陈维崧比董小宛小一岁，比冒辟疆小十四岁。现在来说还不能说差一代，但是在那时候，勉强算差一代人了，所以陈维崧把冒辟疆当作长辈。陈维崧在顺治十五年到如皋以后，冒辟疆在水绘园里为他安排了小楼居住，一住就住了十年。陈维崧长得很奇怪，个子又矮，个人卫生情况也不怎么样，还一口大胡子，可同时他才气特别大。但是陈维崧突然动了歪心思，看上了冒辟疆家家庭剧团的主演徐紫云，而且事情还被人发现了。

传说这事被发现后，冒辟疆很不高兴，把徐紫云给关了起来。于是陈维崧去找冒辟疆的妈妈马老太太，马老太太也相当开明，还赞成，提出了一夜写一百首梅花诗的条件。陈维崧到天亮还真写了一百首，给老太太拿回去了。从此，在水绘园里又多了一对情侣，而且是同性情侣。

中国有诗词两大传统，词在清朝初期又出现一个发展的高潮。清初几大词家，在中国文学史上都有地位，顶级的有三位——浙江的朱彝尊、绍兴的陈维崧，以及常州的张惠言。有人说情绪和文学有很密切的关系。清初阳羡词派领袖人物就是这大胡子陈维崧，他在水绘园里边得到这么一个漂亮的小男孩，便情绪发作，创作了很多。恐怕宋以后的词人，以个人作品数量计算的话，数他最多，写了大概有一千四百多首词，加上诗就更多了。而且他十年中在如皋来来回回，每次要出门的时候，难舍难分，先写不少诗才能走。所以他在如皋这十年创作是非常丰富的。陈维崧号迦陵，跟他一个号的还有叶嘉莹，她当年觉得这迦陵跟本名佳莹有点接近，所以也取其为号，由此可见陈维崧对后世的影响。徐紫云虽然又唱戏，又跟着陈维崧，他本人是该干什么干什么，在这期间他结了婚，找了个太太，还遇到了妈妈生病去世。这些事情冒辟疆也全都管了。

过了十年，到了康熙七年，不知道为什么，但也一定是陈维崧和徐紫云他们俩商量好的。先是陈维崧告诉冒辟疆得出个门，就走了。而后徐紫云也偷偷跑出去，两人在镇江会合，一块就去了北京。并且他们在私奔去北京的路上路过山东，在酒店里还碰上冒辟疆的二儿子，只能含含糊糊不说明白。

到了北京，他们投靠的是明末清初的大文人龚鼎孳。龚鼎孳，号芝麓，是和钱谦益这些人齐名的大文人。但是他道德水平也不高，在明朝灭亡的时候，先投降李自成，在他手下从事大概相当于西城公安分局局长的职位，还负责社会治安。等清兵来了，他又降清。虽然如此，龚鼎孳命也挺好，哪一次都没死，而且娶了秦淮八艳之一的顾横波，而且还自始至终。他们家大太太后来提出批评讽刺。龚鼎孳在清朝做到左都御史、刑部尚书，按照官制应该封夫人为诰命。大太太此时说了一句非常刻薄讽刺的话，说自己被封诰命两回了，明朝一回，李自成一回，第三回就不接受了，还是顾太太请吧。所以清朝的诰命给的是顾横波顾夫人。

## 五、从水绘园到北京——昆曲的再流行

在明末，崇祯有一个"宫廷俱乐部"，在现在北海旁边原来首都图书馆边上，叫玉熙宫，是皇上平时看戏、看杂技表演的地方。崇祯看国事艰难，主动说不再去玉熙宫了，不再看戏了。从崇祯停止玉熙宫看戏，北

京城的演剧高潮就算落幕了。等到康熙七年，陈维崧带着徐紫云进北京，又掀起了一股昆曲高潮。

京城的演剧高潮就算落幕了。等到康熙七年，陈维崧带着徐紫云进北京，又掀起了一股昆曲高潮。

历史上考上科举的大多数都是南方人，清朝也不例外，考上进士的江南人才很多。大家都熟悉了昆曲环境，到了北京就稍微觉得差了点什么。当然，在徐紫云之前，还来过个人，即苏州王紫稼，世称王郎，也掀起过高潮。他在北京住了三年，重新唤起大家对昆曲的回忆。可是，他来的时候已经三十岁了，并且王紫稼要的演出费可能也比较高，心思都在做买卖上。他在北京住了三年后又去了苏州，得罪了当地地方官员，被打死了。

从王紫稼之后，北京的昆曲到徐紫云进京，再一次掀起高潮。各家都争着请他演出，要听他的昆曲。最后就造成陈维崧在北京没混出来，徐紫云却出名了的局面。这让陈维崧很尴尬，就去托龚鼎孳安排个职务。虽然龚鼎孳也确实很欣赏他的才华，但是因为种种的问题，安排不上，最后只找到一份河南的工作。所以徐紫云大概在康熙七年之后曾经两次来北京，第一次跟陈维崧一起；第二次，陈维崧已经去河南了，徐紫云就自己来，仍然受欢迎。最终徐紫云因为陈维崧没在北京，他也不在北京住了，又去找对方去了。他们还一块找龚鼎孳，请他向如皋冒公子写封信解释一下。龚鼎孳也是开明开通，给冒辟疆写了封信先扯点没用的内容，最后说到两人来北京之事，表示认可，冒辟疆也欣赏这陈维崧的才华，所以也别责怪他们，过后他们会赔礼道歉的。信冒辟疆看到了，但是回信与否没有记录。龚鼎孳写的信留下来了，现在还在《龚鼎孳文集里》。

事实上，冒辟疆还真是谅解了这两人。这是因为后来陈维崧去世时，冒辟疆为悼念陈维崧写了大量的诗词。徐紫云却也跟董小宛一样薄命，跟着陈维崧在北京、河南到处走，最终陈维崧也没混出来。到了康熙十一年，徐紫云病重，清明前在绍兴过世了。两人也约定好，徐紫云最后就埋在陈维崧的家乡绍兴了。现在他们的坟都还在一起，可见晚明社会的多元化。陈维崧很不低调，他找到徐紫云后，不是安安静静、踏踏实实地守护在园里生活，而是到处张扬。比如找画家画了一张《紫云出浴图》，还拿着请天下名士题跋。最后，当世名家七十五位，写了一百三十四首诗词，称赞这桩同性婚姻。这张图在陈维崧身后，先后被几位著名的收藏家收藏，一直传承至晚清时为两江总督端方所得。后来端方在辛亥革命中被杀，其女儿把这张图作为嫁妆带走，嫁给了袁世凯的第五个儿子，而袁五少爷又跟大收藏家张伯驹是好朋友、亲戚。张伯驹看上了这幅画，非要不可。他又是民国四公子之一，也是高调，拿到这张图之后又请民国的名流们都来题一遍。

张伯驹收藏有《平复帖》《游春图》和蔡襄的《自书诗卷》《上阳台帖》等。最后张伯驹把毕生收集的字画，捐给了国家。就剩这一张图，他一辈子都没舍得送出去。这张画，在张伯驹死后，才流散出来。而且现在这张画在旅顺博物馆收藏。为什么这张画到旅顺仍是个谜。这张画不大，但题跋长极了。所以，陈维崧跟徐紫云的故事，在有清一代仍然被视为佳话。但是陈维崧才高命薄，个人运很差。据王士祯《池北偶谈》讲，当年陈维崧碰到过算卦的，说他得五十岁之后才能出头。果不其然，五十岁之前，他越混越惨。等到徐紫云死后，陈维崧才得到当时当官的推荐。康熙年间，曾开设一种特殊的科举考试，叫"博学鸿词科"，不是正常的科举，是考谁念杂书多；考试是由名家推荐参加。康熙对参加考试的人也特别好，在北京等着考试的时候，怕这些人太穷，所以下了个诏书给这些人每月三两银子、一担米作为生活费。所以陈维崧拿到待遇之后，在北京又住了一年，终于在康熙十四年考上，授翰林检讨。因此，清代人讲到陈维崧的时候，经常讲"陈检讨"，就是说他做过翰林检讨。官职不高，算是有个交代了。但是人无福消受，当了翰林之后没多久就死了。这也就是水绘园剧团，以及这一对鸳鸯的一个故事。

到陈维崧死，冒辟疆是真难过了，他在如皋为陈维崧设灵堂，哭祭，然后写了很多诗词怀念陈维崧。陈维崧现在还有不少诗词作品留下来，有人说他的词综合了苏轼、辛弃疾、姜夔各家之长。郑板桥曾经说，很多写词的就是因为先看到了陈维崧的词集，爱不释手，才开始写的。陈维崧的文学成就，是相当高的。现在隔了长时间冷静下来看，他的词气象大、上口，初读起来冲击力很大，但是有点浮躁，不经玩味，就跟喝白酒似的，入口好，回甘差。但无论如何，应该说他是清代排第一位的词人。冒辟疆也是看在他的才华上无比欣赏他，对于他的去世非常感慨、非常悲痛。接下来清朝社会进入到一个稳定有序的发展阶段。

冒辟疆把那种多元的、丰富的江南文化收藏在如皋自己的水绘园里，等到天下重新安定的时候，由于陈维崧跟徐紫云莫名其妙地私奔到北京，再把文化传递回北京。近代戏剧家、评论家张次溪曾经说过，清朝自从徐紫云到北京之后，整个北京的表演风格改变了，重新又流行起了昆曲。这之后才出现了《长生殿》《桃花扇》这样著名的巨作，也意味着昆曲在北京又重新成为流行。到现在，如皋都是中国的长寿之乡，在中国的平均寿命也算数一数二的。冒辟疆的历史任务也算完成了，但是他们家基因长寿，他妈妈活了八十几岁，他也活了八十几岁，目前的出版物都说他在康熙三十二年（一六九三）去世的，但是据笔者考证，他是十二月死的，所以合公历是一六九四年，二〇二四年是冒辟疆去世整整三百三十周年。为了表达纪念之情，笔者给水绘园写了一首词，作为对如皋水绘园的一种寄托：

### 临江仙　如皋水绘园

水绘名园佳丽冷，盆松不改苍青。风流另有陈迦陵，云郎歌已佚，画影寄浮萍。

三百余年心老旧，江湖几度零丁。而今面对池中亭，听凭一洒泪，无处道曾经。

最后补充一点，《桃花扇》是昆剧的经典剧作，唱昆曲的都要唱这出戏；但其实它不是个剧本，是个报告文学，是纪实的。孔尚任是位跨学科的先驱，他本来不是写剧本的，而是负责水利工程，是在被派到江南搞水利工程建设的时候去找一些人聊天才开始创作的。他见过冒辟疆，聊过天。而且后来他找到冒辟疆一个老朋友，姓邓，叫邓汉仪，是泰州人。邓汉仪长期做龚鼎孳的幕僚，和他是一生的朋友。邓汉仪做了一个很重要的工作，把明末清初的诗人作品编了一个诗歌总集，叫《诗观》，后来在乾隆时期被列为禁书而毁了。他有一句诗是非常有名的，见于《红楼梦》，但是不是曹雪芹写的部分，是在高鹗续的那部分，最后一回讲到贾宝玉疯了、走了，袭人嫁给唱戏的蒋玉涵，便引了一句前人的诗云："千古艰难惟一死，伤心岂独息夫人。"《红楼梦》里没有明确说这句诗是谁的，其作者就是刚才说的邓汉仪。

邓汉仪见到孔尚任之后，聊得比较多，所以孔尚任写《桃花扇》，基本是全纪实，是口述史，特别是《桃花扇》里边第四出——侦戏，是完全写实的，是冒辟疆他们在南京的亲身经历。

本文由二〇二四年十月八日北京大学《清初如皋冒氏水绘园家班》讲座整理而成。整理：丁佳荣、马恩铭

# 京剧音乐：中华文化交融荟萃的鲜活例证

京剧，集中国传统戏剧艺术之大成，被视为中国国粹之一。在百余年的传承发展中，京剧融合音乐、舞蹈、戏剧和美术等多种艺术形式，展现了中华优秀传统文化的丰富性和独特性，已成为各民族共有共享的文化符号。二〇〇六年五月，京剧被国务院批准列入第一批国家级非物质文化遗产名录。二〇一〇年，京剧被列入人类非物质文化遗产代表作名录。

## 一、"徽汉合流"诞生的新剧种

京剧的发端通常被认为是始于清代道光、咸丰之际的"徽汉合流"，即徽戏、汉戏等地方戏剧在北京实现深度融合而形成的新剧种，起初被称作"皮黄""皮簧""乱弹""黄腔"。"京剧"之名的出现则是在光绪二年即一八七六年，见于当年三月二日的《申报》。

京剧诞生于重视中国传统人文精神对社会发挥化育作用的清朝，天然地被注入尊崇长幼有序、孝敬父母、兄友弟恭、邻里和睦等中国伦理基因。兼之京剧在艺术上的勇于创新，因而得到清皇室以及众多亲贵的认同和喜爱，逐渐成为皇家宫廷文化的一部分，从而高居中国戏剧首席。

民国时期，京剧更在中国社会深刻变化与西方工商业文明的影响下，在汉、满、回、蒙古等各族艺术家的通力合作中，自觉地完成从表演形式、表演艺术到管理机制、生产方式的全面更新，开创了以谭鑫培、梅兰芳、杨小楼、余叔岩、程砚秋、马连良、郝寿臣、言菊朋等为代表的名角如云、流派纷呈的繁荣局面，京剧也因而成为中华民族走向世界的一张崭新名片。新中国成立后，京剧发展到在全国各省市自治区包括港澳台地区均有演出剧团、各民族均有演唱者与爱好者的繁盛阶段，这是中国戏剧史上从未有过的壮观景象。

京剧作为新剧种，成立的标志是从昆剧与弋腔的"曲牌体"转换为"板腔体"，形成自己独有的音乐与唱腔，亦即京剧术语里的"西皮二黄"。

京剧在"徽汉合流"过程中，先是通过"班是徽班，调是汉调"，确立了以"板腔体"为主体声腔，之后又积极吸纳昆弋及梆子等多种戏剧音乐，熔于一炉。"曲牌体"的每支曲牌的唱腔，各有自己的曲式、调式、调性，唱词多为长短句，每一出（折）戏曲由若干支曲牌组成。而"板腔体"则是以一对上、下乐句为基础，声腔、板式有不同的节拍、速度，旋律各异；不同板式的节奏缓急、速度快慢、旋律简繁也各不相同，便于人物感情的表达，增强音乐的戏剧功能。同时，相较于"曲牌体"，"板腔体"的腔谱不甚定型，格律的约束性不强，演唱者与演奏者可以根据自身条件和艺术理解对其进行修改、加工和翻新，因此，为艺术家留出广阔自由的艺术创作空间。

总的来说，京剧的音乐和唱腔，在继承与融合的反复实践中，最终形成艺术的独特性，发出近现代中国戏剧史上转折的时代先声。

## 二、从胡琴到京胡，京剧发展的关键

京剧音乐所使用的主要乐器包括京胡、月琴、南弦子及后来加入的京二胡，还有打击乐的单皮鼓、檀板、大锣、小锣等。京胡是京剧音乐的灵魂。京胡系由胡琴改制而成，今则以两称并行，实则清代胡琴与京胡不尽相同。胡琴既以"胡"为名，其来历自然是与少数民族相关。习近平总书记在二〇一九年全国民族团结进步表彰大会上的讲话中提到了"胡琴"，认为其体现了各民族文化的互鉴融通。"胡琴"之名，在唐代已为多位诗人提及。岑参的《白雪歌送武判官归京》有云："中军置酒饮归客，胡琴琵琶与羌笛。"白居易的《筝》也有"赵瑟清相似，胡琴闹不同"。但这些诗中的"胡琴"只宜解作"胡之琴"，对于其具体形制尚难判断。宋代沈括在《梦溪笔谈》里曾作诗云：

马尾胡琴随汉车，曲声犹自怨单于。弯弓莫射云中雁，归雁如今不寄书。

沈括所说的"马尾胡琴"，似已是以马尾制作弓弦的意思。

宋代还出现了一种名为"奚琴"的乐器，音乐研究家亦多认为与胡琴相关。欧阳修曾作诗《试院闻奚琴作》：

奚琴本出奚人乐，奚虏弹之双泪落。

奚是我国古代东北地区的一个民族，奚琴即为该民族使用的一种乐器。欧阳修诗说明奚琴当时已传入中原。沈括之"马尾胡琴"与欧阳修之"奚琴"，都可能是胡琴，包括二胡、板胡等乐器的前身。

及至元代，关于胡琴的记载明朗起来。《元史·礼乐志》记载：

> 胡琴，制如火不思，卷颈，龙首，二弦，用弓捩之，弓之弦以马尾。

这就显然与清代胡琴是同样制式了。"火不思"，又写作"浑不似""和必斯"，为北方少数民族流行的弹拨乐器。《元史·礼乐志》还这样记载：

> 火不思，制如琵琶，直颈，无品，有小槽，圆腹如半瓶，以皮为面，四弦皮绕，同一孤柱。

清宫典礼用音乐中，所用乐器既有胡琴，又有"火不思"。从元代相关文献记载可知，元代胡琴制式已与清代几近相同。

在京剧之前流行的昆剧，主乐器是笛子，弋腔以铙钹为伴奏乐器。京剧在"徽汉合流"时期也多以笛伴奏。据传，清同治年间的音乐家王晓韶系以胡琴代笛伴奏的第一人。另有说首创胡琴代笛者为同一时期的乐师沈星培。比较明确的记录是朱家溍在《清代乱弹戏在宫中发展的史料》中所引清宫内务府升平署档案：

> 同治四年（一八六五）十月二十九日，奴才李奏……奴才讨要在额数随手三名，今于十月二十八日，

奴才挑得：鼓，唐阿招，年五十一岁，系江苏人。胡琴弦子、笛，沈湘泉，年五十一岁，系江苏人。

这一重要记录表明，至晚在同治四年之前，京剧已经开始以胡琴代笛的重大音乐变革，这也意味着京剧的正式创立。这场重大音乐变革在当时也曾引起较大波澜，升平署档案里提及的沈湘泉，原是笛师，后为琴师，是以胡琴代笛的支持者。

京剧亦即在这一时代，出现以"同（治）光（绪）十三绝"为代表的一大批艺术家，他们应列为京剧的第一代艺术家。梅兰芳所著《舞台生活四十年》也有记叙可作为旁证：

梨园子弟学戏的步骤，在这几十年当中，变化是相当大的。大概在咸丰年间，他们先要学会昆曲，然后再动皮黄。同、光年间已经是昆、皮并学；到了光绪庚子（一九〇〇）以后，大家就专学皮黄，即使也有学昆曲的，那都是出自个人的爱好，仿佛大学里的选修课似的了。

"同光十三绝"的出现以及梅兰芳说的"同、光年间已经是昆、皮并学"，都与胡琴代笛、京胡改造是同步的，足以可见京胡对京剧发展的重要意义。

## 三、琴师梅雨田与"红豆馆主"溥侗的友谊佳话

京剧作为新剧种的成功创立，也刺激了京胡艺术的迅速发展。在王晓韶、沈星培、沈湘泉之后，较为著名的琴师是位列"同光十三绝"之首的程长庚的琴师樊景泰和李春泉，之后又涌现出梅雨田、孙佐臣、陆彦庭、

王云亭等，其成就卓著者首推梅雨田。

梅雨田是"同光十三绝"之一的"四喜班"班主梅巧玲的长子、梅兰芳的伯父，也是另一位"同光十三绝"人物谭鑫培的琴师。谭鑫培在"同光十三绝"里承前启后，他所创立的"谭派艺术"风靡清末民初，一时有"无腔不学谭"之说。京剧史上仅有两位艺术家获得过"伶界大王"的尊号，一位是谭鑫培，一位是梅兰芳。梅雨田既为谭鑫培的艺术发展发挥如虎添翼的作用，又对少年时的梅兰芳加以启发指导。梅兰芳的琴师徐兰沅称赞梅雨田是"技巧高超的一位不可多得的音乐大师"。

梅雨田虽然是位杰出的音乐家，然而却因在当时社会地位低下，得不到应有的尊敬。梅雨田又潜心研究京剧音乐，收入很少，经济上甚为窘迫。所幸的是，梅雨田有一位艺术上的知音，对他多有资助，此人即是清朝皇族近支宗室、袭封镇国将军的爱新觉罗·溥侗。溥侗比梅雨田小十一岁，自号红豆馆主，是中国京剧史上高水平的业余表演艺术家之一，为京剧内外行所称道，连"百无一可眼中人"的张伯驹都称他"文武昆乱不挡"。

溥侗还有一个特殊经历，他于一九一一年曾为清政府"国歌"《巩金瓯》作曲，词作者是严复。

溥侗在音乐尤其是京剧方面有如此高的造诣，与梅雨田的多年指导分不开。梅兰芳在《舞台生活四十年》里回忆："他（梅雨田）除了胡琴之外，笛子吹得也好，还能打鼓。场面上的乐器，几乎没有一件拿不起来的，而且也没有一件不精通的。当时北京城里有许多亲贵跟他学戏，如红豆馆主侗五爷（溥侗），就是他家的座上客，经常来请教他，按时按节，送钱给他。"

《舞台生活四十年》里还记有梅兰芳挚友冯耿光的

回忆："冯幼伟（耿光）曾谈及，他有一次到梅雨田屋里闲谈，看见溥西园（溥侗）来了……他们经常讨论有关音乐、牌子、昆曲、皮黄种种问题。每经雨田解答指示，无不满意而去。"

溥侗对梅雨田平等相待，尊重梅雨田的艺术成就并在经济上予以援助，都是难能可贵的。这两位音乐家的友情，在京剧界传为佳话。

## 四、薪火相传、贡献卓著的京剧鼓师

除了京胡，京剧的另一种主乐器是单皮鼓，即将鼓体单面蒙皮，以两根鼓箭子敲击，负责控制舞台上的节奏和情绪变化，发挥乐队指挥的作用。

在中国音乐史上，鼓的历史悠久，形制多样。《周礼·春官》中，根据制作材料不同而将乐器分为"八音"，其中，以鼓为"革音"。汉代《盐铁论》中有"今富者钟鼓五乐，歌儿数曹"。《后汉书·祢衡传》有"（曹操）闻衡善击鼓，乃召为鼓史，因大会宾客，阅试音节"。河南信阳战国楚墓出土的鼓，鼓腔不高，形状矮扁。由此可知，历史上鼓在中原地区很早便开始流行。另外，鼓在少数民族音乐中也较早普遍使用，汉代贾谊《新书》里即已记录匈奴鼓乐。正因如此，鼓的种类至为繁杂，如楹鼓、建鼓、鼗鼓、羯鼓、铜鼓、腰鼓、答腊鼓、堂鼓、八角鼓等。京剧所用的单皮鼓，来历不详。

京剧音乐对鼓师的要求非常高。刘吉典在《京剧音乐概论》中说：

京剧乐队的指挥，过去被称为"鼓佬"或"鼓师"。他不但需要具备相当水平的鼓板演奏技艺，同时他还必须熟悉所指挥的剧目，包括剧本结构、台词、唱腔、身段、表演以及上下场的情绪气氛等。因为在京剧中锣鼓是贯穿全剧的，每个表演环节都离不开，如果鼓师对全剧没有特别细致的了解，就无法下手指挥。

京剧早期的鼓师，较为重要的有程长庚的鼓师程章圃，谭鑫培的鼓师李春元和李奎林，以及沈宝钧、郝春年等。其中，以沈宝钧对后世的影响最著。北京市艺术研究所和上海艺术研究所编著的《中国京剧史》介绍："沈宝钧击鼓技艺高超，可谓昆乱不挡。不但深明乐理，并且熟知昆腔及皮簧各戏，能打昆曲、皮簧戏四百多出，特别擅长昆鼓和唢呐曲牌。"

沈宝钧的众多弟子中，最为独特的首推清光绪皇帝。朱家溍在《清代乱弹戏在宫中发展的史料》中引用沈宝钧弟子、鼓师鲍桂山的回忆说：

光绪不只听戏并且相当内行，喜欢乐器，爱打鼓，尺寸、点子都非常讲究。够得上在场上做活的份，不过没真上过场，在海里（即中南海）传差的时候，常把我们这些文武场叫上去吹打，专爱打锣鼓的牌牌曲曲，常打《金山寺》《铁笼山》《草上坡》《回营打围》。到现在还有很多人知道《御制朱奴儿》就是光绪的打法。

《御制朱奴儿》又称《小朱奴儿》，是唢呐曲牌，通常用作京剧中列队排阵时的伴奏，现在仍时有使用，可说是光绪帝留给京剧的一个纪念。

京剧自形成之初即在满族亲贵中流行，满族亲贵里甚至出现了自己的业余剧团，但碍于当时的社会风气而无法公开演出。清王朝覆亡后，不少人选择成为京剧职业演员或演奏人员，其中三位满族鼓师——孙菊仙的鼓师玉福、余叔岩的鼓师杭子和、中国国家京剧院建院之初的首席鼓师赓金群，都是京剧音乐界的翘楚，贡献卓著。

京剧艺术的前期是以老生行当为中心，即以老生为头牌演员，梅兰芳成名之后，才形成老生、旦角并重的局面。在以老生行当为中心的阶段，代表人物是被称为"前三鼎甲"的程长庚、张二奎、余三胜，以及有"后三鼎甲"之称的谭鑫培、汪桂芬、孙菊仙。

孙菊仙的鼓师玉福是沈宝钧的弟子，其人身世不详。他既熟知中国历史故事，又有自己的深刻理解，还可以通过音乐创新来完善表达。徐兰沅口述、唐吉记录整理的《徐兰沅操琴生活》中评价玉福的司鼓艺术说，"他最可贵的是运用任何一个鼓点，都得从理上再三推敲，精心揣摩，力求做到理通情顺"。

杭子和是沈宝钧的另一位弟子，原名学均，曾先后为汪桂芬、刘鸿声、黄润甫、金秀山、龚云甫、王又宸、王凤卿、梅兰芳、余叔岩、谭富英、孟小冬、杨宝森等众多京剧艺术家司鼓，享有盛誉，堪称继沈宝钧之后的一代宗师。《中国京剧史》中对他的评价是，"继沈宝钧之后的杭子和司鼓经验丰富，戏路较宽，文武昆乱均擅长。他司鼓腕力冲，技术精到，平稳朴素。他在六十多年的司鼓生涯中，曾为很多不同行当、不同风格、不同流派的演员司鼓，节奏鲜明、尺寸准确，调动场面，烘托气氛，具有独到功力"。

在杭子和六十余年的司鼓生涯中，与余叔岩的合作长达二十年之久。余叔岩是谭鑫培之后京剧老生行当的执牛耳者，与梅兰芳、杨小楼并称民国京剧的"三大贤"，他的余派艺术亦如谭鑫培艺术一样为后世所宗。

杭子和的鼓艺为余派艺术的繁盛立下汗马功劳。张伯驹在《红毹纪梦诗注》里有诗赞杭子和云："余派鼓师独此存，真应檀板对金樽。津门子弟无人继，只合排场地下魂。"

晚于杭子和而起的著名鼓师是赓金群。赓金群毕业于程砚秋、李石曾、焦菊隐等所创建的中华戏曲专科学校，幼功扎实，能戏颇多，戏路宽广，曾先后为尚小云、梅兰芳、程砚秋、李玉茹等京剧艺术家司鼓，打文戏稳健舒展，打武戏明快洒脱，能调动演员和乐队的情绪，感染力很强。在中国国家京剧院，赓金群曾担任乐队队长，与有着"四大头牌"之称的李少春、袁世海、叶盛兰、杜近芳合作，参与《柳荫记》《白蛇传》《野猪林》《白毛女》《谢瑶环》等剧目的音乐创作。赓金群吸收西洋音乐的指挥方法，在现代京剧《红灯记》中首创以鼓板、手势指挥中西混合大型乐队，实现了京剧音乐的又一次创新。

回顾京剧音乐的发展历程，胡琴、单皮鼓、月琴、二胡、南弦子等乐器，多与历史上各民族文化互鉴融通密切关联。作为中华传统文化大融合的载体，京剧音乐凝结着对中华文化的高度认同，是中华文化多元一体的生动例证。这也是京剧迅速成为全国性剧种，流布、传承于各个地区的重要原因。

（本文刊发于《中国民族报》二〇二三年九月十五日。）

　　说起中日两国近二十年来的传统文化交流，靳飞先生是一个不得不提的重要人物。一九九五年，在京城小有名气的读书人靳飞，与妻子一同前往日本。一次偶然的机缘，他与歌舞伎艺术大家坂东玉三郎先生相识，并结下了深厚情谊。两人从常聊京剧，到一起合作演出，私下约酒吃饭，谈天说地。

　　近年来，靳飞先生担任了二〇〇八年中日版昆曲《牡丹亭》演出的总制作人兼导演，玉三郎版的杜丽娘惊艳四方；促进二〇一〇年上海世博会中国京剧、昆曲与日本能乐、歌舞伎四大传统文化同台演出，其间也接待了中村勘三郎；协助二〇一七年三月松竹大歌舞伎的来华演出，并与中村芝翫凌晨喝酒。靳飞先生不仅是中日传统文化交流的桥梁，也是京剧、歌舞伎艺术家们认可的靠谱的朋友。他与京剧梅家、歌舞伎演员世家的来往经历，也正成为中日传统文化交流史中的一部分。

　　《知日》：非常感谢您接受《知日》的采访，请问您最初接触歌舞伎的机缘是什么呢？

靳飞：一九九三年，我在毫无心理准备的情况下和日本姑娘波多野真矢结婚了。两年后，我们全家搬到日本居住。那个时候的我完全不懂日语，心里琢磨着，毕竟之后在日本也不是一天两天的事，我需要想想办法，了解新的生活环境，并尽快适应。

一般来说，了解日本有两个渠道：一是书籍，二是生活体验。但是这两种方式实践起来都非常困难。一方面，当时介绍日本的中文书籍非常有限；另一方面，我说不了日语，也出不了门办不了事，处境有点儿尴尬。后来我突然来了灵感，决定借鉴禅宗的思想，放弃先以文字了解日本的想法，而是用感官去看，去听，去感受。最初接触能乐、歌舞伎这些日本传统艺术，也是抱着这个目的的。

《知日》：久闻您和坂东玉三郎先生之间的友情，二位是如何相识的？

靳飞：具体的日子我记不太清了，印象中第一次看的歌舞伎演出便是玉三郎的戏。一天，我的太太对我说，有一位名叫"坂东玉三郎"的演员是位非常好的歌舞伎艺术家，我们应该去看看他的戏。但是彼时我对歌舞伎是非常陌生的，心里觉得，这位（坂东玉三郎）能有多好呢？能好得过梅兰芳吗？内心也没有多少期待。

结果《鹭娘》一开场，我就挪不开眼了。玉三郎演绎的鹭娘，身段那么流畅、优美，他身上的那种透明感，那种完全不带有任何世俗气息的表演，似乎是和现实社会一刀两断了，这让我觉得非常兴奋，觉得他实在是一位了不起的演员。他的艺术已经非常成熟了，他已经完成了他的艺术，他在这个舞台上是自由的。

在观看演出之前，我本来做了一点儿功课，试图稍微了解一下《鹭娘》这个故事。但我发现《鹭娘》其实没有什么故事性可言，而且这出戏最初的源头是一幅画。搁中国人的习惯来说，这什么（故事）都没有，那还能看什么呢？但其实这反而是它最大的看点。一切形式美的东西在舞台上就像绽放的花一样夺目。观众不用费尽心思去想人物之间是否有什么阴谋，有什么背景，这些都被淡化了。当你看着玉三郎扮演的白鹭一次次冲向舞台对角线的时候，那种生命的欢愉、挣扎与苦楚，实在是美得令人窒息。大概不带大脑地看这出戏反而能达到最佳观剧效果。

演出结束之后，我去拜访他，希望能向他表达我的敬意。在中国，观众在演员演出结束后去后台看一下是很自然的事情，于是在日本我便也这样做了。我大概在后台等了四十分钟左右，他出来后，我便对他诉说我内心的激动和对他演出的赞赏。但是他直接就跟我谈京剧的内容。他很严肃地问我说，中国的京剧为什么不注重培养男旦了。他说他跟很多中国朋友都聊过这个问题，他们虽然也回应着，但却始终没有人真正站出来解决，他觉得中国人不诚信。这么一说，我心里就有些别扭，作为一个在一群日本人中间生活的中国人，我听到这话觉得不服气，于是我就答应我来做。

《知日》：第一次见面他便提出了这样的要求？

靳飞：是的。我也觉得不可置信，我当时只是一个普通的中国观众。不过我内心是很重视这件事情的。我立马回国，从北京飞深圳，找胡文阁。一九九七年三月，在玉三郎的经济支持下，我把胡文阁带到日本跟玉三郎见面，跟玉三郎学戏。四个月后胡文阁便开始登台演出，在北京的湖广会馆出演了《贵妃醉酒》，反响特别好。

《知日》：一九八七年，坂东玉三郎先生来到北京，向梅葆玖先生学习京剧《贵妃醉酒》，并将其中的台步和水袖，应用在了他后来出演的歌舞伎《玄宗与杨贵妃》中，之后玉三郎也曾于一九九八年访问中国，当时的情况是什么样的？

靳飞：一九八七年那回，玉三郎是和片冈仁左卫门一起来的中国。当时是梅葆玖先生教玉三郎，梅葆玥先生教仁左卫门。不过那时候仁左卫门的名字还是"片冈孝夫"。二○○○年梅葆玥先生去世后，几乎是第一时间我便收到了仁左卫门写的一封长长的信，以示他的悼念。这封信我到现在都还留着。

一九九八年是坂东玉三郎第二次访问中国，当时约了和朱家溍、刘曾复这些京剧研究家前辈一起见面。遗憾的是，大家谈得并不理想，彼此之间缺了些默契，双方对京剧的理解差别太大。如此一来，玉三郎便把兴趣点转移到了孩子们身上，他觉得当时北京戏曲艺术职业学院的学生们都挺可爱的。后来玉三郎也于二○○○年邀请他们去日本演出京剧。

《知日》：您和坂东玉三郎后来有演出上的合作吗？

靳飞：二○○六年，我接到坂东玉三郎的电话，跟我说他现在觉得昆曲比京剧更让他容易接受，并且他开始喜欢程砚秋先生的表演了（之前是更欣赏梅兰芳）。我便问他言下之意是否有什么计划。玉三郎说，歌舞伎中有出根据《牡丹亭》改编的戏叫《牡丹灯笼》，他想再改编一次，把它变成歌舞伎中的大戏，这是他提出来的想法。

十二月，我邀请他来北京访问，当时我请求了文化部的帮助，从全国范围内找来六七个剧团的演员和玉三郎见面。最后我们选择了苏州昆剧院作为我们的合作对

象。二○○七年六月，玉三郎到达苏州。本来我们商量
的是让玉三郎学习《牡丹亭》中的"惊梦"这折戏，中
文唱词少，动作多，相对要容易一些。结果玉三郎初次
排练时，那扮相让全场人都惊讶了，大家觉得玉三郎扮
的杜丽娘实在惊艳，纷纷劝说玉三郎不要演歌舞伎，干
脆唱昆曲得了。后来我俩还真的认真讨论了很久，决意
改变原来的计划，不改编歌舞伎《牡丹灯笼》，直接学
习昆曲《牡丹亭》。

《知日》：的确可以说是一次非常大胆的尝试。玉三
郎版的《牡丹亭》后来也取得了巨大的成功，在演出筹
备过程中，是否有什么让您印象特别深刻的事情？

靳飞：二○○八年三月我们在日本京都南座演出
《牡丹亭》，之后五月去了北京，二○○九年在苏州和上
海演出。在京都南座出演前夕，我们做了一次非常重大
的演出调整。《牡丹亭》中有"游园""惊梦""写真"
"离魂"四折，我担心《牡丹亭》的演出节奏与日本人
观看歌舞伎的习惯有冲突，可能会有距离感，观众也很
难一下子接受中国戏剧。于是我便和玉三郎商量，将玉
三郎的歌舞伎代表作之一《杨贵妃》加入演出剧目中，
作为压轴。我们原计划是三月六日在南座出演第一场。
二月十四日，我接到玉三郎电话，说若是加上《杨贵
妃》，请伴奏和伴唱的费用成本就会大大增加，日本艺
术家的费用实在太高，问我能不能请苏昆剧团的朋友们
来完成这项工作。

时间紧，工作量大，我当时真是急得不行。理论上
说只要有谱子，伴奏的问题不大。但是回国后，我们排
练发现，音乐听着怎么都不像歌舞伎，乐器不同，差别
的确有点儿大。后来我们尝试再加两张古琴、两架古
筝，增加低音效果，费了很大劲尽可能接近歌舞伎音

乐。但是伴唱有个大问题，那就是苏昆剧团的演员们唱不了日文，歌舞伎舞蹈和伴奏又是固定的没法再做调整。于是我便只能将日文的唱词翻译成中文。日文的发音像汉字的拼音，一个词要好几个音节表示，中文很精练，直译的话演员也没法唱。后来我绞尽脑汁，决定试试类似中国宋词填词的办法，日文用多少个字，中文也用多少个字。

我叫上董飞和我另外一个学生，我们仨足不出户在家填词。学生们起草稿，我来润色。不过这可把他俩难为坏了，顺利的时候他们一口气能写数十句，不顺利的时候想破头一天一句也出不来。也有遇到特别难填的时候，比如歌舞伎《杨贵妃》中有白居易的"在天愿作比翼鸟，在地愿为连理枝"这句，中文若是直接用原诗，句子太短，唱起来音只能拖得特别长，演员很难把握。但要翻译的话，又有什么中文能超过原诗呢？这让我很是苦恼。后来凌晨时分我突然来了灵感，白居易的这句诗源自《山海经》。《山海经》中记录比翼鸟是两只鸟，一青一红，各自一只翅膀，合在一起才能飞。以此为启发，我将"在天愿作比翼鸟，在地愿为连理枝"改为"比翼鸟我翼汝翼青赤相依同饮啄，连理枝你枝我枝并地情连山海誓"。这样一来，演员唱起来也就合适了。还有那句"无人知是荔枝来"，我们冥思苦想，将之改为了"无人知是荔枝马上红"，刚摘下来的肯定是青荔枝嘛，马驮着荔枝奔波，送到宫廷时就熟了，就成了红荔枝了。我们都觉得这句特别传神，很是得意。这也是歌舞伎四百多年来，头一回在剧目中使用中文唱词、中文伴唱，而且基本是由中国作者创作的。这项工作我们能在一周内完成，现在想起来也是很不可思议的事。

《知日》：那之后呢？在中日传统文化交流这件事情

上，是否有新的机遇发生？

靳飞：《牡丹亭》的成功给了我很大激励。二〇一〇年的上海世博会，当时我的朋友横井裕先生刚好是驻上海领事馆总领事，天时地利人和，我们俩便商量着做点什么大事来纪念这次世博会。我想出了一个主意：京剧、昆曲、歌舞伎、能乐，让这四个东亚传统戏剧同台演出同一个剧目《杨贵妃》。这将是史无前例的事情，也是只有中日两国才能做到的事情。

《知日》：所以也是在那个时段接待了中村勘三郎来中国吗？

靳飞：是的。当时是计划六月份演出。我大概在两个月前接到玉三郎的电话，说勘三郎五月要来北京，让我无论如何得抽时间接待一下。此前，勘三郎曾经去过昆明，对其印象非常不好。这次是因为颐和安缦酒店在北京开业，安缦酒店老板是勘三郎的老友，老友的邀请勘三郎难以拒绝，但他自己内心又很抗拒来中国。坂东玉三郎在歌舞伎圈内一直被大家视为中国通，于是勘三郎就找玉三郎商量。

玉三郎极力劝说他，说中国好，说中国人懂歌舞伎，说中国有靳飞。如此一来，我便不得不从上海繁忙的事务中抽身出来，飞到北京接待勘三郎。

《知日》：可以聊聊您是如何接待中村勘三郎的吗？

靳飞：二〇一〇年的五月十六日至二十日，我在这几天在北京接待了勘三郎。

首先是去参观故宫。按照一九九二年明仁天皇在故宫走过的路线，我们选择了一部分让勘三郎夫妇走，他们都非常开心。然后我带他们去长城。从颐和园出发，本来我们是打算去慕田峪长城参观的。可是我的助手不太熟悉路，当时又没有导航，我们的车开进山里就转不出来了。山里没人可以问路，我们又怎么走都找不到长城，我和勘三郎就都特别着急。后来索性也不着急了。那天天气挺好，我们就在山里转悠。我对勘三郎说："你去的可都是一般人到不了地方啊！去故宫把不对公众开放的区域看了，来长城把大家不会去的地方也去了。"他也挺高兴的。

　　之后，我约了梅葆玖先生和勘三郎见面，在梅兰芳故居，两人一起聊聊。不过有一件事情让我觉得非常遗憾。我内心觉得勘三郎也是非常好的艺术家，尤其是在和他接触之后。当时我冒出来这样一个想法：做一出玉三郎和勘三郎版的《霸王别姬》，请玉三郎演虞姬，勘三郎演霸王。于是我便把勘三郎带到湖广会馆，想让他试试妆。结果，勾上脸，换上衣服，勘三郎那霸王形象真是太理想了。可惜合作还没有完成，就传来了勘三郎突然离世的消息。勘三郎离开北京的前一天，我在大董烤鸭店请他吃饭。我和勘三郎都抽烟，那天我俩就一边抽烟一边喝酒，聊天聊得可愉快了。勘三郎就对我说："靳飞啊，我知道你的好朋友是坂东玉三郎，但是呢，我也希望，你把我勘三郎也当好朋友。你来日本，第一个电话可以打给玉三郎，第二个电话请一定要打给我中村勘三郎。"

　　勘三郎是一个非常重情义的人。后来世博会结束后，我去日本看他的演出。当时已经是二〇一一年了，勘三郎要在奈良的药师寺演出《弁庆》。他说得像我在北京照顾他那样照顾我。在演出前夕，我们俩都住在京都，他每天陪我吃两顿饭，以及夜里一起喝酒，而且都是他亲自来接我。我们也去参观了大德寺。当时他特别忙，每天要花很多时间排练，我也很心疼他，拒绝了好几次，但他这个人就是特执拗。后来我们分别的时候，勘三郎对我说:"羽田机场正在改造,改造完之后机场印的广告就是我的照片。所以你要是再来日本,还没出机场,第一个见到的朋友就是我勘三郎了!"后来每次去羽田机场,想到这句话,想起这番场景,我就怀念不已,伤感不已。

《知日》:非常遗憾。

靳飞:说回到上海世博会。在日本,能乐和歌舞伎是绝对不会同台演出的。为了促使这次大型演出顺利进行,我特地去日本请我的能乐老师关根祥六先生,他是日本最资深的能乐师。那一年老先生已经八十岁了,同台的京剧大师梅葆玖七十六岁,歌舞伎人间国宝坂东玉三郎六十岁,能促成这三位古典戏剧大师同台演出,我感到非常激动。为了说服祥六先生,我前前后后做了大量的工作,诸如劝说不要太保守啦,要勇于接受新事物的创新啦这类话。同时也谈条件,条件之一就是我得从后台到舞台间,拿绳子拦出一条通道,只能允许能乐师从这条通道行走,不能让其他演员走这条路。这条路被称为"神路"。能乐中,演员一旦扮上妆,就跟神相通了,演出能乐时,神也会下凡来看戏,所以说需要把"人路"和"神路"分开。这样既维护了能乐传统,也促成了演出的进行。

这场演出可以说是亚洲传统艺术的一次演出盛宴,仅此一场,之后大概很难再有这样的机会。可以说是中日两国文化交流史上里程碑式的事件了。

《知日》:为纪念中日邦交正常化四十五周年,二〇一七年三月,松竹大歌舞伎来北京公演,您为这次公演做了哪些工作呢?

靳飞:我的那位好友,之前的上海总领事横井裕先生,又做了驻华大使,他要求我来协助这次歌舞伎在北京的公演。因此，我便承担了一部分的工作：一是宣传，组织观众；二是接待歌舞伎演员；三是组织歌舞伎艺术家和中国艺术家、戏剧演员之间的交流；四是歌舞伎北京公演的艺术评论。

《知日》：对外界来说，歌舞伎演员是一个相对遥远的存在。可以聊聊您私底下和歌舞伎演员们的相处细节吗？

靳飞：其实一般也就是吃饭喝酒聊天这些事。比如二〇一七年三月来北京的中村芝翫，我们俩常常喝酒喝到凌晨两三点，就在北京簋街那家叫"花家怡园"的店（四合院总店）。之前我和勘三郎在京都吃饭的时候，常去位于先斗町的那家名叫"开阳亭"的餐馆吃中餐。有一次，勘三郎说要请我吃全日本最好吃的牛肉，故作神秘地把我带到一家小店，我抬头一看，这不我和玉三郎常来的"二教"嘛！我都吃过好几回了。所以说，真是"英雄所吃略同"啊。

我们俩还喜爱"和久传"家的料理。我最爱他们家的帝王蟹，吃完之后，把帝王蟹的盖翻过来，盛满清酒，然后放在炭火上烤几分钟，那酒的味道真是特别好。演员们对吃确实是特别讲究。勘三郎、玉三郎他们对吃的要求和京剧演员梅兰芳、马连良真是完全一样，像追求艺术的极致一样追求吃得精致。所以我和勘三郎、玉三郎待在一起的时候，有时候就会有一种错觉，如同生活在民国时期那些京剧名角中似的。

《知日》：听说二〇〇三年，张国荣先生曾和玉三郎先生在日本会面，当时事情的经过是怎样的呢？

靳飞：这件事的确是一次非常奇妙的巧合。大概在一九九八年前后，玉三郎约了张国荣在希望餐厅吃饭，两人彼此相惜，成为很好的朋友。所以后来我和玉三郎在希望餐厅吃饭时，聊张国荣几乎成了我们的固定话题。

那天晚上，我们又说起张国荣。忽然，玉三郎的秘书来电，说张国荣到了日本，想和玉三郎见面。玉三郎问张在何处，我们晚饭后可以去看望张。过了一会儿传来消息，说张就在希望餐厅吃晚餐。原来我们与张国荣仅仅是一墙之隔。绕过这面墙，玉三郎与张国荣便坐到一处，两人愉快地谈了半个多小时，说到电影，说到男旦，说到梅兰芳、程砚秋。我印象中，玉三郎还向张推荐了希望的燕窝做得好，嘱咐餐厅上这道菜，算是玉三郎送的。过了几日，我离开东京到京都。新干线上，车厢里的电子屏幕上显示日本《报知新闻》的消息，中国香港艺人张国荣已经成为故人了。我觉得这个玩笑开得有些大。到了京都，我打电话给玉三郎，玉三郎说他也听到这个传闻，但香港这个地方的新闻有时是靠不住的，玉三郎已让秘书去查证，可能是个谎信。很快，玉三郎又给我打来电话说："那是真的。"我问："为什么?"玉三郎回答我的也是这句"为什么"。

这些年里，我和玉三郎又去过几次希望餐厅，仍然每次都说起张国荣。之前坂东玉三郎主演的昆曲《牡丹亭》举行苏州公演，演出前玉三郎在南京大学演讲，有学生问到他与张国荣的交往，玉三郎说："明星的手里有多少鲜花，他的心里就有多少痛苦。"我知道，在玉三郎心中，是有着一份对张国荣的很深的怀念的，而且这份怀念也是玉三郎藏在心底的一份痛苦。

《知日》：玉三郎先生私下是非常内敛的吧?

靳飞：的确。玉三郎好独处，不喜和人来往；勘三郎爱热闹，印象中我每次和勘三郎相处时都是有好多朋友在场。和玉三郎多数都是我们俩单独的。而且他的学习力惊人，他有一个非凡的大脑，他可以同时学习好几种东西，完全不乱。

《知日》：那可以说坂东玉三郎对艺术的学习都是来源于艺术吗？

靳飞：这么说吧。有一年元旦，当时我和玉三郎都住在大阪，我要去京都看一看。他特地嘱咐我说，京都过年的时候什么都贵，让我先在大阪吃完饭了再去京都，不要在京都吃饭，京都贵。其实啊，我们在大阪住的是很好的酒店，在大阪酒店里吃的饭，可比京都贵多了，他还以为自己很了解京都……

《知日》：嗯……

靳飞：有一回，我坐新干线从京都去东京，结果糊里糊涂把平时看书用的眼镜给落在列车上了，这对我来说可是件麻烦事。我出站后就去了玉三郎家，告诉他我眼镜落列车上了。玉三郎马上电话联系新干线，告诉他们我的车次和座位号，说朋友眼镜掉了，请务必找一找。车站那边的工作人员说列车已经到达福冈了，眼镜也找着了，但是寄哪儿呢？于是玉三郎便留下了他家的地址，对方问，先生您叫什么？这下玉三郎犯难了，总不能说自己就是坂东玉三郎啊，于是就只好用原名，告诉对方，请寄到东京的守田家。

玉三郎不大爱喝酒，不过晚上睡觉前倒是要来一小杯，当安眠药用。我也就陪着他喝一点儿。玉三郎对玻璃杯情有独钟，收藏的很多玻璃杯都是古董。我俩常用他收藏的十八世纪名工匠做的玻璃杯喝红酒或者日本啤酒。每次喝完，他都非得自己拿到厨房洗干净然后放好，绝对不允许玻璃杯过夜，有点儿洁癖。有时候晚上饿了，他也会给我煮个面条。

《知日》：最后回到歌舞伎本身。对于外界来说，歌舞伎还是相对神秘的。可以请您聊聊歌舞伎有哪些大家一般不会接触到的事情吗？

靳飞：歌舞伎和京剧一样，有非常多的禁忌和规定。比如演出之前要祭神，而且这个仪式只有极少的人才能参加，有时候就是主演一个人。玉三郎有一个歌舞伎作品《累》，剧中的主人公是一个女鬼。玉三郎演这出戏前，就需要去供奉她的庙里参拜。我曾陪他去过一次，在东京学艺大学附近。《牡丹亭》在演出之前，也在剧场里设神坛，请神官。我是主祭人之一，我和玉三郎两人代表大家上供、行礼。此外，歌舞伎后台不许戴帽子；演出之前，其他演员要来到主演的房间行礼，请主演多多关照，主演们彼此之间也会各屋里串一串；演出结束之后，大伙也会来主演房间，说您演出辛苦了。后台也是以不同的世家为单位分配化妆室。演员之间的等级是非常严格的，比如玉三郎是"大干部"，就是领衔主演的意思，下面还有"干部""名题"，最低级别的演员被称为"名题下"，演员级别也能在演出照片上显现出来。还有一个小细节，歌舞伎海报上面的剧目名称，其实是一种独特的书法。这种书法是演员世家祖祖辈辈传下来的，要求必须书写"圆浑"，每一笔都要饱满，象征着演出圆满成功。

《知日》：您怎么看待歌舞伎和京剧的影响力？

靳飞：歌舞伎和京剧都是起源于庶民文化，并深深影响了其他艺术形式。比较典型的是电影，可以说歌舞伎是日本电影的基础。京剧在中国也是同样的状况，第一部无声电影就是谭鑫培主演的《定军山》，第一部彩色电影是梅兰芳主演的《生死恨》。现在，无论是歌舞伎还是京剧，都已经和当代社会产生了距离感。但不可否认的是，它们是现代艺术的起源，人们常常忽视了这一点。

《知日》：从您接触歌舞伎开始到现在，这二十多年间，以您的亲身体验来说，歌舞伎的现状是什么呢？

靳飞：从歌舞伎演出格局来说，还是以市川团十郎、尾上菊五郎他们的古典歌舞伎为主。另外也有市川猿之助的超级歌舞伎，如《坂本龙马》与《新三国志》。其中在《新三国志》的角色设定里面，刘备竟然是个女子，女扮男装，最开始的时候我真是有点儿接受不了。而且这部戏的舞台制作非常豪华，哗哗下雨，弄得观众席上都是水。市川猿之助演《义经千本樱》中的狐狸时，也是真的在舞台上飞来飞去，很是壮观。还有玉三郎这样的革新家，他在歌舞伎中探索了很多新形式，比如向京剧学习，向歌剧学习，如《天守物语》《海神别庄》《西鹤一代女》这样的歌舞伎作品。

《知日》：您对歌舞伎未来的发展有着什么样的期待？

靳飞：坚守古典，并等待下一轮天才艺术家的诞生。作为一个中国人，与歌舞伎相伴的这二十多年，能经历坂东玉三郎、片冈仁左卫门、中村勘三郎、市川猿之助这些演员的时代，我感到是我今生的荣幸。

本文由《知日》编辑黄莉采写，刊于《知日·歌舞伎完全入门》，中信出版集团股份有限公司二〇一八年二月版

优孟衣冠今犹唱，不废江河万古流

## 一、谈戏剧：中国戏剧的顶峰在民国

刘忆斯：有人称您是"中日戏剧背后的人"，可在我看来，称呼您"爱戏之人"更合适。现在爱戏的人越来越少了，您觉得孤独吗？

靳飞：我们老说看戏看戏，可到底什么叫戏啊？我觉得现代人对戏剧这个概念本身就是混乱的。北京有一个中央戏剧学院，可里面既没有教京剧的，也没有唱昆曲的，年轻人都愿意报考那里，可他们不是为了学戏，而是为了去当影视明星。汉语词典里解释戏剧，说是舞台艺术的总称，可这个总称里却不包括戏曲，好像戏曲就不是戏剧似的。

刘忆斯：您要是活在一百年前，可能会有很多同好同道吧？

靳飞：不然。在新文化运动中，京剧、昆曲这些"旧戏"都是被当作反面教材的，都是被加以批判的。我记得《新青年》杂志就专门出过一个专辑，专门批判中国这些所谓的"旧戏"。大家认为西方戏剧有高尚的思想，有真挚的情感，而中国戏剧都是腐朽、糟粕。

刘忆斯：可我听说陈独秀、胡适都是大戏迷啊。

靳飞：是啊，可他们也同样是批判中国戏剧最给力的人。当时有很多极端的意见都来自精英阶层，像周作人就说"旧戏应禁止"。当时北京大学有一个叫张厚载的学生，写文章为中国戏剧说了几句话，这跟他的老师们意见相左，因而被视为反对新文学运动的旧派人物而遭打压。所以我就开玩笑说啊，蔡元培校长说北大的精神是"兼容并包"，可他就没有把中国的戏剧包在里面（笑）。

刘忆斯：您觉得中国"旧戏"最辉煌的时代是什么时候？

靳飞：即便有很多极端的言语和行为，我还是觉得中国戏剧的顶峰是民国时代。王国维讲"一代人有一代人之文学"，我觉得按唐诗、宋词、元曲、明清小说顺下来，到民国成就最高的就应该是京剧。因为在民国，小说也好，电影也好，话剧也好，所有艺术形式的光芒没有一个能盖过京剧的。

刘忆斯：但梅兰芳先生还是做过"西化"的京剧改良，他在自己的作品中借用了灯光、舞美等很多西方戏剧的元素。

靳飞：这是个很复杂的问题。梅先生他们那代人，不可能不受到当时社会一些新思潮的影响，而他们尝试让中国戏剧朝着更艺术化、更文明的方向发展，也是面对外界压力不得已而为之。其实京剧本身出现很晚，在清代末年才算成形，当时的人们拿京剧当中国的"旧戏"来批判，本身靶子就找错了（笑）。

刘忆斯：以您之见，他们攻击的靶子应该是昆曲吧。

靳飞：本来应该是，可那时候情况又有变化了，因为在京剧强大的势力下，昆曲早在清末就完全没落了。

## 二、谈昆曲：昆曲身上的精英味太重

刘忆斯：说到昆曲，它似乎从古到今都有一种浓重的"贵族"气质，让人欲亲近而望之却步。

靳飞：你说得对。昆曲的鼎盛时期，我觉得应该是明末清初。到了清朝中期，乾隆皇帝曾经大力提倡，所以我们在那一时期的文学作品比如《红楼梦》《品花宝鉴》，其中都有大量有关昆曲的描写。可是当时满洲贵族们汉文的修养实在太低了，根本理解不了昆曲的雅致，在上层断了档，所以在下层的社会里也没能形成大气候。

刘忆斯：老百姓对昆曲好像也没有对京剧那么高的热情？

靳飞：是啊，这就是说昆曲本身也有问题。在清代康乾盛世的时候，我们国家的城市文化发展也十分迅速，众多营业性的剧场出现了。可昆曲身上的精英味儿太重，对文学修养要求也过高，并不适应大众消费的营业性剧场。此外，当时昆曲名角基本上也都被有权有势的王公大臣们给包养了，他们也没有表现出明显的竞争欲望。

到了民国，倒是出了一个既有势力，又想振兴昆曲的人，就是袁世凯的二儿子袁克文。袁克文曾经把南方昆曲的代表人物赵子敬请到北京，在"民国四公子"之一的张伯驹办的一场堂会上登台表演。可大家伙哪有耐心听这个啊，都等着听后面压轴的谭鑫培（京剧大师）唱《碰碑》呢。可没办法啊，为了听《碰碑》，只能忍昆曲，所以大家伙整晚上都是没精打采的。张伯驹后来作诗讥讽："南昆北曲无人赏，忍睡提神待《碰碑》。"（笑）从此一节来看，你就可见当时昆曲的惨状了吧。

刘忆斯：即使张伯驹再觉得昆曲为上，京剧为次，还是无法改变昆曲被京剧完全盖过的现实。

靳飞：按照西方人类文化学的说法，人类的文化可以分为大传统和小传统，也就是以高雅文化、通俗文化或者精英文化、大众文化来分。不过我觉得中国的文化比较特殊，在大、小传统之间，还有一个非常重要的准大传统，它是具有大传统的气质，但又以小传统的方式为主的一个层次。比如说，我们中国大多数人没有读过《三国志》，但大多数人都读过《三国演义》，《三国演义》就是我说的准大传统，它不仅是小传统的天，甚至许多老百姓都拿它当真的历史来看。

刘忆斯：您有没有觉得随着时代的更迭，人类的文化水平和能力在不断下降？

靳飞：我觉得有的地方在降，有的地方也在升。还拿《三国志》和《三国演义》来举例子，你看《三国志》虽然讲的是正史，地位很高，位列二十四史之一，可它各传有各传的说法，前后非常不统一。而《三国演义》虽然很多情节是杜撰出来的，可它前后浑然一体，且写作技巧很高。这就是我说的随着时代的发展，有些文化水平在降，有些则在升。再从戏剧的角度来说，昆曲是大传统，地方戏是小传统，而京剧正是这两者之间的那个准大传统。准大传统会不断发展，进而取代大传统，成为新一个时代的大传统。

刘忆斯：有人喊"振兴昆曲"，您怎么看？

靳飞：我们现在还是把戏剧的改革、创新当成重点。我就说，您怎么不能回头看看，先闹清楚什么是戏，什么是好戏再说。

### 三、谈《牡丹亭》：我们是一针一线纯手工缝出来的

刘忆斯：中日版《牡丹亭》演出情况如何？

靳飞：（截至二〇一〇年底）我们已经在中、日两国

公演六十八场，观众超过八万人次。

刘忆斯：听说中日版《牡丹亭》在东京首演的效果特别好。

靳飞：对，我们在东京电视台 TBS 剧场连演了二十二场，可以容纳一千三百人的剧场天天满座，最后五场都卖了站票。

刘忆斯：您编排《牡丹亭》的初衷是什么？

靳飞：刚才我说了我们现在对戏的概念是混乱的，这就让我们对戏的欣赏也变得混乱。我们已经逐渐忘了什么戏，更说不清楚什么是好戏了。所以，我就用十年的时间来做《牡丹亭》，说到底，就是想让大家看一出好戏！我跟朋友开玩笑地说，我们这版《牡丹亭》是一针一线缝出来的，是纯手工的。（笑）

刘忆斯：在您看来，好戏的标准是什么？

靳飞：我认为，戏剧本身就是没有实用价值的东西，如果你非要让它具有实用价值，那这样做出来的戏剧就一定不是好戏剧。我觉得好戏剧是在不知不觉间影响你，给你带来某种现实中找不到的感受的一种体验。

刘忆斯：能不能挑其中的"几针""几线"，跟我们分享一下这版《牡丹亭》的细腻所在？

靳飞：你知道坂东玉三郎接过杜丽娘这个角色后，问我的第一个问题是什么吗？他问我杜丽娘平时看的是什么书。我知道他是想从细节入手，加深对这个角色的理解，并加入人物心理的阐释。我给他看了很多中国古时典籍，并一起研究了梅兰芳、马祥林、蔡瑶仙、张继清等历代昆曲名家演绎的《牡丹亭》，逐渐把表演的形式固定了下来。

比如在《游园》一折唱"遍青山啼红了杜鹃"一句，有人认为这里的"青山"不是真正的青山，而是花园里的假山，而"杜鹃"也只是开在园子里的杜鹃。梅兰芳先生在电影《游园惊梦》里唱这句的身段，也是指近景的。但是我们注意到了一个问题，就是《牡丹亭》讲的是一个发生在明代的故事，而明代的杜鹃花都是野生的，现在种植在花园里的杜鹃花都是后来引入的西洋品种。所以我们认为这句词里的"青山"是远远的青山，而"杜鹃"则是远山上星星点点已经红了的野生杜鹃花，因此，我们给玉三郎设计的身段是遥指远山。

刘忆斯：哇，考据到这种地步！您不说明的话，可能大多数观众都只会在一个恍惚间就忽略掉这些细节。

靳飞：是啊。所以来看我们这出戏，是请你来看我们这些创造和细节上的处理，没让你看《牡丹亭》的故事，要看故事的话，在家里看汤显祖的文本不就行了，何必来现场看演出呢。

再比如《写真》这一折，杜丽娘画罢自己的写真，作了一首题画诗，其中有"暗藏春色"几个字。这个"春色"究竟是指怎样的一种春情呢？我一查原著，发现原来这首题画诗中间少了几句，刚好就是在画眼睛的地方，所以我们又去昆曲博物馆里把清代的谱子翻出来，找到了这几句并重新恢复到表演里，就是"个中人全在秋波妙，宜笑宜嗔似笑又非笑"。原来这"春色"就是指眉目中的风情啊，于是玉三郎就在这一节的表演中加上了含情脉脉的眼神。

刘忆斯：幸好您这版《牡丹亭》里只选用了原著五十五折中的《游园》《惊梦》《写真》《离魂》《叫画》《幽媾》《回生》这七折，如果是五十五折的话……

靳飞：那肯定要累死人了！（笑）

本文为二〇一一年刘忆斯与靳飞对谈部分内容

# 梅兰芳与上海

## 一、从民国京剧谈起

　　谈谈梅兰芳与上海，这其实是很难讲的。梅兰芳是极具代表性的京剧艺术家。那什么是京剧呢？这个问题一说起来就没完没了。我对于京剧有个基本的看法，即"民国京剧"。但是这四个字是连带着王国维的话来说的。王国维在《宋元戏曲史》开篇提出"凡一代有一代之文学"，接着阐述了楚骚、汉赋、唐诗、宋词、元曲等文学样式。那么民国时候，大伙儿给添了四个字就是"明清小说"，也是有代表性的，社会上也都承认了。那现在我斗胆在明清小说后边再给他补这四个字，叫"民国京剧"。就是我认为京剧是民国时期的代表艺术，这是我给京剧的定位。大伙儿对京剧有过误解，老认为京剧有多大岁数，特别是现在归到传统艺术领域，就认为京剧老得不像样儿了，这实际上是个错觉。当然我们中国人到年纪就老爱往岁数大了说，岁数越大越好，这是我们一种习惯。京剧也是因为这种习惯被误解了，京剧的真实年龄并没有那么大。您不能说把京剧他爹、他妈、他姥姥那岁数都算到一起。

何为京剧呢？不外乎两个标志。第一个是老生挂头牌。在京剧之前，我们全国性的剧种是昆曲。昆曲是"三小"戏为主，小生、小旦、小丑。老头儿、老太太站一边，不能站在当间。到京剧了，老生站当间了。这个美男美女两边站着去了。第二个标志是胡琴（京胡）。昆曲音乐伴奏是以笛子为主，虽然京剧在早期也用笛子伴奏，但胡琴是京剧的主乐器，以及月琴、弦子，后来加入京二胡，还有打击乐的单皮鼓、檀板、大锣、小锣等。而京胡是京剧音乐的灵魂。所以京剧的标志，一个是老生挂头牌，一个是京胡伴奏。那么京剧大概形成在什么时间呢？是清代咸丰、同治时期，咸丰一共才十一年。咸丰元年是哪年呢？一八五一年，而今年是二〇二三年。我们算到现在他还没到两百岁。昆曲是六百年了，这还不到两百年的这么个小兄弟，他怎么就是老得走不动路了？所以说京剧没那么大岁数。

京剧的第一代艺术家，就是我们通常讲的同光十三绝。这里要分成两部分，也就是十二加一。因为在这十三位老同志里边，有一个比较特殊就是谭鑫培，他和另外十二绝不一样。大伙儿还记得那幅《同光十三绝》的画吧？当然有人说那是假的，但甭管它真的假的，这十三个人是有的。那么在这个里边，谭鑫培是以武生形象出现的，就是演的还是年轻人，到他开始演老头的时候，谭鑫培才真正成为谭鑫培。谭鑫培艺术什么特点呢？前边那些老同志，唱是直的，没那么多弯儿，唱腔不够丰富。到谭鑫培不一样了，他也要表现中国历史上的英雄人物，演的都是英雄悲歌、英雄末路。何为英雄悲歌、英雄末路？贾家楼三十六友，秦琼秦叔宝，那是后来我们当作门神的英雄啊！可是谭鑫培演这英雄最惨的时候当铜卖马，走投无路，他把这段故事提溜出来，变成他的戏剧。他拿捏那分寸，那个丰富的情感，都通过京剧的演唱传达出来。所以谭鑫培走这条路是走通了，成为京剧的一代宗师。谭鑫培是京剧里第一个被叫出"伶界大王"的人，成为京剧全国性的明星，上海也力捧谭鑫培。而且谭鑫培把女儿都嫁到上海，知道上海是好地方啊！所以说，谭鑫培的成功也与上海是分不开的。谭鑫培是一九一七年在北京去世的，他的成功是在清末，他去世是在民国初期。

那到了一九一一年十月十日武昌起义、辛亥革命开始。一九一二年二月，清朝皇帝退位，民国政府开始，以那年为民国元年。一九一二年民国开始了，京剧出了三位大人物，在当时被称为"三大贤"——梅兰芳、杨小楼和余叔岩。这三位奠定了京剧在民国的艺术基础。梅兰芳改写了京剧史的事情是在京剧里旦角挂头牌，也就是老生、青衣并挂头牌，这是梅兰芳添上的。梅兰芳青衣，杨小楼武生，再加上余叔岩老生，三位并驾齐驱，这是民国艺术的"三大贤"。这之后，群雄并起，流派纷呈。我认为到一九六一年梅兰芳先生去世，这个艺术时代才拉上大幕。这之后就是现代京剧了，一直延续到现在。我就不同意什么"四大名旦""四大须生"的说法。当然，这个说法被叫响了，被叫开了，大伙儿都在说京剧"四大名旦""四大须生"。那是商业、媒体发展的结果，而不是京剧史一个客观公正的史实。我刚才讲了，十三绝是第一代，但是十三绝分类分成两个部分，是十二加一，然后进入到谭鑫培的时代。谭鑫培之后，民国京剧"三大贤"梅兰芳、杨小楼、余叔岩。之后是说"八大家"也好，"十三太保"也好，各种流派出现了。

## 二、梅兰芳到上海

那梅兰芳何以与众不同呢？梅兰芳生于光绪二十年农历甲午，一八九四年十月二十二日。梅兰芳出生的时候，梅家已经败落了。这个家里一家子女人，奶奶、妈妈、大妈、姐姐、姑姑等，全家就靠他的伯父梅雨田挣钱养家。梅雨田是一个非常优秀的京剧音乐家，天才的音乐家。他善拉胡琴，且各种乐器都会，也是谭鑫培的琴师。但是这位梅大爷天天钻研艺术，在家研究这胡琴怎么拉、编一段新腔，演出就少，因此收入也不多。而且作为琴师来说，不像主演，收入本来就不高。所以，梅兰芳在北京的童年是在贫寒中度过的。贵人自有贵命，梅家起家就是同光十三绝之一梅巧玲，是梅兰芳的爷爷，当年大红过。就在梅巧玲去世那一年一八八二年，在广东有一人生出来了，就是梅兰芳一生中最大的支持力量冯耿光。这好像转世一样，梅家起家的人梅巧玲去世，为梅家重新兴家的人冯耿光在广东出生。冯耿光经历了到日本留学、到北京当官。他到北京就认识了梅兰芳。那时候梅先生周岁十三，虚岁十四。冯耿光非常看重梅兰芳的艺术天赋，直接就表示愿意支持梅兰芳。怎么支持呢？用工资一半支持。那时候冯耿光做什么工作呢？他的正式职务，是清代成立的军咨府要员，也就是说军队里的参谋总部，他是军咨府二厅厅长。负责什么呢？情报。你想那位置得多重要啊！他每月工资四百大洋，这四百大洋到手里一半，先送梅家去，这样梅家生活就彻底改善了。这还不算，他还支持梅兰芳的艺术活动，梅先生在北京就开始崭露头角。

进入到民国之后，上海邀请梅兰芳先生去演出。一九一三年民国二年，梅一下就到上海了。可是在上海，那时候仍然是老生挂头牌，梅兰芳先生是二牌，他是以二牌的名义到的上海。在上海发生了与其他地方不一样的情况——上海真捧梅兰芳。观众喜欢这个艺术家，他红的程度超过老生。老生王凤卿这个同志也很好，心胸宽阔，马上把头牌让给梅兰芳。所以在一九一三年的十一月梅兰芳先生是在上海写下了中国京剧史上的第一笔，就是青衣挂头牌，唱的是《穆柯寨》。这回这个"梅兰芳在上海"的展览里边，上海市历史博物馆还特意讲到梅兰芳是以穆桂英开始，以穆桂英终了。第一出挂头牌戏《穆柯寨》讲的是穆桂英年轻的生活，最后一出戏《穆桂英挂帅》讲的是穆桂英晚年的生活。讲到这个问题了，但是讲得还不够。京剧史上第一次青衣挂头牌与大时代是不可分的。因为在（清末）的时候女性地位还不高，女同志哪怕老太太也不能进剧场。到了民国了，风气全都改变了，男女平等的意识已经从西方来了。在这个新的历史背景下，才出现梅兰芳在上海以旦角挂头牌这个历史事件，所以是上海成全的梅兰芳。那梅兰芳能够挂头牌，他也高兴激动，特别是人生第一次出门，更没到过这么远。他到上海那年，周岁十九，虚岁二十。到上海一看，全不一样！那时候的上海，剧场已有电灯了。在北京哪怕谭鑫培谭老板上台唱戏，架不住黑啊！实际上观众都看不见谭鑫培长什么样，在这瞎听呢！上海的新式剧场，干净漂亮，舞台是镜框式的，布景、服装、灯光都是新的。梅兰芳太喜欢这种新鲜的感觉，再加上众星捧月，上海媒体捧、观众捧，戏院给的钱又多，第二年又来了。来了以后，他通过上海开始意识到大的时代改变了。北京城进入到民国的时候，变化并不大，就是皇上改个姓、改个名儿，如此而已，跟上海这个城市氛围完全不一样。

上海的城市气氛是怎么来的呢？上海作为城市来说当然有悠久的历史，这是毫无疑问的。但是上海的悠久的历史是写在上海边儿上，像什么华亭啊，松江啊这些地方。这次陪我来的我的助手胡东海，他是四川遂宁人。在唐代的时候，遂宁人就跑华亭这儿当和尚来，成为很有名的和尚，叫船子和尚，是通过钓鱼理解佛法，成为一代宗师。但是在近现代情况不一样了，上海作为近现代崛起的新型城市，它有它的特点。第一个特点是外国人来了，大量的外国人跑来了。其实，这些外国人谁跟谁也不认识。他们一来带动很多人，要让这些外国人能活下去呀，能吃上饭、住上房子，就做起买卖来，还有很多服务于这些外商的。现在你看各地招商引资不是讲究倡导要"店小二式"的服务吗？上海在那时候就学会了，就提供"店小二式"服务。那么从长三角地区到上海聚集的中国人也多了，大伙儿也都互相不认识。这样的话，在上海意外地出现了一个非常特别的社会形态，就是经济学里讲的"陌生人社会"。我们知道所谓经济社会就是建立在"陌生人社会"基础上，大伙儿谁都不认识，那一块儿做买卖怎么办？对不起，我也不知道您家在哪儿，我也跟您不熟，咱俩立个合同吧！互相之间契约就形成了。这跟北京"都是哥们，别形式主义了，咱就一句话说完就完了"，跟那个不一样。北京在哪个胡同住啊，你们家街坊谁啊，你姥姥家在哪儿，他都知道啊，熟！所以说有信用关系，上海天然的陌生人社会形成了，就有了契约精神。

梅兰芳到上海，看到这些新的形式、新的人际关系等他都觉得喜欢。上海戏剧界那时候也讲革新、讲双创。就是要演新戏。上海走得太远点儿了，因为上海不像北京那么保守，有老师看着他不让你随便改的。上海呢，大伙儿非常自由，像唱老生的能唱着唱着，突然高兴了、激动了，把胡子一摘给观众演讲。在北京的话，你敢这么唱，那不得被师父打死！在上海，这都是允许的。同时在北京唱戏的社会地位很低，被认为是"贱业"，是卑贱的行业。上海的外国人谁管你这个，所以说上海城市气氛是不一样的。梅兰芳觉得在上海这个行业得到了尊重，挣钱又多，他找到明星的感觉了，他认为一个崭新的时代已经来了，而且这个时代是从上海开启的，他相信也会带到北京来。

梅兰芳第二次从上海回北京，开始个人行动。连续十八个月，梅兰芳举起了京剧改良的旗帜。这十八个月他在北京干什么呢？第一件事儿就是编演新戏，演出新剧目"时装戏"。这是什么意思？学习上海，把在上海戏剧界已经普遍的做法带到北京。这些新剧目的内容一部分是当时社会新闻，比如报纸刊登的社会新闻，一部分是取材于小说，他都给编成京剧。第二件事叫改良传统剧目。什么叫改良传统剧目？因为他看到北京京剧的缺点。北京的京剧两个极端：一个极端是弘扬主旋律，都是正剧；还有一个极端就是特别市井，色情戏、粉戏流行，这是那时候北京的情况。梅兰芳脑子里有一个意识就是文明。这些粉戏、黄戏不好，他要加工改造。所以像梅派的著名的代表剧目《贵妃醉酒》在清代都属于黄戏、粉戏，梅兰芳出手去改造它。把它变成自己的一个代表性剧目，现在也成为中国京剧的经典剧目。这是他看到了北京京剧的缺点，动手改造。那么第三件事情就是复兴昆曲。为什么要复兴昆曲呢？这个背景就是他也看到上海京剧的缺点，上海的京剧继承不够，自己瞎编的太多、太自由了，想怎么唱就怎么唱，想怎么演就怎么演。梅兰芳觉得这也是不行的。所以他要重新向中

国传统戏曲学习。那向谁学习呢？向昆曲。所以，梅兰
芳又自己去学习昆曲，再去演出昆曲。这是梅兰芳受了
上海的刺激，回北京以后用了十八个月的时间做的事
情。那么这十八个月做下来以后，梅兰芳成为梅兰芳
了，大红特红！也就在这时候，梅兰芳真正接替了谭鑫
培的位置，成为京剧史上第二位"伶界大王"。那么京
剧这个剧种又在全国各剧种中是头把交椅，梅兰芳在演
艺界第一位的这个地位就确立了。

## 三、冯耿光的支持

这时候支持他的冯耿光也发生了变化。刚才我讲冯
耿光相当于大清朝参谋总部情报工作负责人，大清朝一
亡他做什么呢？冯耿光先是"下岗"了，有一段时间没
有工作。袁世凯死了以后，在冯国璋做临时大总统的时
代，冯耿光得到了一个好位置。一九一八年二月二十四
日，冯耿光被任命为中国银行总裁。那个时候中国的各
家银行，没有中央银行。哪个代行国家央行职能呢，叫
中交两行，中国银行和交通银行。这两家银行就是中国
的央行，是银行界地位最高的。中国银行实力又在交通
银行前边。于是，冯耿光做了中国金融界的头把金
交椅。

当然，大伙儿办事还是找金融家找得多呀！发现在
哪能找到金融家呢？在哪能见到冯耿光呢？梅兰芳一唱
戏就能见到冯耿光。所以梅兰芳的演出非常频繁，特别
是金融界重大活动，都得请梅兰芳到场。那时候有个专
门的说法叫"堂会戏"。就是各单位、大家庭有重大的
活动要唱场戏祝贺，这叫堂会戏。梅兰芳那时候唱堂会
戏太多了，每天忙不过来，天天演出不断。梅家的收入
也增长了很多。在二十世纪二十年代梅家整个的生活发

生改变。冯耿光买下了清末一个贝子府，在今天的东四九条。有一百三十多间房，带一个花园、有一个大宅子。梅兰芳先生这时候收入也多了，不用冯耿光来支援他了，他也买了个大宅子，离冯耿光不远，在北京无量大人胡同五十五号。梅家跟冯家距离大概是坐汽车十分钟。梅先生这个家有个缺点：花园小。冯耿光家的优点就是花园大。所以各位看老照片，凡是有一大花园的，那照片就是在冯家拍的。花园小的是在梅家这边。那梅先生就把冯耿光家当作对外交流的客厅，一有外国政要来北京访问，梅先生就在冯先生家接待。各位知道那时候什么人才能住得起这么大的院子啊？大家以为梅先生唱红了，就能住上了？你们再看看，除了梅兰芳之外，还有哪位京剧艺术家住成这样的院子？这梅先生的待遇是银行家的待遇啊！京剧艺术家里边，只有梅兰芳一个人能够像当时银行家一样生活。现在各家这个房子都还基本上有，基本上保留着，你看杨小楼的故居、谭鑫培的故居，尚小云、荀慧生、郝寿臣他们的家都在呢，大家都可以看得到，再没有第二家能够过梅兰芳那样的生活了。

这个时期又是中国民营企业一个蓬勃发展的时期。外国公司没有感受到中国发生的根本变化，所以外国公司把民国还当作大清朝一样对待，做法没什么改变。但是很多中国的有识之士像梅兰芳一样，已经意识到新的时代来了，所以他们行动起来了。以上海为代表的一批工商界的精英，他们开始办公司，做实业。就像离上海近的南通纺织大王张謇。这个时期也是中国民营企业蓬勃发展的一个黄金期。时间到了一九二七年，国民政府定都南京，一九二八年六月二十八日，南京国民政府改北京为北平，设为特别市，直属于南京国民政府。这在近现代史上是一个非常重大的事情。北京因为这次变化，失去了政治中心的地位。南京虽然是政治中心，但是国民党的做法很特殊，把金融中心仍然留在上海。当时蒋介石用自己的小舅子宋子文做财政部部长。宋子文本来想把中国银行、交通银行变成国民党的中央银行。这两个银行不干，它们已经把民间资本扩充到比例很高了，想走商业银行路线，不想做国家银行，那国民党只好自己成立自己新的中央银行。在一九二八年十一月一日，国民党在上海设立国民党中央银行，蒋介石亲自来参加了揭幕式。这标志着上海的金融中心的地位得到维护。既然国民政府的中央银行设在上海，那其他银行也要环绕着中央银行，不能离太远。所以各个银行逐渐都往上海搬迁。民国时代四家银行最大——中央银行、中国银行、交通银行和农业银行。中国银行失去了中央银行的地位，变成了特种经营行业，负责国际汇兑业务，到今天中国银行仍然在海外开设分行，在世界各地开设分行，做进出口业务、进出口贸易。这样一来，中国银行就从北京要搬到上海。

冯耿光从北京搬到上海，他一搬家，梅先生也不好办。为什么呢？刚才我讲了梅先生这个像银行家一样的生活一个主要的依靠对象就是冯耿光。梅先生一下子挣了很多钱，这么多钱不会理财呀。所以梅先生的理财是由中国银行代管的。梅先生就明白这个事理，他跟中国银行紧密捆绑，专业的事情要交给专业的人来做。他的做法是非常现代的。今天，研究京剧史的一些专家在写这段历史的时候，很多都不明白他来上海的诸多因素，很重要的一点是冯耿光搬到上海来了，梅先生要想维持他的生活，他一定要考虑怎么办。因此在一九三〇年前后，梅先生就往上海搬了，一直到全家都搬过来。一开始他先住在沧州饭店，后来就是马斯南路。

## 四、赴美访苏前后

在上海梅兰芳立足于这个城市，做的事情就跟北京不一样。他在上海这个城市完成了两项巨大的工作。第一件工作是一九三○年访美演出。这个事情说起来很荒诞，荒诞在哪儿呢？美国崛起于二战后，十九世纪末二十世纪初美国在经济上取得了巨大进步。在此之前，大家对美国还没有足够的关注，那时候老牌帝国主义国家英国、法国这些地方很重要。但是二十世纪二十年代开始美国的影响就来了。这个影响是在北京远不能比的，在上海能强烈地感受到。梅兰芳的访美，不是偶然的。他是在上海这个城市里边感受到了美国的发展，他才要去美国的。他为了去美国可以说不惜代价啊！他做出决定的时间不好。这时美国出现了一次大的挫折。一九二九年的秋天美国爆发的经济危机非常严重，纽约证券交易所大崩盘，美国经济出现了很大问题。中国的财政部长宋子文是留美的，这时他正在中国积极推行学习美国的金融做法。而美国这时却出现这么严重的问题。美国的金融危机导致美国的经济下滑。所以，梅兰芳访美没有得到美国的实际支援。去美国花费很大，梅先生还不能说自己带几个人就去美国了。大游轮他包这个总统套房，他要做船上的第一贵宾。当然，也靠冯耿光替他去张罗，大伙儿多凑点钱支援梅兰芳。那么谁都没想到的是他在美国真红了。梅兰芳把京剧艺术带到了美国，而且引起美国全国轰动。那时候《纽约时报》批评严厉，天天在那骂这个骂那个。而对梅兰芳的演出却给予了肯定的评价。所以说梅兰芳访美是非常成功的。

大家知道梅兰芳赢得了美国全国的尊敬，那效果是什么呢？一九三〇年八月，著名学者吴经熊从美国哈佛大学讲学归来，见到胡适时说，美国人只知道三个中国人，即蒋介石、宋子文和胡适。胡适笑道："还有一个，梅兰芳。"在此可见一斑。梅先生在上海完成了这件重大的事情，就是把中国京剧通过美国再向世界传播，这是他了不起的成就。梅先生为上海的世界影响力是做出过杰出贡献的人。

梅兰芳具备了世界影响力，这之后梅先生做了他在上海的第二件大的事情——一九三五年访问苏联。这个事情又不能就事论事，他去苏联也不简单。当时中苏关系复杂多变，既有合作也有摩擦和分歧。而中日关系越来越危险，处于日寇霸占东北、觊觎华北的严峻局势中，法西斯在欧洲也已经开始行动了。世界局势、国际关系发生改变。这个时候中国和苏联都要考虑一个问题，我们怎么办？要请在美国都有影响的梅兰芳访问苏联。这是一九三五年梅兰芳去苏联的内在意义。现在看资料，梅兰芳去苏联很热闹，苏联政府管辖的对外文化交流协会非常积极主动，专门派人亲来上海邀请，又是斯坦尼斯拉夫斯基，又是梅耶赫德，又是丹钦科出来隆重地欢迎梅兰芳。苏联媒体从党中央机关报《真理报》到其他各种报刊，都做了报道。那是国家级的外交啊！不像美国似的，那纯粹是民间外交。到苏联这个相关的经费中民国政府财政部提供了部分，苏联那边也是官方接待的。梅兰芳有个学生是南通人，是南通张謇先生推荐给梅兰芳的。他给梅先生推荐的这个学生叫李斐叔，一表人才，但是唱戏的材料不够。可是这个人有文化，梅先生也不好驳了张謇的面子，所以就把他留在身边做秘书，帮他处理点文字工作。李斐叔唱戏不行，写文章写得好。他留下一篇文章就讲访苏联，题目是《斯大林来看过我们的戏吗?》。都传说斯大林要来看我们戏,到底来没来看呢?我们也没弄明白。说有一天梅先生开始演出了,一下这全场灯暗了,然后那正面包厢有几个人影进去了,进去以后坐在那看戏。看苏联的工作人员都搞得很神秘。至于说斯大林到底看没看梅兰芳的戏,反正我们也不好说。当然他实际上讲斯大林是看了梅兰芳的戏。所以,一九三五年梅兰芳访问苏联是非常重要的事情。他是承担了国家外交的任务。

那么访美和访苏对梅兰芳个人除了增加影响力之外,对他的艺术有什么样的影响呢?这是我们关心的另外一面。访美最大的收获是发现导演制。京剧是没有导演的。我们发现导演还很重要,所以说在访美回到中国的时候,他的演出发生改变。以前梅先生唱戏可以叫梅兰芳主演,访美之后就不能这么叫了,叫梅兰芳导演兼领衔主演。著名昆曲表演艺术家张洵澎老师是我的莫逆之交,她参加过老梅先生《游园惊梦》的电影拍摄。那时候她因为年轻漂亮,去给老梅先生配演十二花神之一。她曾和我说过梅先生是懂电影的,他是懂得导演的,他脑子里有这个意识了。梅兰芳访美之后,他的艺术的改变就是演出中他增加了导演意识。那么到苏联梅先生艺术上的收获是什么呢?现在我们瞎编一气,斯坦尼、布莱希特、梅兰芳三大艺术体系。但是那时候梅先生还认识一个人,就是苏联大导演梅耶赫德。梅耶赫德的基本观点是什么呢?就是戏剧要向电影学习,要出镜头,把镜头意识引进到戏剧中。梅先生发现这个问题了,梅先生留下的那些剧照都那么好看,那么漂亮,因为他知道那不是拍照,那是镜头。所以说访美、访苏对梅兰芳先生的艺术也是有很大的启发,这两件大事情都是他在上海居住的时候发生的。

## 五、抗战及解放

　　时间到了一九三八年，梅先生到香港。这时候情况
又发生变化了，发生什么变化呢？当时中国银行董事长
是宋子文，冯耿光在中国银行的势力受到很大打击。这
时候抗战又全面爆发了，中国银行要赶快搬家，把总部
迁到香港了。冯耿光接手的工作就是常驻香港照顾中国
银行。冯耿光每天就到中国银行去一个钟头，各处看
看，没什么事儿，差不多就回家了，走了谁也不跟谁多
说话。冯先生在香港生活的日子就很苦闷，就对梅先生
讲希望尽快来港。于是梅先生带着剧团到香港演出，经
由冯耿光亲自斡旋，梅剧团绕开香港黑帮芮庆荣的从中
剥削，而直接与利舞台合作。据梅兰芳秘书许源来的回
忆，某天晚上，冯六爷在香港街头被芮庆荣派人用铁棍
打得满脸是血，将养半月才恢复健康。演出结束，梅剧
团北返，梅兰芳则留在香港，住香港干德道，深居简
出，闭门谢客。这时候战争就越来越激烈了，在这种情
况下，梅先生怎么回来？就等于说被迫无奈留住香港。
这样梅先生从一九三八年到一九四一年就住在香港。在
珍珠港事件之后，日本开始进军东南亚，把香港也占领
了。梅先生是重点监控对象。日本人擅长搞情报，先都
调查了解哪些人在香港。在日本军队打香港的时候，留
居在香港的国民党要员赶快坐飞机跑。航空公司是国民
党的，当然优先送国民党政要了，一飞机一飞机地拉，
都拉到重庆去。梅兰芳他不是政要，他想走都走不了，
因为拿不到飞机票。冯耿光虽然地位显赫，但是和宋子
文关系不好，所以国民党也没准备送他去重庆，就把他
们老哥俩又给晾在香港了。这样就一直住到一九四一
年。当时日本人发现有一批金融家藏在香港，把这些人

都找出来用飞机押送回上海。因为汪伪政权已经成立了，还需要这些金融人才，冯六爷也被送回了上海。这时候梅先生在香港住也没什么意义了，所以梅先生从香港也返回上海，又开始人生的第二次在上海居住的经历。

梅先生回到上海之后就不出门了，在马斯南路画画，也不唱戏了。接着日本投降、梅先生复出这些事情大家都了解了。可是这时候大家要注意，梅先生在上海又发生了一件无比惨痛的事情。就是抗战刚胜利，梅先生正在高兴的时候，他最喜欢的弟子李世芳从上海回北京发生空难，飞机失事死了。这件事情对梅兰芳先生打击很大。他把李世芳是当作接班人的，没想到发生这样的事情。刚好就是李世芳发生空难那天，梅先生还有戏在上海，但是他还是坚持把这出戏唱完。戏比天大，梅先生是不会在唱戏上出问题的。但是那天晚上演出就特别潦草，给对付过去就完了。在那天晚上，有个小报记者当然后来成了大的文化名人就是黄裳，刚好在那天看戏去了。他一看这怎么唱成这样，还在报纸上写篇文章批评梅兰芳，说梅兰芳差不多了，岁数够大的了，应该退休了。他不知道梅先生那天经历了多么大的苦难。所以说从李世芳死，梅先生才开始真正关注梅葆玖的成长。梅葆玖是生在上海的，所以梅葆玖对上海的感情跟我们都不一样。一九三四年三月梅葆玖出生在上海，他基本上认为自己是上海人。所以，从李世芳死到一九四九年这几年间，梅先生情绪不高，他一方面感慨自己年纪大了，另外一方面也是经受了这么大的打击，心情也不好。

一九四九年一月三十一日北京宣告和平解放。上海是经济中心、文化中心，党中央很早就关注上海了。在一九四九年四月，中央电召潘汉年、夏衍从香港赶到北京来，并告知安排他们去上海市参加军事接管分管文化。上海文化工作你们应该怎么做，特别是要对上海的文化人要客气、要尊重。所以上海解放之后，夏衍、于伶同志就来看望梅先生，陈毅市长也邀请梅先生参加座谈会，表达对梅兰芳先生的尊重。到了七月，在北京召开第一届全国文艺工作者代表大会，梅兰芳先生被周总理邀请进北京参会。这个事情影响特别大。他们在梅先生进北京的火车头上做了巨幅的梅兰芳画像。所以新中国火车第一个是梅兰芳号火车出现了，这是给共产党、新中国做了个大广告。京沪线是半个中国，半个中国的老百姓都知道梅兰芳要去北京，要去找共产党。这为我们新中国做了一个很大的广告。沿途大的车站都有人来迎接，梅先生都要从火车上走出来，跟大伙打个招呼。那一传十，十传百，传得就越来越多。等到北京那天，是早上七点多到的北京。北京有很多人早晨遛早，养鸟的、打拳的都在那儿晃悠着。大伙儿一看，这些京剧艺术家怎么都跑到前门火车站附近了？叶盛兰、马连良他们怎么都来得这么早？这些人就明白了，一定是梅兰芳到北京了，别人没这么大的排场。这一下这前门火车站附近的老百姓就全都从家里出来了，来看梅兰芳来了，多达万人。梅先生从前门火车站出不来了，人山人海怎么办？所有戏曲界的人手拉手组成人墙成保安了！梅先生从京剧艺术家组成的人墙里出来。出站出了小一钟头。所以，毛泽东主席在见到梅兰芳的时候说的第一句话，在中国你比我有名啊！紧接着一九四九年九月底，梅兰芳又从上海到北京出席第一届全国政治协商会议当选为委员，然后参加了共和国的开国大典，走上天安门城楼。中国的传统戏曲演员还从来没有得到过这么崇高的政治地位，一个是代表京剧，一个代表上海。当然紧接着梅先生就是从上海搬到北京了，一直到一九六一年梅先生去世。

在梅兰芳先生六十七年的不那么漫长的人生中，他前前后后在上海居住的时间大数是两个八年，香港之前八年，香港回来八年。那么再加上零零碎碎的可能更多。也就是梅兰芳先生的人生，四分之一的时间是在上海度过的。除去小时候不懂事儿那四分之一啊，懂事是后边四分之三，最后四分之一是老年。这说明什么？梅兰芳的艺术盛年是在上海度过的，这也给上海的城市史留下了无比灿烂的一笔。

那今天的话题就说到这儿为止，谢谢大家！

本文由二○二三年十二月十日上海市历史博物馆《梅兰芳与上海》讲座整理而成。整理：丁佳荣、马恩铭

辑二 感旧怀人

白先勇与董桥的草莓

据董桥说，京剧和草莓是有关系的，出典就是董桥的文章《草莓香气里的孟小冬》。"我的英国朋友那天说，家里还有一本照相簿贴着一些孟小冬的照片，'stunning！'他说，将来找出来给我们看。我们在花园里一边吃草莓一边聊中国京剧与符号学：那年月，Roland Barthes 正红，写过文章谈京剧。"

我喜欢他题目里的"香气"二字。草莓是放不住的，至少我没有见过有草莓罐头，可见连罐头也做不成；只是不知怎的，草莓的气息与味道却能经久流行，诸如草莓汽水、草莓冰激凌，还有草莓果酱。日常在我们身边总能闻到草莓气味。

京剧没有草莓那么好的命，其境遇与带些浓汁的酱菜相仿佛；早先曾是佐餐必备，现今仅是拖着老字号的腿令其换不成招牌的鸡肋。

孟小冬本来就泡在那酱菜缸里，董桥信手将之改良成为草莓味道的酱菜，给人的感觉就颇不一样了。好像有了草莓味，吃酱菜就如同吃了草莓。

　　白先勇先生具有同样的本领，青春版的《牡丹亭》亦是一碟草莓酱菜。

　　比起那些很努力地要把京剧做成"酱菜味道的草莓"的编导，董桥与白先勇可谓是聪明之至。

　　微感遗憾的是，董桥文章写孟小冬二事，皆不确。一是孟小冬是须生而非花旦；二是刺杀梅兰芳事件，主角是某大学法律系的穷学生李志刚，而非如董桥所云的市长公子王维琛。此一事件，许锦文著《梨园冬皇——孟小冬传》有详尽的记述。

　　这也算不得是董桥的不是，因为他说孟小冬时，孟小冬即被符号化了。董桥说某以前的老外交官家里，"小客厅壁炉上挂的是吴昌硕的一幅扇面，画岁朝清供"。孟小冬则只是董桥书斋挂的一幅旧美人画像。虽然如此，要改董桥题作《孟小冬香气里的草莓》，事涉知识产权问题，我亦没那么大的胆量。用句梅兰芳《贵妃醉酒》里的戏词，就"且自由他"吧。

二〇一五年七月二日

# 行翁和豆翁

二月二十四日既是张中行先生的忌辰，又是梁树年先生的忌辰；比行翁小三岁的梁先生，去世却早了行翁整整一年。

梁树年先生，号豆村，大风堂弟子。我与梁豆翁相识于二十世纪八十年代中期，相识后不久，我就从城里迁居到"燕京八景"的金台夕照附近，与豆翁成了邻居，来往就多了起来。我第一次去他家拜访，豆翁便给我出题目，说他早年得一佳句，"一塘烟雨鹭鸶愁"，要我试着续成一绝。我并无七步之才，勉强交卷，亦不成样子。过了月余，豆翁以一绝示我："持竿携酒上渔舟，蓑笠轻寒罢钓游。小醉蓬窗尤有伴，一塘烟雨鹭鸶愁。"首句却是用了我的。因为这点贡献，豆翁遂许我登堂入室。我略有几日不到，豆翁便会命人持信而来，说"想近多忙，久未相见，念甚"。我得信就得匆匆赶去"上朝"。某日，豆翁又出题目，以"此处无声胜有声"为下联求对，我掂量自己扛不动，就转给新结识的中行翁。行翁在《惜墨如金》里记道："梁老先生住在北京

梁树年先生

梁树年画作

东郊僻远之地，坐在室内看南窗外小院，草木扶疏，有村野意，可谓无声，此浅义也。深义更明显，是像我这喜爱书画的老朽，对于他这样有高深造诣的也只是微有所知。总之是下联分量很重，对联要上下联门当户对，配个合适的就难了。于是搜索枯肠，因为他是书画名家，就由书画方面找门路。忽然灵机一动，居然想到一种意思，是画以笔墨简淡为胜，于是东拼西凑，成为上联，是'何时少墨同多墨'。用对偶的规矩衡量，各个字，音和义都合适。"

得行翁此联，豆翁深喜遇到知音，二老就此成为好友。我远走海国之后，豆翁还几次往访行翁，行翁也多次到豆翁处看望。我们三人还曾结伴同游密云水库，行翁亦有文章。梁豆翁八五个展在美术馆开幕之际，是日雨，我与行翁进门时，正遇上启功先生，他们两人站在大门口就说起话来。我先进去向豆翁报到，豆翁看我一人进来，忙站了起来，满脸失望地问："行翁没有来吗？"我笑着一指："那不是正和启先生说话吗？"豆翁扶杖亲迎过去，行、启两公亦赶紧拱手称贺，三位老辈文人之间，同声相应、同气相求之情，都尽在那一幕中了。

附：
## 一、大千残画

友人送来一幅大千居士张爰的残画，展至半尺余，我即断其为真迹无疑。

实在是有些匪夷所思，我与此画竟然是极有渊源。十八年前，我曾在金台夕照处的豆村梁树年先生府上见过此画，今姑以《老树卧婆娑》名之——并且听梁豆翁亲口讲过关于此画的故事。话需要从一九三七年大千来北平说起。

那时梁树年先生与郭传璋、白雪石等几位组织了豆村画会，在中山公园来今雨轩举办画展。不想某日大千光临，对梁豆翁的画大加赏识，当场定购两幅。有好事者发现大千有爱才之意，遂向梁游说，愿意引见梁拜在大风堂门下。梁既感大千提携，又觉先已拜京派老画家祁井西为师，不便另投别家。梁由中间人陪同往颐和园听鹂馆大千下榻处拜访，谈甚尽兴，踏月而归，然终未言及拜师一事。

次年大千定计南下，避开日本军纠缠；梁豆翁留平闭门作画，潜心丹青。至一九四三年，大千完成历时三年的敦煌临摹壮举，刚刚移居榆林，恰逢有熟人欲往北平。大千匆然念及梁豆翁，就作了这幅《老树卧婆娑》图，寓以敦煌摹写心得，托人携去北平赠梁。但是大千所托之熟人，担心大千是知名的反日画家，倘如路途中被敌伪查出藏有大千画作，难免惹出一场麻烦，乃将大千画作贴身裹带，以防万一。岂料画作因此竟为汗水沤湿，送到梁豆翁手中时已成残画。

一九四五年冬，大千重返北平。一则豆翁老师祁井西先生已经去世，二则豆翁也感念大千赠画之情，旋与田世光先生一起向大千行拜师礼，正式列入大风堂门墙。惜师徒相聚仅年余，随后大千飘零海外，再无谋面之可能。一九八三年，梁豆翁听到大千去世消息，久久无语。已是七十二岁高龄的豆翁，将此幅残画找出，略为修补后亲手托裱出来，留作永久纪念。

梁豆翁于二〇〇五年二月仙逝，得享上寿。想来大千《老树卧婆娑》图残画当是老人身后散佚出来的。我作了几句韵语讲述此画来历，兼作对豆翁的缅怀。语云：

燕台絮语大风堂，人物流离两沧桑。稷园翰墨来今雨，禁地清谈拂晓光。榆林传讯兼传艺，鳌岛断交更断肠。残年亲将残画补，一近重阳一感伤。

## 二、梁树年的"警退"

"惭年华之虚度，惜夕照之余辉"，这是梁树年先生自拟画展前言中的两句话。于旁人看或许是自谦之辞。梁树年乃大风堂张大千先生得意弟子，终生从事美术教育，为中央美术学院教授，荣宝斋为其编印个人画集，另出版有《梁树年山水画稿》等著作，成绩斐然，饮誉画坛多年，无论如何不能算是"虚度"。但这确是梁树年先生发自肺腑之言。他自题画室名曰"警退"，意为不进则退。他认为，人越到老年，越容易松懈退后，尤须律己从严。梁先生客观评价自己："余在四十岁以前，潜心于传统，虽学未成而积习已固。对于所谓'师古人莫若师造化'的真理自恨觉悟之晚，虽亟欲改弦，奈蜩甲难脱，深感先入为主之甚。"他由此足迹遍及名山大川，画风为之一变，在传统的基础上又跳出传统，以心入画。达"无法""忘形"之境，以"会心""寄情"为目的。我不愿用"大师"的字眼来称梁来生——这有违于他多年来谦逊的秉性，但梁先生六十载翰墨春秋的探索，确已形成独特的艺术风格，且这风格逐渐为更多的后学者所宗仰。倒是他自己对此大不以为然，依旧在否定自己，且在否定的过程中，悟到更多的艺术真谛。"孜孜不倦、乐此不疲"八个字或能说明他学画的精神。

不倦与不疲是需要有"执著"的追求的，从梁先生最初习画的经历或可窥见一斑。他是东郊六里屯人，家中以经商为业，梁树年喜欢用铅笔画些小动物，周围景物无不入画。他曾把一幅作品让亲友看，亲友竟一眼认出："这不是马道口路边那棵树吗？"他由此受到极大的鼓励。可是偏远乡村，无处拜师，这时的画还谈不上什么技巧。约在梁树年十三四岁时，村里搬来一位翟姓老人，据说擅长丹青。原本生性腼腆的梁树年闻听，按捺不住心中的渴望，冒着大雪找到翟老先生的破草屋。叩响房门。里边问："谁呀？"梁答："我是本村的学生，向您学画来的。"半晌不再有人答话。梁树年鼓足勇气推门走进，只见土炕上有位年逾花甲的老者披着一床破被坐着。他说明来意，老者不客气地回绝："我不会画，会画也不教！你瞧这屋子！"梁树年环顾四壁，屋中未生火炉，什么家具都没有。老者厉声喝道："我画了一辈子才明白，画画是致穷之路！"梁树年此时早已定下主意，坚持拜师，哪里顾得穷富？翟老先生拗不过他，苦笑一声，只得命他去备画具。从此梁树年开始用毛笔绘画，至今年逾八旬，翰墨生涯六十余载，果如翟老先生所言，未与孔方兄结下深交。但他自认为理想付出努力，曾经追求过，无愧一生，怡然自得而不悔。

执着之外，还有认真。梁先生工诗，可以尚友古人，如其《深山居隐》："泉水淙淙处处花，隔流恰有木桥斜。纵然苔径无人迹，料是山中住隐家。"自题胸中丘壑，颇尽风雅。其早年得一佳句，"一塘烟雨鹭鸶愁"，久不能续成全诗，竟成心病。退休回家，闲时犹自斟酌。屡经推敲，作七绝一首："持竿携酒上渔舟，蓑笠轻寒罢钓游。小醉篷窗尤有伴，一塘烟雨鹭鸶愁。"我上门拜访之际，梁先生拿出此诗，言明为征求意见稿，做引玉之砖，嘱我代访名士就教。"小醉"句，我提出能否用"无有伴"，梁翁拟改"喜有伴"，一字之更争论不休。我曾抄去他一首诗发表于《人民日报》（海外版），其中有"牛羊牧竖不识趣"，我误将"竖"字抄成"竖"，梁先生指出后，我信口答可通用，他立时当着我的面查《康熙字典》，白纸黑字逼我认错。但他也会时常向我问询一些字的讲法，全不管我们间年龄差异，我敢给他提出意见，他亦不以为忤。他七十七岁时自拟《待人八则》自箴：

> 人谦逊，我敬之；
>
> 人识广，我师之；
>
> 人诚笃，我亲之；
>
> 人坦率，我近之；
>
> 人谄谀，我厌之；
>
> 人世俗，我远之；
>
> 人巧言，我戒之；
>
> 人倨傲，我鄙之。

静观梁先生素日为人，确如是箴。他绝少参加各种社会活动，但于每位上门求教者无不是一团和气，温厚有长者风。有时疲劳一天，又有弟子持画而来，他不会以累为辞，往往讲解评点之外还要亲自动笔修改，几次心脏病发都是由此引起。一旦康复，依旧尽心尽力。他是以本色对众生的，他的性情原本如此。张中行老先生曾这样写到他第一次与梁相见："实相是，髡首长髯，清癯沉稳；印象是，仙风道骨，却平易近人。环境呢，室中陈设，大多可入文震亨的《长物志》，而殊少新潮什物；南窗侧小门通小院，其中豆棚瓜架，三五红叶如醉。"淡淡几笔，把如六朝人物般的梁先生勾勒了了。

梁先生喜着中式便服，鬓发如霜，长髯及胸。说话从不高声。在他那古朴典雅的客厅里与他晤谈，时时能感受到他身上所显现的一种完完全全自然的、无法仿效的洒脱，那感觉同读他的书、他的诗、他的画是一样的。

本文选自《张中行往事》，内蒙古教育出版社，二〇一二年三月版

# 谈《五马图》以及陈宝琛的外甥

二〇一九年一月，东京国立博物馆举办"颜真卿展"，出人意料地同时展出了已经销声匿迹九十年的宋代画家李公麟的《五马图》。

李公麟及其《五马图》在中国美术史上都占据重要地位。李公麟字伯时，号龙眠居士，宋熙宁三年（一〇七〇）进士及第后，历任南康尉、长垣尉、泗州录事参军等职，诗、书、画、文俱佳，与王安石、苏轼、黄庭坚等都是好友。《宣和画谱》赞其画云，"集众所善，以为己有，更自立意，专为一家，若不蹈袭前人，而实阴法其要"。

《五马图》可能是李公麟最后的作品，也是李氏传世真迹中最可信任的，还是现存北宋时期保存最为良好的纸本画作；所画为西域进贡的凤头骢、锦膊骢、好头赤、照夜白、满川花等五匹名马，黄庭坚为之笺题和后跋。《五马图》原藏于清宫。清逊帝溥仪出宫后移住天津时期，陆续出售部分书画藏品，其中即有《五马图》。张伯驹《春游琐谈》之《五代阮郜阆苑女仙图卷》文记，溥仪在天津时，以包括李公麟《五马图》在内的清宫旧藏四十件书画抵押出售，由太傅陈宝琛经手。陈宝琛又交付给外甥刘可超负责。刘可超联系盐业银行朱虞生与张伯驹，以李公麟《五马图》、黄庭坚《诸上座帖》、关仝《秋山平远图》、米友仁《姚山秋霁图》四件，押款二万元。后刘还款一万元，取回《五马图》及《秋山平远图》；张伯驹则以一万五千元购得其中的黄庭坚《诸上座帖》与米友仁《姚山秋霁图》。

张伯驹文中说：

> 后刘（可超）以数万元缴溥仪，胡涂了事，所有书画尽未交还。后刘回福州原籍，死于法。《阆苑女仙图》由故宫博物院于福建收回，未于刘手流出国外，诚为幸事。

陈宝琛生于一八四八年即清道光二十八年，福建闽侯人，字伯潜，号弢庵，又号橘隐，晚号听水、沧趣。陈氏于一八六八年即同治七年进士及第，累官至内阁学士，为晚清清流代表人物之一，与张佩纶、宝廷、邓承修并称为"四谏"。后遭贬斥，返乡赋闲二十五年之久。宣统初年经张之洞推荐而重出，任职礼部侍郎；一九一一年又兼毓庆宫行走，成为宣统帝师，此后一直随同溥仪左右。一九三五年在北京病逝。

陈宝琛有兄弟七人，除夭逝者外，几乎均为进士、举人。陈宝琛娶光绪三年丁丑科状元王仁堪女为妻，后又娶数人，育有儿子六人，女儿七人，却乏有成就者。陈宝琛有同胞妹陈伯芬，极为宝琛所疼爱。陈宝琛亲自为她写了《刘氏妹六十寿序》（一九二一）、《刘氏妹七十寿序》（一九三二）。陈伯芬嫁盐商刘步溪，步溪约于民国初年即病逝。陈伯芬七十大寿时来京，陈宝琛云：

> 适予京寓虚一院落，因移居焉。自是予到都，晨夕
> 欢聚，如在家巷时，为近年以来第一乐境，特惜吾仲家
> 居，不获偕耳。

陈宝琛与妹妹伯芬手足情深，对于伯芬之子，格外用心提携，待外甥远胜于待自己之子。现知陈伯芬有五子，即刘骐业、刘骧业、刘骏业、刘骋业、刘驷业。其兄弟名字均用"马"字旁。刘骐业，早逝。陈宝琛记云，"学垂成而夭于疫，聘妻守节，寻亦从殉"。刘骧业，字午原，精通日语，在民国初期，曾短期供职于财政部，后随同陈宝琛服务于逊帝溥仪，负责联络各地军阀及日本，溥仪为之题字"能劳有继"。溥仪《我的前半生》记：

> 我到天津后最初发出的谕旨有这两道："郑孝胥、
> 胡嗣瑗、杨钟羲、温肃、景方昶、萧丙炎、陈曾寿、万
> 绳栻、刘骧业皆驻津备顾问。""设总务处，著郑孝胥、
> 胡嗣瑗任事；庶务处著佟济煦任事；收支处著景方昶任
> 事，交涉处著刘骧业任事。"

刘骧业比较活跃的时期是二十世纪三十年代初，即一九三一年九月十八日"九一八"事变前后。九月十九日，溥仪即曾命刘骧业赴大连探听消息。但是，当时负责联络日本者，还有郑孝胥、郑垂父子，而郑氏父子又与陈宝琛舅甥的意见不一。溥仪《我的前半生》云：

> 这时我对于日本军政双方有了新的看法，和陈宝琛

那一伙人的看法有了分歧。陈宝琛一向认为文人主政是天经地义，所以他只肯联络日本芳泽公使，他的外甥只肯和领事馆以及东京的政友会人物来往。这时他坚决主张，如果东京方面没有表示，千万别听军人们的话。我的看法则不同，认为现在能决定我的命运的不是日本政客，而是日本军人。

因为溥仪倒向了郑孝胥父子的观点，所以溥仪从天津出逃东北后，陈宝琛舅甥即被排挤出局。

张伯驹文中没有提及刘骧业，事实上刘骧业也是售卖《五马图》的经手人。二〇一九年东京国立博物馆举办《颜真卿展》，展出《五马图》之际，日本艺术史学者、东京大学东洋文化研究所教授板仓圣哲在接受澎湃新闻采访时披露，刘骧业在东京一度将《五马图》存放在原田悟朗经营的博文堂，一九二八年即日本昭和三年十一月二十四日至十二月二十日在东京"唐宋元明名画展览会"上曾经展出。十二月十二日，刘骧业还曾陪同日本昭和皇后及近卫文磨等要员一起参观展览。

张伯驹的回忆刚好说明，《五马图》于一九二八年在东京展览后，又曾被刘骧业持回国内，押在盐业银行。与刘骧业同时在溥仪处任职的胡嗣瑗也在日记中记录：

刘骧业归自日本，昨夕由北京来，先过寓晤谈。带去画件，以彼都（东京）经济状况不佳，迄未售出。又言近事，似东邻有利用意，或可有所举动亦未可知，但彼人直云一切皆为我忙，有倭将某某不日可来接洽。（中略）余趋直，骧业亦来园，入对时闻亦主慎重考虑云。

板仓圣哲在接受采访时展示出当时的《五马图》购买收据，系为刘骧业再次访日时，经日本古董商江藤涛雄介绍，于一九三〇年即日本昭和五年十月一日，将《五马图》售给了日本企业家末延道成。以上过程说明，溥仪在津出售书画，刘骧业主要负责的是，与日方买家对接。时隔九十年，因《五马图》现身而引起热议，刘骧业也随之引起关注，但大家错将其与"刘让业"及"刘镶业"混为一谈，故有再作甄别之必要。刘骏业，应即张伯驹文章中之刘可超，疑骏业字可超。天津文博院副研究员欧阳长桥《溥仪在天津期间清宫法书名画的存藏、散失与转移》文即持此观点。其文记录：

溥仪在津期间所散失的珍宝还包括他赏给近侍的一些东西。如他为酬答其师傅陈宝琛之外甥刘骏业而赏赐给刘骏业的唐阎立本《历代帝王像图卷》（原注：此件归刘氏不久即归华北伪政权头目梁鸿志所有。随后转售日本人。第二次世界大战后为美国波士顿美术博物馆所得）和《步辇图》，五代阮郜传世孤本《阆苑女仙图》三卷。当时还酬有宋拓《定武兰亭序拓本》一卷等。从以上作品的历史性和艺术性来看，它们无疑是极具价值的瑰宝。当然，溥仪的酬答如此"丰盛"，与他当时也许并不了解这一点有关。所幸保管《步辇图卷》《阆苑女仙图》的主人，没有转售给外人，解放后捐献给人民政府，后归故宫博物院庋藏。这也实属一场大不幸中的万幸了！

欧阳文认为溥仪不了解这些书画价值，此一说法恐难成立，其背后似仍有故事，且待有心者发掘。就目前情况来看，刘骏业是溥仪在天津出售书画的国内经手

人，与刘骧业兄弟分工不同。张伯驹文里记刘可超即刘
骏业"所有书画尽未交还"，欧阳文所提阎立本画作等，
似即系"未交还"者。陈宝琛后人有云，刘骏业后返回
福建，抗战初期被人抛尸闽江。刘骋业，疑即刘勉己，
骋业或字勉己，《鲁迅全集》注释里记：

刘勉己，一九二四年后曾任《晨报》代理总编辑。

刘勉己所以出现在鲁迅文章里，是因为鲁迅在一九
二四年十月三日写了一首小诗《我的失恋》，交给《晨
报副刊》的编辑孙伏园发表；结果稿子被刘勉己撤了下
来，孙伏园一怒之下辞了职。鲁迅在一九二五年五月四
日《京报副刊》发表给孙伏园的"通讯"里便带了
一句：

想不至于像我去年那篇打油诗《我的失恋》一般，
恭逢总主笔先生白眼，赐以驱除，而且至于打破你的饭
碗的罢。

后来鲁迅在《我和〈语丝〉的始终》文里又说：

那时伏园是《晨报副刊》的编辑，我是由他个人
来约，投些稿件的人。（中略）但这样的好景象并不久
长，伏园的椅子颇有不稳之势。因为有一位留学生
（原注：不幸我忘掉了他的名姓）新从欧洲回来，和晨
报馆有深关系，甚不满意于副刊，决计加以改革，并
且为战斗计，已经得了"学者"的指示，在开手看
Anatole France（法朗士，法国作家）的小说了。（中
略）"我辞职了。可恶！"这是有一夜，伏园来访，见面

以后的第一句话。那原是意料中事，不足异的。第二步，我当然要问问辞职的原因，而不料竟和我有了关系。他说，那位留学生乘他外出时，到排字房去将我的稿子抽掉，因此争执起来，弄到非辞职不可了。但我并不气忿，因为那稿子不过是三段打油诗，题作《我的失恋》，是看见当时"阿呀阿唷，我要死了"之类的失恋诗盛行，故意做一首用"由她去罢"收场的东西，开开玩笑的。这诗后来又添了一段，登在《语丝》上，再后来就收在《野草》中。

鲁迅两段文字里的"总主笔先生"和"学者"，指的就是刘勉己，但鲁迅不一定知道，刘是陈宝琛的外甥。刘勉己离开《晨报》后也返回福建老家。共和国初期授衔少将，后来担任原南京军区副政委的孙克骥是福建武夷山人，在回忆录《夕拾集》里谈到，原来刘勉己是孙的姨夫。孙记：

二十年代初，母亲为了我兄弟有一个良好的教育环境，带我兄弟二人到北京投靠我二姨。二姨朱月筠，也是一位慈爱善良的妇女。她同我母亲非常友爱。二姨夫刘勉己，他的母亲是陈宝琛（原注：末代皇帝溥仪的师傅）的亲妹妹，虽然他是陈宝琛的外甥，却是个自由主义者，留学日本，是早稻田大学的经济学博士；以后又到法国深造，又得了一个博士衔。回国后，在北京《晨报》馆当编辑。曾引稿件问题，与鲁迅有过一场小小的笔墨官司。此人一生没有在国民党政府机构中担任过职务。大革命之后，回到福建，在福州法学院当教授。一九三三年冬，参加过李济深、陈铭枢发动的"福建事变"。失败后，被国民党通缉，逃到香港。不久又回到北平某大学任教授。抗战爆发后北平失守，他去西南联大任教。一九四九年，赋闲在沪，寄居在他胞弟刘攻芸家。刘攻芸当时是李宗仁代理总统的国民政府的财政部部长。一九四九年四月，我策反国民党海军第二舰队工作结束，上海党要求我找适当的社会关系，安全隐蔽，等待解放。我知道刘勉己在沪，遂托上海党了解他的政治情况。据了解，此人政治上进步，与民盟有关系。于是，我上门拜访。相隔十五年，相见甚欢。我说明来意，他知道我的政治面目，满口答应我在刘家住下，我在刘家住了大约十多天，才转移别处。他能在当时的政治环境下掩护我，我是感激他的。他不愧是一位学者，解放之后，他学习俄文。五十年代初期，我到上海开会，顺便去看他。他郑重地拿出他学俄文的毕业证书给我看，笑着说，"人家说不知老之将至，至于我，叫做不知老之已至"，说后哈哈大笑。以后听说他到厦门大学任教，自此没有联系。一直到一九八三年中共福州市委召开二战时期党史座谈会，见到陈洁（应为絜），才知道一九五七年间，刘勉己被打成右派，随后便到美国投靠他的儿子，不久病故在美国。那时，陈表示要替刘平反摘掉右派帽子，不久，陈洁（絜）也过世了，刘勉己平反的事，也就不了了之。刘勉己是长辈中值得我敬爱和怀念的一位老人。

孙克骥最初随母亲到刘家，就是刘勉己担任《晨报》代理总编辑的时期。不知孙是何时知道刘与鲁迅的笔墨官司之事，今日孙亦去世，再无从问起了。幸而孙克骥留下这段回忆，刘勉己的一生经历，也就基本完整了。

孙克骥提到的陈絜，字矩孙，同样是陈宝琛家的一位奇人，为陈宝琛之孙，一生曾经几次参加共产党，又几次被开除出党，据说在延安时期还做过刘少奇的秘书。姚依林晚年与堂妹姚锦谈话时，还曾提到过陈絜。姚锦《姚依林百夕谈》记，一九三五年春的某晚，姚依林到住处附近的燕京大学图书馆里贴传单，没想到遇到了陈絜。姚锦说：

没料到他（姚依林）刚走出图书馆，便迎面遇上了一位过去认识的同学陈絜（原注：解放后曾任福建省政协委员），久不见面的陈絜一把握住了他的大手，却沾了满手浆糊。次日，陈絜赶来清华找他，因为陈絜一到图书馆就发现了传单，知道是"姚胖子"所为。陈絜匆匆赶来找他，说明自己在福建读书时便是共青团员，一直在找组织，这次可找到了！于是，六兄（姚依林）把陈絜介绍给周小舟。自此，通过陈絜认识了燕京大学的一批革命青年，其中有王汝梅（原注：即黄华），还有龚澎等等。

陈絜在"一二·九"运动后的经历极曲折，此处不再多叙，他于一九八三年十二月获得平反，党籍从一九四六年一月算起。陈絜逝于一九八七年四月，享年七十四岁。最后再说刘驷业，字攻芸，后以字行，是刘家兄弟中之最具声望者。徐友春主编《民国人物大辞典》录其小传云：

刘攻芸原名驷业，福建侯官（今闽侯）人，一九〇〇年（清光绪二十六年）生。早年入上海圣约翰大学附中，一九一九年赴美国留学，入宾夕法尼亚大学华盛顿学员，一九二二年获商学士学位。继入芝加哥西北大学夜校，日间在一银行工作，一九二四年获商学士学位后至英国，入伦敦经济学院，仍继续其工读生活。一九二七年获博士学位；同年回国，应北平国立清华大学之聘，授经济学。一九二八年应国立中央大学之聘，授银行学。一九二九年八月，中国银行总经理张嘉璈聘为总账室主任，司会记组、联行组业务。一九三五年八月，任中央信托局副局长，数月后调国民政府铁道部财务委员会。一九三七年二月，任交通部邮政总局副局长兼邮政储金汇业局局长。一九四○年任四行联合总办事处秘书长。一九四五年五月，当选为国民党第六届候补中央执行委员。抗战胜利后，四行总处撤销，改任中央信托局局长，并兼任苏、浙、皖区敌伪产业处理局局长。一九四七年三月，任中央银行副总裁。一九四九年一月，升任中央银行总裁；同年三月，任财政部部长，未及赴广州，旋至台，转去香港。一九五○年春，任新加坡华侨银行顾问，继为华侨保险公司董事经理。退休后经营矿业。一九七三年八月八日病逝于新加坡，终年七十三岁。

另外，林航等撰有《民国时期刘攻芸金融实践探析》，介绍其金融思想及相关活动较为详尽。仅从这份简历可以看到，刘攻芸受知于中国银行总经理张嘉璈，从一九二九年受聘出任中国银行总账室主任，至抗战胜利，刘始终是追随着张氏足迹任职，张氏倚重刘亦如左右手视之。郑会欣著《民国政要的私密档案》记录，张嘉璈受到蒋介石排斥，一九三五年被迫辞去中国银行总经理，改任中央银行副总裁。

一九三五年八月，中央信托局成立，孔祥熙兼任理

事长，邀请张嘉璈任局长，张答应了，并希望能将中行
总账室主任刘攻芸借调任副局长。（中略）宋子文为此
事大发雷霆。（中略）新任中行总经理宋汉章告诉张嘉
璈，说宋子文对此事仍不谅解。张回答说："若彼必无
中生有以疑人，显有成见。余除借调攻芸外，决不用中
行一人。"就在这一天（原注：八月二十日），张嘉璈从
中行的寓所中搬到自置的物业，从而与中国银行断绝了
关系。

　　从这件事情即可了解到，张嘉璈对刘攻芸之器重程
度。张嘉璈即徐志摩夫人张幼仪之兄，他们还有一位政
治家的兄长，即创建中国国家社会党的张君劢。张幼仪
与徐志摩于一九一五年十二月结婚，鲁迅所作的小诗
《我的失恋》，即是讽刺徐志摩的。不过，张君劢与张嘉
璈，在"《晨报副刊》事件"发生的时候，未必具备影
响舆论的力量，不可能作为刘攻芸之兄刘勉己的后台。

　　　　　　　　　　本文二○二○年三月十二日写于北京

# 冒辟疆：文脉的真名士传承中华
## 「明末四公子」之一

## 一、明末乱局，仗义执言历凶险

冒辟疆是蒙古族，原姓篯儿吉得氏。其先祖已经难以考证，有说是元代镇南王脱欢，又或为元末中书右丞相脱脱。元明交替之际，冒姓始祖冒致中来到江苏南通如皋，从此，冒氏家族在这片滨海之乡勤勉耕读。时光流转至明万历三十九年（一六一一），冒辟疆诞生。在祖父的教导下，他十岁能诗，才名远扬，连大名士董其昌都对他赞誉有加。只可惜，冒辟疆不擅八股文章，只在崇祯十五年中乡试副榜，未能在混乱的明末政局中施展抱负。

那时的冒辟疆，与方以智、侯朝宗、陈贞慧志趣相投，结伴而行，激昂悲狂之辞频出，名动天下，被称为"明末四公子"。崇祯十二年（一六三九），二十九岁的冒辟疆，以一种近乎招摇的姿态，来到歌舞升平、不知大乱将至的南京，此时的他饰车骑、通宾客，尤喜与桐城、嘉善等地的东林党遗孤们悠游。与东林党人遗孤交游的冒辟疆，在置酒筵、召歌舞的场合，无巧不成书地观赏了曾迫害东林党的权奸阮大铖的家班演出的《燕子笺》。冒辟疆借机演了一出"醉骂奸臣"阮大铖的戏中戏。阮大铖经此羞辱，怀恨在心。

一六四四年，清军入关后，明朝宗室相继在南方建立起几个短暂的政权，是为南明。同年五月，福王朱由崧在南京即帝位，阮大铖为兵部右侍郎，不久晋升为兵部尚书。他立即对东林、复社诸人展开报复，大兴党狱。抨击南明政权庸碌无能的冒辟疆等人自然是主要目标。随即，陈贞慧入狱，冒辟疆则幸运地逃回如皋老家，躲过一劫。

## 二、救济桑梓，乐善好施显大义

冒辟疆虽然平安返回如皋，但如皋也不宁静。一面是时有零星战事，一面是接连几件"要案"，事涉冒氏亲友。

清顺治八年（一六五一），他的爱姬、曾为"秦淮八艳"之一的董小宛年仅二十八岁病殁。冒氏既怀深切亡国之痛，又遭突来丧偶之悲，情绪至为抑郁低落。他以明遗民自居，义不仕清，居家奉养双亲。不过，冒辟疆也并非赋闲如皋。他的姐姐嫁给南明礼部侍郎李之椿的侄子，李家被告发与南明监国鲁王密议起事，全族捕至南京，死难者约五十人。冒辟疆不畏嫌疑，四处求告，面对重重阻碍，从未有过一丝退缩，最终救出姐姐一家，其中艰辛旁人难以想象。

如皋义士许某，因刺字"生为明人，死为明鬼"被斩，妻子被发配。冒辟疆怜其忠义，暗中相助。负责解送许妻的解差夫妻被冒辟疆的义举所感动，解差妻子挺身而出，以身代许妻流放。冒辟疆得知后，以重金将解差妻赎回，迎养家中。

到了清顺治末至康熙初年，天下初定，冒辟疆与清廷的对立关系有所缓和。在大旱和大疫之时，他便出面与地方政府合作救灾。在旱灾期间，冒辟疆精心制订的赈济方案，"条法甚具，全活无算"。当物资不足时，他毫不犹豫地变卖自家产业，拿出珍贵的簪珥继续救助百姓。在疫情之中，他更是不顾染病的风险，每日在外忙碌，不幸染病，险些身亡。但他从未后悔，因为他心中装着的是百姓的安危。

## 三、以文传世，铸就清初文坛辉煌

冒辟疆一生文事不辍，他怀念董小宛所作的《影梅庵忆语》堪称清初散文高峰之作，后来还被改编成剧目搬演于舞台，足证其作品之生命力。自冒辟疆返如皋定居后，到如皋去会冒辟疆，竟成文坛一时风气。冒氏起初以其宅为文化活动场所，后又兴建水绘园为雅集之地，聚集起如皋（含今之如东县）、崇川、泰州的文人墨客，吟诗填词，作文作赋，诗酒唱和，互相切磋，形成文化社团。

冒辟疆为众人提供饮食住宿，将众人作品编辑成集，刻印流传。参加这一群体者达数十人之多，其中既有八旬高龄的诗人、篆刻家邵潜，也有编辑《诗观》的名士邓汉仪，邓诗《题息夫人庙》句，"千古艰难惟一死，伤心岂独息夫人"，后为高鹗续写《红楼梦》时在最后一回中引用。更多参加者是年轻诗人，如冒辟疆长子及次子、外甥李生及同乡晚辈，最著名者是"四公子"之陈贞慧之子陈维崧。陈贞慧早逝，家境穷窘，冒辟疆爱惜陈维崧才华，接至冒宅生活十年之久，对其爱护远过于对自己的子侄。

陈维崧得冒辟疆提携帮衬，渡过人生难关，在文学上取得很深的造诣，被誉为清初词人代表。以冒辟疆为中心的文化社团，在明清易代的动荡环境中坚持创作，传承文化，取得可观的文学成就，记录了那个特殊时代的心灵史。

冒辟疆在戏剧领域的贡献也是突出的。中国昆剧艺术源起苏州昆山，明中期盛行北京，从而流传大江南北，领袖剧坛近三百年，二〇〇一年被联合国教科文组织列为首批"人类口头和非物质文化遗产代表作"。昆剧能够成为中华文明标识之一，是数百年间艺术家的薪火相传，以及社会各界极尽维护的结果。在明末的战乱中，冒辟疆在如皋成立冒氏家班，收留从南京流散的老艺术家教习昆剧，自己也亲身参与指导和排演，培养了至少两代年轻演员。

冒辟疆在家乡做出的贡献赢得官民一致敬仰。康熙八年（一六六九），清廷亲贵诺迈以八旗参领升任江南狼山总兵官，辖南通一带军务民政。诺迈在任十年，兴利除弊，礼贤下士，对冒辟疆极为尊重。冒辟疆亲眼看见在诺迈治理下，南通社会重归安定，百货辐集，经贸发展，同时也有感于诺迈的厚谊，其心中之遗民情结渐渐能释怀，心态亦为之一变。

诺迈升任福建提督时，冒辟疆亲撰《五狼督府镇台公德政序》送别，文章开篇即云，"国家龙兴辽左"，公开表示了对清政权的承认。

冒辟疆乐善好施，暮年却生计困难，靠家班演出和鬻字补贴日用。康熙三十二年十二月（一六九四），时年八十三岁的冒辟疆在如皋病逝，他的离去，仿佛一个文化时代的落幕。但他坚守中华文明道德操守，传承中华文脉的精神，却如永恒之光，照亮后人前行的道路。

原载"道中华"二〇二四年九月十九日公众号

# 波多野乾一

我岳父的父亲，就是我的老老丈人，是日本大分县人，名叫波多野乾一。乾一的父亲叫七藏，是明治时代的汉学家，号老田，书法学倪云林，写得非常好，现在我东京书房里就挂着老田的墨迹。老田可能经济状况不佳，娶了位小姐，入赘到波多野家。所以，我是老田之后，第二个入赘波多野家的女婿。我后来在波多野家的坟上，看到老田的门生们为他立的碑，了解到他是一位极好的老师，学生们非常敬重他。他的儿子，也就是大名鼎鼎的乾一，年轻时在上海东亚同文书院留学，后来到北京当了报社记者。他在北京的时候，交了无数的朋友，有一次，我居然找出李大钊的女儿李星华写来的信。原来，李大钊遇难后，乾一为李家送钱去了，李星华代表母亲写信感谢。这封信，我后来送影印件给了李星华的女儿贾凯林。我和凯林是很多年的好朋友，结果，有朝一日忽然又成了世交，这太有趣了。贾凯林说，听家里说过日本人送钱的事，没想到其中有你的太岳丈。

　　乾一与梅兰芳是好友，他们做了五十年的朋友，梅
兰芳《东游记》开篇就提到他。一九二四年乾一陪同梅
兰芳第二次访问日本，他们夫妇带着长女一起与梅剧团
同行。结果在天津，他们给三岁的女儿买了香蕉，在船
上给女儿吃。香蕉皮上大概有化学药剂，女儿不小心沾
上，中毒，去世了。波多野家由此立下家训，吃香蕉前
一定要好好清洗。中国人大多不知道这件事情，文化交
流也是有人付出生命的，而且是一个孩子。乾一在他的
书里放进一张女儿的照片，留下永久的纪念。乾一与郝
寿臣也是好朋友。一九二一年郝寿臣演出《马踏青苗》，
乾一赠郝"活孟德"之号。郝寿臣高兴地带着儿子到照
相馆拍照留念，这是他的儿子郝德元告诉我的。乾一写
作了《支那剧及其名优》和《支那剧大观》，这两本著
作使他成为日本最著名的京剧研究家。其实，他主要研
究的内容是近现代中国社会，他与国民党、共产党都很
有交情。他写作的《中国国民党通史》《中国共产党党
史》，多达数百万字，是海外中国研究家必读之书。
　　乾一夫妇在北京又生了第二个孩子，就是我的岳父
波多野龙。他是在协和医院出生的，与我的女儿在同一
家医院出生，相隔六十余年。乾一预感中日之间会出大
事，所以携全家搬到东京居住，买了现在东京的房子。
乾一从此隐居，每天打麻将，写文章，打了十年麻将。
他积极推行麻将的中国打法，还创立了日本麻将联盟，
他是首任会长。而且，乾一还写作《麻雀日记》，每天
和谁打牌，怎么和的，赢了多少，输了多少。后来日记
出版，八大厚本！日本麻雀博物馆里还能看得到。鲁迅
的小朋友增田涉回国，鲁迅还作诗送他。（《送增田涉君
归国》：扶桑正是秋光好，枫叶如丹照嫩寒。却折垂杨送
归客，心随东棹忆华年。）增田是个穷学生，在东京找

到乾一求助。乾一说，什么也不要做，战后需要"干净
的人"。他为增田在我们家附近租了房，负担增田的生
活费用，增田的工作就是陪乾一打麻将。这样的事情来
自增田的回忆，他在晚年非常感念乾一的恩情。我问我
岳父，你在家里见过增田吗？岳父说，那个增田啊，见
过，天天来家里吃饭，打麻将。岳父是理科出身，对于
我们这些搞文的不理解，认为包括他父亲在内，我们这
些人都不干正经事。乾一的女儿，玲子姑妈爱爸爸，她
保存着乾一翻译的老舍的《小坡的生日》，这是老舍作
品第一个外文译本。二十世纪九十年代，因为老舍夫人
胡絜青老人的要求，我们把这个孤本捐赠给了老舍故
居。玲子姑妈很舍不得，说她觉得她与哥哥，就是好像
小坡与妹妹，这是他们少年的纪念。玲子还说，乾一出
门，在公共汽车上还唱京剧，是个日本怪老头。

战后，乾一出席了远东国际法庭。他是以证人的身
份出庭，证明了日本侵华的罪行。但是，乾一与国民党
的关系更好，晚年，张群还请他率团访问中国台湾，蒋
介石会见了他，而且送了许多礼物。这个日本老头太不
可思议！蒋介石送的礼，他居然没打开过。四十年后我
在仓库里发现了，是我开的封，里面是一对精美的宫
灯。我在仓库里还找到一个快要破碎的皮包。姑妈说是
乾一病重时在医院里用的。我打开看，里面是一沓未完
成的《唐人传奇选》，乾一只译了几页，便再也做不动
了。他的资料与著作，身后被送到东洋文库，装了十三
卡车。东洋文库设立"波多野文库"来纪念他。

二〇一六年八月十五日

　　我与坂东玉三郎用了十年时间完成中日版昆剧《牡丹亭》的创作，又在中日两国又演出了百十场，也算得是近年戏剧界的一桩盛事。

## 一、玉三郎拥程，我拥梅

　　我与玉三郎，对于艺术的见解，自然是相近之处很多，否则不可能合力从事《牡丹亭》的工作；但是，我们也有看法不一的时候，甚至争执起来，其中之一，是关于京剧的梅派和程派。我拥梅，玉三郎则是从拥梅而转向程，他说："我感觉从气质、性格上，更接受程砚秋。"我虽不认同玉三郎的意见，但也为他收集了许多程砚秋及程派的资料。二〇〇八年五月，我们在北京湖广会馆举办首次中国公演，我特意为他请来了程砚秋先生之子程永江先生。玉三郎喜出望外，对永江先生说："程派艺术了不起！我在演出《离魂》一折时，对程派艺术有所借鉴。"永江先生听后也很高兴，希望大家能约定时间往深里谈一谈。可是，这个愿望至今仍未实现，且是再也不能实现了。

## 二、以治美术史的方法写《长编》

六月五日，程永江先生以八十二岁高龄在京病逝。其实，就在数日前，他还观看北京京剧院举办的纪念程砚秋先生诞辰一百一十周年演出，而且成为梨园一大话题。真是"天有不测风云"，令人倍感惋惜。

我与永江先生相识很早，二十余年前邂逅于老舍夫人胡絜青老人家中，后来又在吴祖光先生处遇到过。给我的印象，他是个不善言辞的人。我们也没有更多的交往。这种情况我在梅家有类似的经验。梅兰芳先生次子绍武叔便是个沉默寡言的人，但绍武夫人屠珍教授则是出了名的健谈，我们就有了说不完的话。对于永江先生，我更多是像接近绍武叔似的，主要是通过他们的著作来接近他们。

坦诚地讲，我们对于中国传统戏剧的研究，事实上做得极不到位。倾向于老派的，主要以捧角为主，往往是连戏带人，所谓"德艺双馨"几成陈词滥调。倾向于新的，亦未必有多么新，不外乎拾西人牙慧，多用了几个近代引进的新词罢了。我在东京大学讲授中国京剧艺术课程时，曾为此深感苦恼，因为我所能为学生提供的学术资料实在是太有限了。处在这样的苦闷中，我极意外地收到由北京市政协赠送的一套《程砚秋史事长编》，给予我的帮助甚多。

《程砚秋史事长编》的性质是年谱，放在众多的年谱中，或许并不起眼。不过，这部完全符合国际学术标准的、中国传统戏剧艺术家的年谱，先前却是不曾有过。我由此注意到编撰者程永江先生的经历，他毕业于苏联列宁格勒列宾美术学院美术史、美术理论系，后来长期在中央美院任教。所以，程永江先生不仅是程砚秋之子，他以治美术史的态度和方法完成《程砚秋史事长编》，以此证明他还是一位名副其实的程砚秋的研究家。无论在学术界还是梨园界，能够同时兼具这两种身份，都堪说是一种奇观了吧。这部《程砚秋史事长编》，更为中国传统戏剧的研究，立下一个新的标杆。此意义，虽于今日未彰，我相信，势必光大于后来。

其后，我陆续又购到永江先生整理之《程砚秋日记》与其所著的《我的父亲程砚秋》。《程砚秋日记》某种程度带有资料汇编的意味，不同凡响的是，大量资料都是一手，真实展示历史原貌。我们这种好古之人，经常会感慨地说自己"余生也晚"。事实上，如果不晚，作为同时代人，能读到程砚秋日记者又有几人？展读《程砚秋日记》，我多次为"晚"而庆幸，我从中的的确确触碰到程砚秋先生的内心世界。譬如：

一九五七年二月十三日。

陈叔通先生致函砚秋，切嘱曰："你以后千万对周（扬）、田（汉）、夏（衍）要谦虚，说明要他们指教，切不可因此次介绍事战胜了田，不知不觉又生硬起来。我对介绍事始终以为田的劝告是对的。你对几位副院长亦要谦虚。我的话未必入耳，但还是要说。两知。"

函中的"介绍事"指的是程砚秋先生由周恩来、贺龙两人介绍入党。个中的史事暂且不论，以往我们多知程先生身边有罗瘿公与金仲荪，这册日记显示出陈叔通先生对程之影响力，不唯不逊罗金，且更为持久，乃至在程晚年，仍然做得如此教训。

这种珍贵史料，程永江先生肯于和盘托出，与我们大家分享。这仍然是一种难得的学术态度。

## 三、生动的程砚秋先生影像

最后再说几句《我的父亲程砚秋》。程砚秋先生严禁子孙学戏，因此，永江兄弟都未入梨园。作为以口传心授、父业子承为传统的戏剧艺术，应该说，是一种损失。但是，正因为有了这样的距离感，永江先生对于父亲的回忆，更着重于"父亲"的一面，于是为我们留下一幅生动的、生活中的程砚秋先生的影像。譬如，程砚秋的兄长们如何不争气，而作为老母亲的程老夫人，只好采取站在院子里"骂大街"的方式，一次又一次逼迫砚秋资助哥哥们。这些尽管是"家丑"，但情况并非特殊。昔年胡絜青老人就曾对我说过，老舍母亲逝后，老舍的哥哥赶来大闹的事情。这却真实地表明，我们的前辈艺术家、作家，即是处在这样的生活环境。所以，永江先生回忆父亲，并不全是"高大上"，作为家属，能有这样的心胸，于今更说是格外罕有。我每每奇怪，现在说到往昔的人物，总要看着其后人的脸色说话，乃至出现孔子多少代之后的后裔，还要来以权威面目阐释孔子。既然如此，那还要我们这些研究家、学人做什么？都由各家去研究各家算了。

二〇一四年六月十一日

慧心别有慧眼知

　　我原本不太喜欢明朝故事，以为在人是人非问题上
纠缠过甚。这或许是因经历了元朝（蒙古政权）统治的
冲击，诸多汉文化的传统标准发生了变异，需要再次整
理的缘故。其实，整理也未必就要用人与人之间激烈斗
争的方式来完成。当然，从政权的角度看，不斗可能不
行，诚如京剧《二进宫》的台词："江山只有争斗，焉
有禅让之理！"若自庶民的立场来看，那却是张伯驹所
愿的，"长希一往升平世，物我同春共万旬"了。政权
的活动，见诸《明史》；平民百姓的心事，虽然未有多
少文字的记录，我们却能从那些文人雅士、能工巧匠留
下的作品中读得出来。

　　文人雅士的，曾为五四前贤大加阐述，可以无须再
添足了。能工巧匠的作品，如永宣剔红，如宣德炉，如
青花瓷，如成化窑，愚以为，成就并不逊于明之书画、
散文、昆曲。惜此一类我先民之特别记录，一方面，被
其较高的拍卖市场价格引走今人之关注，重其经济价值
而轻其人文价值；另一方面，又总被强调其御用色彩，

仿佛这些器物显示的只是皇帝的趣味，忽略了个中匠人的创造。

忽略匠人的创造，这又不是今人独有的弊病，事实上依然是所谓古已有之。仅以青花言之，瀚海保利嘉德诸拍卖行皆不乏佳制，遗憾的是，我们只是能断定年代，关于作者的情况则基本就是无知的。比较而言，明代恰还算是肯于重视匠人的，太祖朝即宣布废除元代工奴制度，且减少匠人服役时间，准其服官役外自由经营。永乐帝设立果园厂制作雕漆，给予匠人以公务员待遇。正因明帝之能宽大匠人，此亦明之一大善政，由此得来有明一代之手工业空前发展。如果允许略带些忽悠成分的说法，北京城未尝不是工匠的一件巨大艺术品——主持北京建设的蒯祥，便是一位木匠出身的高官，然而这份功劳在民间传说里被刘伯温轻而易举地拿走了。同样在明朝的对匠人的宽松气氛下，黄成、扬明前所未有地以匠人身分完成了《髹饰录》，经近人朱启钤、王世襄绍介，乃成制作研究漆器的首要专著。

我最近数年，因为与坂东玉三郎一起制作中日版昆曲《牡丹亭》的缘故，在原著上颇用了些工夫，方才感觉到历代演员的创造实不减汤显祖。作为昆曲经典的《牡丹亭》，应是剧作者与演剧者的共有作品。读《髹饰录》，我也倍感匠人在种种工序中的苦辛与苦心。若单从一个欣赏者出发来品评，无论情趣是何等高雅，总是难体味其中三昧的。更为准确地讲，是欣赏会留有死角。

以往多读的是《长物志》《遵生八笺》，现在补上《髹饰录》一课，对我实在是有莫大启发。因为我也发现，长期未被注意的还有琉璃厂的那些行内的专家。坦诚地说，我即便补了《髹饰录》的课，遇到剔红、剔黑，仍是含糊着断不出个究竟。我的琉璃厂朋友马战盈君，东西未及过手，先已一语断定。揣摩其好大能耐，对匠人及工序之熟悉，当是马君看家法宝之一。他如同亲见过匠人们的一双双巧手。感慨之余，我以一绝写赠马君，诗云：

> 厂制终须赖厂识，
> 慧心别有慧眼知。
> 海王村里多神话，
> 瓷杂舆论瞻马师。

倘若如马战盈君辈，能自他们的心得写一本《长物志》，对于我们进一步认知先代匠人创作时之得失寸心，必当另有帮助。

二〇一五年七月三十一日

# 狂生背后的真男子大作家

这篇文章其实早就应该写。应该写而始终没有写，理由很简单，就是写不出。写不出的原因，归结起来有二：一是人太大，二是情过深。人太大，因为吴祖光在我心中是一位伟大的人物，要对他的一生做出适当的评价，我自信还不具备这样的能力。情过深，虽然我们相识已经是二十世纪九十年代，然而我们的交往却密切到几乎每周都要会面，他不仅是我的老师，而且是我的主婚人，也是我无话不谈的忘年知交，更是我向往的人生榜样。

记得有一次，出版家范用问起我的人生理想是什么，我就毫不犹豫地回答：最高追求就是像吴祖光那样，做一个真男子、大作家，终生无怨无悔。要记叙自己的偶像，无疑是过于艰巨的任务，于我委实是力有不逮焉。

叹光阴荏苒，祖光先生魂归道山亦已十余年，今年适值其百岁冥寿，我也是到了半百年纪。人生固是禁不起时间的消磨，时间又何尝禁得起人生的品鉴。还是静下心来努力翻动记忆的深处，说上几件关于祖光先生的旧事。

吴祖光与新凤霞合影

　　吴祖光祖籍常州，长于北京，早岁以"神童剧作家"蜚声文苑，晚年复以放言无忌而闻名当世，世人多称他为"狂生"。祖光先生也确实容易被人误解。他的个子不高，头大，表情大多是介于严肃与严厉之间，说话常常咄咄逼人，给人留下的最初印象，不像是一个容易亲近的人。然而就我所接触到的祖光先生而言，他给我的印象却是谦恭而平易的。他似乎总在参加各种活动，即便我们没有约定聚会，仍然会在许多场合相遇。他那时年过七旬，虽然比起当时同样活跃的已经八九十岁的张中行老先生等人不算年纪最大，但精力却与我这二三十岁的人一样旺盛。他不肯端架子，只要对方表示需要他，他就立刻爽快地应下。无车接送，无出席费，无人侍奉，他都毫不介意，不会主动提什么条件。如果祖光先生不出门，家里则是座上客常满，来者不拒，也极少有清静的时候。当然，有一部分客人是来看望他的夫人——评剧皇后新凤霞的，祖光先生就协助夫人接待，甘心为绿叶陪衬。幸亏他从年轻时便养成深夜作文的习惯，也唯有到了夜半，才能腾出工夫拿起笔来，他的文章基本上都是在这一时段写就的。有时，他还会在作文之余，给像我这样有着同样作息习惯的朋友打个电话聊上一会儿，至于上床睡觉，总要耗到凌晨两三点了。

　　对于年纪长于他的人，他的礼数是周全的；对于年纪少于他的人，他的爱护是显见的。无论年长年少，他都肯于迁就。有次作家严文井说想吃涮羊肉了，我就陪他到吴祖光家楼下的一家涮肉馆，他刚坐定，想起祖光先生，要我上楼去请。当时已经是晚上八点多，祖光先生吃过晚饭了，但也不推辞，立刻随我下楼，陪着严文井吃了这餐饭。

对于我们这些小辈，吴祖光也随和得很。一九九四年，我夫妇与吴祖光一同去参加剧作家翁偶虹先生的遗体告别仪式，从八宝山回来的路上，我太太说要中途下车，想到新开的赛特商场购物。祖光先生应声说："咱们一起去。"他居然和我夫妇又逛起商场，而且抢着把我夫妇购买的东西一并结了账。每次我们的聚会，大家都争着把"祖光"二字叫得震天响，老少朋友，没有不喜欢他的。他所得到的朋友的敬与爱，与他在社会上的狂生形象，实在是截然不同。

谦恭与平易之外，他又是一个最肯自己吃亏的人。吴祖光没有多少财产，即使有，他也留不住。新凤霞对我说，共和国之初，吴祖光是捐完吴家捐新凤霞家，连同新凤霞辛辛苦苦置办下的唱戏行头，全被祖光先生动员，一股脑儿都捐给国家。这一轮捐完，祖光先生身遭厄运，被扣上右派与二流堂堂主的帽子，吴家又被抄家多次。这连捐带抄，吴家哪里还剩得下什么？可是，祖光先生性情不改，二十世纪八十年代末北京亚运会、九十年代末长江水患，祖光先生都是自己拿着钱去捐款。在我所有的朋友里，但凡遇到这样的事情，他永远是冲在最前面。长江水患那次，新凤霞身已残疾，需要有人照顾，家中花费不小。新凤霞与吴祖光商量，说咱们都是退休人员，靠退休金过日子，捐五百元就可以了。吴祖光一晃大脑袋，说："那岂是我吴祖光的手笔！"他把在美国讲学得到的两千美元，原封不动悉数捐出，直捐得自己扬扬得意。

吴祖光喜欢臧否人物、点评时事，开口就是滔滔不绝，以致"说"的名头，比他写的名头还要大，但他也有不说的时候。某次国民党元老张继的女儿张琳找到我，说看到吴祖光谈及故宫盗宝案的文章，引用的是这桩大案的主角之一、祖光先生的尊人吴瀛公景洲先生的说法。张琳以为有失公允，因她的母亲崔震华也是主角之一，张琳把她家的说法对我叙述一遍，要我说给祖光先生听。我在与祖光先生会面时，当面复述了张琳的说法。祖光先生听后默不作声，他不是不辩解，而是他心里对于张琳一家的遭遇，抱有很大的同情。他从容地对我说："张琳可以坚持她的说法，大家不妨各自表述。"

他不愿为自己及自己家的事情去辩解，偏他又愿意替别人辩护。剧作家于伶晚年在上海写文章说黄佐临的"苦干剧团"有国民党背景，黄佐临很生气，写长信给吴祖光，要祖光先生为他申诉。吴祖光收信后就去找夏衍，积极为黄佐临鸣不平。这次轮到夏衍默不作声了，半晌夏公才答道："我知道了。"那一阵子，吴祖光见人就说佐临之冤，让于伶对他颇有微词，吴祖光亦是在所不顾。他肯为之辩解的还有京剧演员浩亮（原名钱浩梁）。浩亮因演出样板戏《红灯记》而红极一时，还曾先后担任国务院文化组副组长、文化部副部长。浩亮春风得意之际，迁住进梅兰芳的旧居，还是吴祖光、张庚等文化部系统的一干"牛鬼蛇神"为浩亮搬的家。到了浩亮暮年，穷途潦倒，疾病缠身。吴祖光却出于爱才之心，不计前嫌地站出来，重新肯定浩亮，对于浩亮的表演艺术大加称赞，高度评价了浩亮这位大武生，令浩亮夫妇感激备至。

不能不说的，还有一九九二年吴祖光针对北京国贸中心所属的惠康超市对两名女顾客进行不正当搜身和言语讥讽而撰写的评论，并不惜与惠康超市对簿公堂。一九九二年十二月二十三日，我与波多野真矢在北京家中举办订婚仪式，祖光先生驾临寒舍赶来道喜。他进门时，我们都吓了一跳。老先生右侧颧骨青紫，眉棱也涂着些红药水。他解释说，昨晚睡前照常以金鸡独立姿势换睡裤，不料意外摔倒在地，脸磕到桌子，所以挂了彩。而换睡裤前，看到了法院发来的传票，他平生首次被人告进法庭，原因是写文章为人抱不平。写文章的起因，是有人给他送了包茶叶，茶叶外边包有半张《中华工商报》，报纸上有一条报道，是两个年轻女孩在惠康超市购物，被怀疑行窃而受到脱衣检查的侮辱。祖光先生看了大怒，当即作文《高档次的事业需要高档次的员工》。正是这篇不长的小文章，为老先生惹来一场大麻烦。那天，我和内子、我的父母，以及在场的学者张中行、姜德明诸先生，听祖光先生一路说下来，也都愤愤不已。我的订婚仪式，主题遂变作祖光先生关于这场官司的首场"新闻发布会"，这也真令我终生难忘。

吴祖光这辈子，吃过各种各样的亏，亏亏都吃得有些冤，亏亏都凿凿实实吃到自己身上。我曾问过他，这辈子有什么后悔的事情？他连一秒钟都没思考，脱口而出说："没有。"以我这个年轻的旁观者看来，这真是吃亏吃出了境界，不是常人所能企及的。

遗憾的是，祖光先生说是平生无悔，最终他还是有所悔恨。一九九八年四月十二日，新凤霞在江苏常州逝世。凤霞阿姨最后一个电话是打给我的。她对我说，她嫁入吴家却不曾到过吴祖光的老家，所以一定要来常州看看。她用日本纸板给我画了十几幅画，为的是我在日本送人用，既省钱又有意义。她把画放在家中里屋的书柜里，用报纸包好，怕落上灰尘。阿姨电话里要我自己到家里去拿。她和我通过这个电话，旋即摔倒在地，再也没有醒来。据说，阿姨弥留之时，口中反复说的是："往事不堪回首。"

新凤霞的逝世，对于吴祖光是致命的打击。祖光先生开始后悔，后悔没有听新凤霞的话，这辈子让新凤霞担了多少惊，受了多少怕。他有一次把我叫到小屋里，要我把凤霞阿姨在最后几年里曾对我说过的话，慢慢复述给他听。他在听我复述的时候，目光呆滞，半句话都不说，全没有了往日的风采。

其后，他彻底沉默了。他患上严重的老年痴呆症，坐上了轮椅。看到他的这种境况，每一个熟悉他的人，都忍不住为这个真性情的硬汉子而落泪。

二〇〇二年十二月，我作为导演和制作人，在北京东苑戏楼举办日本爵士乐伴奏中国京剧的演出。没有想到，祖光先生的女儿吴霜姐居然用轮椅把先生推来看戏。就在我与祖光先生在剧场相遇的瞬间，我明确地感受到，他认出了我！他的眼睛突然间一亮，然后用最柔和最慈爱的眼神，盯在我身上。我的泪水也毫无预兆地流了下来。四目相对，彼此都说不出一言。这时，他的口水从口角流了下来，吴霜姐为他擦拭口水，他的眼神遂又混浊起来，再也认不出我了。我与祖光先生，就这样做了今生最后的诀别，老先生于次年春即殁。此后，我每每想要写关于他的文字，这最后的一面就浮现在眼前，涟涟泪水让我根本无法平静地写出"吴祖光"三个字。事隔十余载，今日可以完成这篇文章，尽管不成样子，但这结果仍然是出我意料。谨以此文，献给亲爱的吴祖光先生。我希望在我的有生之年，能完成一部像样的《吴祖光传》，把老先生的传奇经历，好好说上一说。

本文发表于《国家大剧院》二〇一七年八月刊

# 老公使

我刚结婚不久，得到文化部通知，说有位日本大使要见我。等见到面才知道，是位公使。但这位公使很不一般，是中日邦交正常化后的首任公使，那时快八十岁了。老公使汉语极好！他找我，是因为他应文化部刘德有副部长的邀请，要率日本京剧访华团来北京演出，我的太太波多野是该团的当家青衣。老公使认为，请我太太演出，必须应该征得我的同意，所以要与我见面。我又岂有不同意之理！再说，我哪儿敢不同意啊！

这样，我与老公使就认识了，后来越来越熟悉。我到日本后没事做，以为他官高位显，便找到他求助。老公使请我吃饭，说，我退休了，靠退休金过日子，没有力量了。这样吧，你实在活不下去的时候，准备自杀时，给我打个电话，我也许会给你想想办法。这位老先生的话令我大为不满，那晚喝个大醉。再以后，有个当年他的崇拜者，后来成为朋友的福井先生告诉我，老公使人不坏，就是嘴臭。福井先生是用汉语对我说的这个话。福井会弹日本三弦，常常邀请一些朋友到他家，他为大家下厨做中国菜，然后弹三弦，说汉语。我也几次接到他的邀请。在福井家，与老公使也常常遇见，我们之间的话，越来越多了。

老公使告诉我，战争期间他在东北关东军当特务，工作是调查东北抗联的活动。上司凶得很，根本不管他是否有经验。有次他被派去乡村，刚刚到村口，就有几个老乡把他围住。他们对他说，你是日本人吧？我们看得出来！抗联队伍在村里，你进去可就没命了。你这么年轻，快跑吧。老公使吓得撒腿就跑，逃回了沈阳。他说，那几个中国老乡救了他一条命。战后，他成为外交官，派驻香港任领事。他很努力促进中日邦交正常化，在香港为新中国代表团发签证。那时日本政府与台湾国民党关系密切，不买新中国的账。老公使却在香港积极为内地提供方便。他说，我要报救命之恩。

邦交正常化实现，首任大使还没上任，他这位首任首席公使先上任了。他说，外相大平正芳在一块木牌子上题写了"日本国驻华大使馆"，老公使自己扛着这块木头牌子上飞机，经过中国香港来到北京。因为还没建使馆，所以在北京饭店租房。老公使住进北京饭店，自己要来锤子、钉子，把木头牌子挂在了屋门口。刚挂好牌子，外交部来电话了，通知他马上到人民大会堂，周总理要接见。他连忙洗澡换衣服，匆匆忙忙坐了外交部的汽车赶到人民大会堂。不多会儿，总理来了。进门就问，日本公使来了没有？日本公使来了没有？他赶紧上前回答，周总理，我就是。总理问了他的名字，让他在宴会上坐到自己旁边。老公使姓林，日本也有林这个姓，只是读法与汉语不同。酒宴上，总理忽然揽住他的肩，对他说："林公使，我可以叫你小林吗？中日友好非常重要，你肩上的担子很重啊！"老公使说："听了这

个话，我当时眼泪差点掉下来。"老公使决心毕生要为
中日友好事业而努力。他也真这么做了，一直到九十五
岁还在两国奔走。可是，他后来没有当上驻中国大使，
而是在西班牙大使任上退休的。有意思的是，还有一大
批人要终生为中日友好奋斗，大家都不肯退休，老公使
退休以后，又等了好几年才在中日友好团体里等到位
置。熬到快八十岁时还升过一次官，他们的一把手会长
都快一百岁了。

我把老公使的经历写了出来，在日本中文报上发
表。老公使极不愉快了！找到我发脾气。他对我说：
"小靳啊！我可以叫你小靳吗？"他训斥我："作为职业
外交官，要保守秘密！三十年内不得说出去。我对你信
任才讲了，你却写了出去！"我赶紧道歉，我哪知道什
么是职业外交官！真不懂啊！但是我敬佩他的这种素
养。我们和好了，中日关系却开始不好了。我没经历过
事，忧心忡忡，问他怎么办？老公使说："三句话。一
句话是远交近攻，中日都读《论语》，都想这么做。一
句是地方在啊！中国日本能搬家吗？搬不走啊！再一句
是话在啊！总理的话在，小平的话在，耀邦的话在，日
本这些人的话在，这些话改不了啊！"他平静地对我说
了这番话，这也是我们最后一次交谈。

二〇一六年八月十二日

# 没写《围城》的钱锺书

张中行先生的两本闲话——《负暄琐话》《负暄续话》倾倒无数爱书人。他忽而"不傻装糊涂",忽而"放言犹似少年",用一支灵巧的笔,再现魏晋风流,使读者如醉如痴。今年年初,他又拿出一本二十六万字的《禅外说禅》,联想到先生的《文言津逮》《文言和白话》《作文杂谈》《佛教与中国文学》等大著以及将要出版的《诗词读写丛话》和正在撰写的哲学专著《顺生论》,谁也说不出这位老先生究竟有多大学问。于是,有人讲,他是没写《围城》的钱锺书。准确地讲,他是没有可供拍成电视剧的作品的大学者。

我自认为并不具备介绍他的资格。这不是自谦,以启功先生偌大学问,在为《负暄续话》写的序中尚称"口门太窄",吐不出他这辆"大白牛车",我理当存自知之明。写他很难,难在可写的实在太多,不知从何处落笔。

中行先生一九〇九年生于河北香河一农家,一九三五年毕业于北大中国语言文学系,现任人民教育出版社特约编审。他的挚交启功先生称他既是哲人，又是痴人。哲人，指他于书无所不览，议论透辟超脱，没有不易表达思想的语言，博学而达观；痴人，指他是位躬行实践的教育家怀抱着大智大悲的本愿传道授业。有次，中行先生把文章拿给启功先生看，启功先生说："好！真好！"中行先生问："怎么好呢？"启功答："不知道！"这绝妙问答颇含机锋。"哲人""痴人""不知道"，怕只有和中行先生相识逾四十载的启功先生能讲得出。与中行先生年纪相差近一个甲子的我无法不避重就轻，躲过文章、学问不谈，只能根据所知所见说些生活中的小事。若骗得读者诸公以"小中见大"读之，就把我作不出文章的窘状遮掩过去了。

主意打定，先从"住"说起。中行先生诗中有"独行周两榻"之句。两榻，一在北大朗润园，先生夫妇同住女儿家中，中行先生写作即在此处。女儿养着不少只猫，皆非名贵品种，哪怕是走路时遇见一只猫无家可归，也要捡回收养。这就使中行先生的夫人有了一项非常重要的工作：她守在书房兼卧室兼客厅的门口，不许猫进屋骚扰。中行先生就在老妻掩护下写着《顺生论》。

另一榻，在沙滩后街人教社宿舍。中行先生每周乘公共汽车到这里，上班、会客三天。他是当今读书界瞩目的人物，想听他的篱下闲谈者相当多。他名办公室为"说梦楼"，漫话着前尘梦影、臧否人物、评说世事，令听者如身在六朝，那真是一种享受呢！

在出版社住，给中行先生带来个不大不小的麻烦是：吃。他也要"从众日三餐"。解决的办法也有趣，大凡别人请他吃饭，或他请别人吃饭，便安排在这期间。此外，他的两位老朋友经常来送饭。好在中行先生于吃并不挑剔，往是凑合的成分居多，甚至到街上买个烧饼即可抵一餐。偏偏他凑合得极有味道，有时我们同去看戏，他便说："我们就好像流浪一样，看见什么就吃点儿。"我们真的沿街吃小吃，直吃到吉祥戏院。有时，他又斟满两杯五加白，找出一段香肠切成十几片，我们慢慢地饮。他又讲个酒鬼的故事给我：一个酒鬼，半夜醒来要喝酒，发现没有酒菜，忽然从兜里找出个花生仁。刚要放进嘴里，一犹豫，把花生仁掰成四瓣，就着酒慢慢嚼。听这种故事，我不会觉得眼前的十几片香肠过于简单，我们的酒菜已经相当不错了。

不能不提的是，中行先生两次到东郊的寒舍，蓬户外有了长者车辙，我不能不感动。他特别赞扬家母的烹饪技术，却又不许我们过多预备饭菜。理由是，吃者还想吃，盘子已经空了。这是"吃"的最佳妙境。

中行先生曾赠诗给我："汉祖床前说备胡，新丰市上醉相呼。平明试马长安道，身是高阳一酒徒。"我仿佛看到一位有高风的隐者在行吟，我便把自己想象成隐者身旁的书童，一囊书、一壶酒，迎风而立。

本文选自《张中行往事》，内蒙古教育出版社，二〇一二年三月版

## 美男子与老妇人

　　北京出现的第一家张中行著作专卖店，位于北新桥路口，李之昕的墨缘斋；北京出现的第一家卖张中行著作的书摊，位于安定门立交桥南，无名，摊主大名李宇星。李宇星的书摊是从李之昕的书店进的货。我尚不识行翁时，意外地在李的摊上发现张著，然后就一次次来买，买后送朋友。大约买过二三十本后，宇星与我搭话，问我为什么总买这同一本书？我答说："因为写得好。"我们就这样相识并成为朋友。宇星二十大几的年纪，长身玉立，白净，相貌俊朗，是位美男子。他在家行三，人称李三爷；又有个外号，叫"菩萨"，意思是他常常助人。胡同里的哥们，假如一时没找到事做，他就请来帮助他看摊，给那一份工钱。我算是在他的摊上花钱较多的，他过意不去，就帮我跑腿，我一要张著，他就忙着进货，再骑车给我送到家中，有时还附些礼物。其后我与行翁相识，又在《北京晚报》发表了《没写〈围城〉的钱锺书》一文，李三爷把我的文章复印了不少，放在书摊上，作为张著的广告。我去他的书摊时，他就介绍我，然后再由我介绍张著，每每也能招来一小堆人。这就有了行翁《欲赠书不得》里记的故事：一位年过半百的妇女，风度文雅而衣着寒素，先在书摊上买了《负暄琐话》《负暄续话》，《禅外说禅》印出后，她却拿来一本成语词典，问李三爷可以不可以把《禅外说禅》换给她。李三爷慨然应允了。

我把这件事告诉行翁，哪知却令行翁别扭了很久。过了有十几日，老先生突然对我说，"那什么，你对书摊的朋友说，把成语词典退给她，我送她一本书。"我将此语转告李三爷，李再遇到那妇人时也把话带到了。可是，那妇人不肯取回成语词典，之后也不再露面了。行翁文中说，"原来我凭道听途说，只知道她寒素的一面，没有知道她狷介的一面。我冒昧，甚至莽撞，以致她疑我为为食于路的黔敖吧?"行翁颇感遗憾，话里话外，好像是我没有把事情办好似的。我也不跟老先生较劲，反要他写了幅字送给李三爷作为纪念。

李三爷从安定门撤摊已久，现在我也找不到他了。研究家研究得再细，也不会关注张著最先上的哪个书摊，但我却要深谢李三爷，他也是为推介张著做出贡献的。

二〇一五年十月十九日

## 我和奂翁

　　因为行翁的缘故，虽然仅有那一面，我和毕奂午先生也成为忘年交，在我迁居东京前，他的外孙女熊凌洁还和我多有交往。奂翁写信总称我作"亲爱的小师弟"，凌洁则叫我大哥哥，我和许多家的关系都是这般乱叫法。我和内子波多野真矢很爱奂翁夫妇，奂翁也很爱我们，常常来信，信里也常提到行翁。如一九九五年一月二十三日的信说："行翁的书都读了。电视《东方之子》中行翁的言谈，形貌也都赏阅了。年年岁岁，我们都老了。但你们却年轻有为。因此，我们迈着衰弱步履愿随着你们，你们永远前进，我们也尽可能地跟上去！"要老年人跟上年轻人，这是奂翁与许多老年人的不同之处，有类似想法的还有萧乾。萧乾和奂翁也是挚友。就是前些天，忘记了听谁说，奂翁已于几年前作古了。想到"尽可能地跟上去"的话，我真觉得当我们身边没有了老人的时候，也就是我们差不多没有了精神再向前走的时候。为了老人，我们依旧要咬着牙向前。

　　奂翁曾要我代求吴祖光丈墨宝。他来信说："年前

毕奂午先生

读报刊文摘见一则,曹禺与吴祖光的谈话,'我太听话了'。祖光剧作、文章、人品素所仰服。惜那一期《读书》我未买到,天气太冷,奔波图书馆,又不容易。因而未读全文。在照片上看到你书室似有祖光书横幅'生逢盛世'(飞按:应为'生正逢时'),觉着写得好。不知可否代我求他照写一帖。(原注:或由新凤霞大师代写,更欢喜之至!)"我接信就把这个意思转告了祖光丈,由吴写后亲寄夹翁。同信还有补写的一句,是关于行翁的。夹翁说,"还有《负暄三话》否?可再寄我一册。读之可御深冬武汉之酷冷也。(这里买不到)"《三话》出版后,我已经寄给过他一册,想必是又被武汉哪位读书人要走了吧。后来我到深圳,曾计划先至武汉看望夹翁夫妇,却因时间关系而未能如愿。我打电话对夹翁说了,夹翁问起我赴深圳的航班号和起飞时间。我告诉他后,他说,估计飞机应几点路过武汉,届时他夫妇会站在院中,望空一拜,就可自当是会面了。现在轮到我望空一拜了:不知九天之上,行翁、夹翁、祖光丈、萧乾先生可曾会到面?这回可不用再经我转来转去的了吧。可惜烂柯山故事只是个神话,否则我也能有机会再去陪陪他们。

二〇一五年八月十二日

# 我所认识的张永和先生

时间落在自己或自己亲近的人身上的时候最不禁过。转瞬之间，张永和先生已经是望九高龄，当然，我也望了六，正所谓年过半百了。往回望三十年，我们的老师张中行先生，读写一辈子，穷了一辈子，晚年暴得大名，终于可以伸伸腰，坐在旧藤椅上聊聊阔人们的事情了，其中的一个话题，即是京剧。说来也巧，称呼中行翁为老师的，居然有好几位的"组织关系"是落在梨园。一是黄宗江，那是中行翁在南开中学教过的学生，剧作家，名气一直比老师大，后来才被老师赶超。一是徐城北，是黄宗江的学生，也是剧作家，称中行翁为太老师，但腿勤，常常到中行翁这里来，天南海北聊一通。一是张永和，比黄徐两位还正宗的剧作家，主编《新剧本》杂志，是剧作家里的"官军"。再一个则是我，至今尚无京剧剧作问世，幸而现在顶上个北京戏曲评论学会会长的小帽子，权算是个评论家。我们四个人一包围，中行翁有些晕，不得不跟着我们跑，不仅平时聊天常要说起京剧，还写过《戏缘鳞爪》等数篇关于京

作者与张永和先生合影

剧的文章。

不过，张中行翁因为穷，看戏的经历有限，更没有深研究过，谈起戏来毕竟底气不足。于是，老先生一旦聊戏，口头语是，"人家张永和说了"。在他看起来，黄宗江年纪大而思想新，徐城北年纪轻思想老，可有时候思想又不那么牢靠，发飘；我年纪又太小，没那么大的权威性。张永和那时五十来岁，从来不注意发型，头发稀疏而有些油腻，宽边眼镜，细声细语，温和，敦厚，老实巴交，好像这辈子都没有过仇人似的，口头语总是"您说得是""您说得对"，后者是用于加重前者的语气。有次我到中行翁处，刚进门，未待我落座，老先生便兴致勃勃地向我报告，"人家张永和说了，您批评那某名老生浑身哆嗦，我也不喜欢那浑身哆嗦的某名老生"。他们的对话，原是提名带姓的，我为了不找那麻烦，现在姑将其姓名隐去不表。张中行先生此言是话里藏话，说明他老人家对于京剧的看法很对，得到张永和的肯定，语气里不无向我炫耀的意思。我只好答复老先生："好，好，张永和权威！张永和权威！"

北京人爱说"好事成双"。我与永和先生既同出中行翁门下，又同出吴祖光先生门下，所以，我与永和先生也会在东大桥吴宅遇到，遇不到的时候，吴祖光新凤霞夫妇话里也时常会带出"张永和"。一次，我与永和先生前后脚到吴宅，他刚走，我进门。那天的事，永和先生写进《京派》书里，我偷懒，抄一段。

一天，接祖光老师的电话，他在电话话筒那边愤愤地说："永和，有个非常严重的问题，我的电话被人窃听了！"这一说我的心里咯噔一下，吓了一大跳！忙问："您知道谁窃听的吗？"那边冷冷地答道："凤霞！"我刚想笑，突然另一个尖锐的声音传到我的耳鼓，怎么回事？又吓我一跳，马上明白了，是凤霞老师的声音。"永和，你老师净胡说八道，我得管着他点儿。"祖光老师苍老的声音又传来："你听听，你听听。她还这么说，你赶紧来一趟吧！""啪"的一声，电话挂了。

我立刻蹬着破自行车到吴府后，二位老人家面色都很好看，笑嘻嘻的，显然吴老师气消了，但我既然金身大驾"露"了，总得说两句，先开玩笑似的说："凤霞老师，您窃听我老师的电话不对，这可是犯法的。""你老师捅的娄子还少吗？我是看见警察都鞠躬的主儿，他整天嘴没把门儿的，拿着个电话，想说什么说什么，我能不听着点吗？"

这段记述，真把吴家老两口给写活了，我都能读出老头老太太的神情。也是那天，因为我和祖光先生都爱夜生活，所以我去得晚。凤霞阿姨看我来了，就不急着睡，与我又说了一遍，结论是，你要学人家张永和，不多说少道的，不要让家里人担惊受怕。我答应着，"好，好，学习张永和，学习张永和。"张中行先生处与吴祖光先生处，都是我踢破门槛的地方，也都是把张永和先生立为标杆让我学习的地方，可惜的是，这么多年过去，我还没学会永和先生的本事。在我中年以后，在永和先生步入晚年以后，或许是因为我们都念旧，我们的过从多了起来，我遂有了更多的机会接近我的"榜样"，诚心诚意地说，我真的是抱着学习的心态而接近他的。

首先，"人家张永和"的嘴，值得学。这么多年，我没有听他嘴里说过谁的隐私，说过谁的不好。有句话是，澡堂子里的水，戏班子的嘴，梨园里人多嘴碎，最容易是是非非、嘀嘀咕咕。永和先生几十年没离戏班，而且，真正还进过戏班，曾经服务于李万春剧团、风雷京剧团、北京曲剧团，但是，他不搬弄是非，不传闲话，不刁钻刻薄，哪怕是我们两人通电话，他也不曾骂过人。我起初以为，这是出于道德，闲谈莫论人非嘛。日子久了，我发现事情没那么简单。事实上，永和先生是在保持着他的文人的教养。诸多有些文化的文化人，一沾戏班，迅速沾染上旧戏班的坏习气，脏了口，似乎这样一来才显得内行似的，才能与演员打成一片似的。其实不然，大艺术家，没有不尊重文化的，梅兰芳、梅葆玖、谭富英、马连良，哪个不是彬彬有礼、谦谦君子？我的唱戏的老师，叶盛长老先生，从来都是衣冠笔挺，以至于经常被人误认为是重要领导干部。说到这里，今年是叶老诞辰一百周年，我深深怀念这位我的梨园开蒙恩师。张永和先生可谓是久在河边走，就是不湿鞋，自始至终留有"口德"，只有身在其中，才知道能做到这点是何等不易。我的印象中，前辈文人里，翁偶虹先生，才有着这样的风度。其次，"人家张永和"的腹，值得学。世人称饱学之士满腹经纶，永和先生是满肚子西皮二黄。他家与齐如山家一样，都是开粮店的，谈不上什么幼承家学。永和先生对于京剧，基本上是打小自修的。从他的著述可以发现，《同光十三绝》《马连良传》《张永和聊史说戏》等，他心里装着一部京剧史，绝不是支离破碎的"段儿活"。从他的剧作可以发现，在什么地方唱"导碰原"，什么地方给演员留出赶装的时间，什么地方要让演员"卖"什么，他手上都有准，都能拿戏保着人。此处又得忍不住说句闲话。汤显祖说过一句很不负责任的话，意思是说，写本子时不管不顾，拗折天下人嗓子也无所谓。现在的剧作家把这话奉为经典，也跟着不管不顾。问题是，汤显祖不上台啊，而且，《牡丹亭》的成功，半靠汤显祖，半靠四百年来的无数昆剧艺术家。如果水平上不能与汤显祖并驾齐驱，最好写戏时不要学这坏毛病。张永和的戏，说与唱，都顺溜，不难为人；而他所以能做到这一点，不外乎两个字，精通。他是真懂戏啊。其三，"人家张永和"的量，值得学。这是指的他的气量、肚量。我们一起看戏的时候，他会在旁小声嘀咕，"二黄""二黄导板""西皮散板"，诸如此类。他的这种自言自语，后来我才明白他的用意。为数不少的戏剧学者，下笔洋洋万言刹不住，左引某核心期刊发表之论文，右引詹姆斯杰克汤姆逊著作见多少多少页，等到坐进剧场里，却连基本板式都没听明白呢。永和先生常常要与这些人会面，他既担心他们"露怯"，又不愿直接说穿，伤了人家脸面，就养成这样的习惯，帮忙给"专家"们加个"小注"。自然，他担心我也是这样的人，我虽没他那么精通，但听个"二黄""西皮"，总还是分辨得出来的。他没有批评过我，我却曾当面嘲笑过他。有次在方志馆演讲，他说出句经典句式，被我逮住了。他说，"有人说，程长庚的老师是米喜子。我认为，（停顿，换气）他就是米喜子"。我差点没笑场。我学着他的语调问他，听您那前半句，以为前后句是转折关系，没想到后半句是重复前半句。他听了也不由得哈哈哈大笑。这成了我们两人的一个"哏"，常常用这句开玩笑——如今不知是谁，把"哏"给写成"梗"，成了网络流行语。我要说的是，张永和先生，既有容人无知的气量，也有容人当面嘲笑的肚量。他从不是睚眦必报的人。

说到这一点，我曾自认为我对于张永和先生了解颇多，某次与时任北京京剧院院长李恩杰兄聊天，其间有这样的对话：

> 靳飞：我跟永和先生认识的时间可不短了。
> 李恩杰：你能早得过我去？
> 靳飞：你什么时候认识他的？
> 李恩杰：六岁！我六岁的时候，就看见他在我们胡同口挨批斗呢！

据恩杰说，永和先生年轻时也是有火气的，挨批斗不老老实实，竟敢动手打了红卫兵，结果戴着"右派"帽子，直到李恩杰六岁时，还被作为批判对象呢。听到这样的话，我有几分伤感，张永和先生原本是有着不屈不挠的一面的。其实，假如我们仔细想想，张永和先生爱戏七十余年，而这七十余年，京剧走背字的时间居多。如果不是一个不屈不挠的人，该如何把这样的事业，坚持到今天呢？永和先生又要出版新书了，仍然是戏剧的主题。老先生要我写几句话给他，我除了用这样的文字致敬，祝福老先生像老黄忠一样越老越勇之外，还能说些什么呢。谨此为永和先生寿。

二〇二二年三月七日

# 西田先生

　　我移居到日本后，与我岳父日常谈论的话题之一是关于京都。我酷爱京都这个城市，二十年间来过百十次。我岳父却讨厌京都，但他是京都大学毕业的。所以，我岳父常嘲笑我："你这怪中国人，喜欢京都！"我马上还击说："你这怪日本人，会不喜欢京都！"这是我和岳父之间喜欢开的一个玩笑。岳父在京都大学读书时，住在他父亲的老朋友家。那家姓西田，也有个儿子，两家的儿子便因此成了好友，又交往了八十年。有次我带着《人民中国》杂志的摄影记者到京都拍照，其中有关于民居的内容，岳父就让我找西田。但是岳父告诫我："那家的太太可不好惹，别得罪啊！"其实这是岳父唬我，人家的太太和气极了。当然，也可能是年纪大了以后变和蔼了。我岳父说的是当年的印象。这次访问，没有想到有重大收获。

　　西田先生告诉我，他的父亲老西田先生，是孙中山的朋友。他家里有不少孙中山的亲笔信，还有孙题写的墨宝，有一幅写的是"辅车相依"。西田家有间西式客

西田与孙中山等一九〇八年一月在越南河内合影，左一即为西田

厅，他们说这是为孙中山而建，因为孙不习惯跪坐榻榻米。有一个阶段，孙是西田家的常客。那是孙中山与宋庆龄恋爱的时候。宋庆龄住在西田家附近，孙要去找宋，但孙的目标太大，会引起各方面的注意。所以想出这么个办法：先到西田家，喝一杯茶，说两句话，然后从后门溜出去，回来时还要再经过一次西田家。老西田先生追随孙中山革命，为孙做翻译。现在南京总统府还挂有一张孙中山、黄兴等七八个人围绕一张长桌开会的照片，前排有个大胖子，大家多认不出是谁。我在南京参观总统府时，为他们破解了这个难题，那就是老西田先生。

可惜孙中山过早去世，西田在孙逝后进入日本外务省，成为外交官。济南事变之后，曾一度任驻济南总领事，因为西田与孙中山的关系，后来日本外务省并不予重用，基本上将他闲置一旁。在战争结束前，他成为驻北京的公使，公使馆就在现在北京市政府，那座小楼，如今是北京市政府外事办公室。我认识的西田也曾随父亲住在这里。可是，他对于北京生活的全部印象，集中在保姆身上。保姆是北京人，西田用汉语称呼她为阿妈。阿妈厉害，管养他，甚至会打他；阿妈慈爱，惯着他，甚至超过母亲。西田说，凡是阿妈教我的汉语，到老我都记得，连发音都没改过；别人教的，我却都忘了。因此，西田的汉语，就像我的日语，虽然能记住零散的词汇，却始终没能形成完整的语法体系。

日本战败了，西田公使成为战败前最后一位驻北京公使，同时他也是最后离开中国的日本外交官。西田公使对妻子和儿子说，你们先回国吧，我要把我的工作完成。这样，西田先生和母亲离开北京回到京都，一年半之后，父亲才回来。在这一年半的时间里，西田公使跑遍了北京、天津的大街小巷，一户一户地找寻日本侨民，担心他们因为战败而无助，帮助他们返回日本。公使馆的人都撤走了，西田公使还一个人坚持做这件事。他的汉语好，在中国朋友多。他一次次求助中国朋友，帮日本侨民买船票，获得中国政府允许，等等。他做了无数这样的事情。因为他的缘故，北京和天津没有日本人的残留孤儿。这正是西田公使努力的结果，他在离乱中令无数家庭保持了完整。

　　一年半以后，他回到日本。到了日本就病倒了，未出一年，就去世了。西田和母亲认为，父亲是累死的。但是，他们从没有把这些事往外宣扬过。连外务省，知道的都还不如我详细。后来，我又约孙郁、王众一、李文儒、谭正岩等中国文化界知名人士访问团一起去看望了西田先生一次，又听他讲了一遍这个故事。他喜欢听正岩说北京话，那时正岩刚二十出头。西田先生或许因正岩的到来，想起自己在北京度过的童年与少年时代吧。

二〇一六年八月十三日

## 以一己之薄力为伯驹先生留一部信史

张伯驹是近现代艺术收藏大家，以收藏《平复帖》《游春图》《上阳台帖》《诸上座帖》等书画巨迹闻名天下，其著述并不多，且内容庞杂，涉猎尤广，众所周知的是其戏剧、书画、收藏、诗词等四大项；事实上则跨越晚清、民国、新中国三个历史时期，更涉及政治、社会、经济、文学、艺术、军事等诸多方面。

鉴于张伯驹研究之不足，作者自二○○二年起，开始从事《张伯驹年谱》的编撰，也欲为张伯驹留下一部信史，本文为其新出版的《张伯驹年谱》自序。

一

大约是在二十世纪八十年代中期，我刚结识梨园界的老前辈叶盛长先生不久，他就对我讲起张伯驹的故事，说："我这个右派，就是跟着张伯驹给党提意见才惹出来的。我觉得张老那么有学问，说出话来能错吗？结果我们就都成了右派。"我那时只有二十岁年纪，哪里懂得什么，这却是我第一次听到张伯驹的大名。既然

张伯驹先生

知道了，也就注意了，其后遂在《燕都》杂志上，不断看到有人提到这个名字。

《燕都》杂志是一本了不起的杂志。"文化大革命"终于结束，政治日益清明，北京燕山出版社迅速办起这本杂志，组织了一批历经浩劫而残存下来的老学者，动手写些老北京掌故，翁偶虹、景孤血、朱家溍、邓云乡、黄宗江、吴小如，都是其主力作者。仿佛是一件贵重的瓷器骤然被打个粉碎，要再复原已经是不可能的；老先生们赶紧捡拾起些碎片，一一做出标记。人的身体里有遗传基因，文化里也有遗传基因。文化的遗传基因就存在于这些碎片里，虽未必再值钱了，文化却可因此而生生不息。张伯驹即如瓷器碎片一般地散落在《燕都》杂志里。但凡涉及他的故事，都是传奇。最为脍炙人口的，便是在他四十岁生日的堂会上，他自己票演《失空斩》，亲饰诸葛武侯，而配演则是杨小楼、余叔岩等多位京剧史上的标志性人物。相对于这一举世无双的记录而言，所谓"民国四大公子"的说法，都显得平常了。

没有想到的是，我在二十世纪九十年代初移居东京以后，家里有套香港《大成》杂志，原本是汉学大家波多野太郎心爱之物，太郎先生晚年转让给内子。内子是太郎看重的弟子，太郎又曾问学于内子祖父波多野乾一。《大成》杂志的气质，与《燕都》如出一辙——这话其实是说反了，《大成》在先，是一群更老的老先生离开大陆以后所创办。

张伯驹又是《大成》频频出现的人物，不过与《燕都》有所不同的是，张伯驹在《大成》里的形象，可说是毁誉参半。《燕都》的作者，不说很刻薄的话，讲究为尊者讳，为长者讳；而《大成》的某些作者，则是不说上几句刻薄话，就好像是白作了文章。我更为感兴趣的，却不是这些人是人非，是在《大成》杂志里，读到了张伯驹的《我从余叔岩先生研究戏剧的回忆》《盐业银行与我家》《沧桑几度平复帖》等多篇文章。

在《燕都》与《大成》两杂志的启蒙之下，我开始收集整理张伯驹的相关资料，这项工作，断断续续，不想竟做了二十余年。

## 二

更为复杂的是，在张伯驹充满个性的、坚守自由的人生中，他从不人云亦云、随波逐流，而是始终保有自己的独特见解。

他是一位隐士，但他绝不消极，绝不冷漠。他是一位文士，但他没有理性的设计，自然也不会持有什么主义。他是一位志士，在他三十岁之后，他一直顽固地追求按照自己的方式生活，在自己的生活方式中实现自己的目标，通过实现自己的目标，进而在社会中实现自己的人生价值。

他有过无数次失败，"十有九输天下事"；然而他仍不轻易苟同，"百无一可眼中人"。他所深深拜服的，只是我先民之文化传统。他珍爱这些传统，并且不断地超越现世的种种利益，将自己的这种"珍爱"的情感加以提纯，直至使其彻底融入自己的"天性"中，中华文化传统乃与其血脉相连。

张伯驹是近现代收藏大家，以收藏《平复帖》《游春图》《上阳台帖》《诸上座帖》等书画巨迹闻名天下，无人能出其右。伯驹终将所藏捐献国家，其《丛碧书画录》序云：自鼎革以还，内府失散，辗转多入外邦。自宝其宝，犹不及麝脐翟尾，良可慨已。予之烟云过眼，所获已多，故予之收蓄，不必终予身为予有，但使永存吾土，世传有绪，是则予为是录之所愿也。

张伯驹是戏剧家，他追随京剧宗师余叔岩学习十余载，躬行实践，亦步亦趋。

其《红毹纪梦诗注》云：余三十一岁从余叔岩学戏，每日晚饭后去其家。叔岩饭后吸烟成瘾，宾客满座，十二时后始说戏，常至深夜三时始归家。次晨九时，钱宝森来打把子，如此者十年。

他可以容忍剧人的鸦片恶习，他并不认为剧人必须兼具道德典范。他所怒不可遏的是，艺术上的轻浮与草率。这就有了余叔岩与他的好朋友孙养农记述下的故事：我带他去看上海某名角的《四郎探母》，他一听之下，马上离座就朝外走，口中还喃喃有词，我急忙跟上，问他什么事，他不脱乡音地说："前后门上锁，放火烧。"我被他说得一愣，就问他："干什么呀？""连唱戏的带听戏的，一齐给我烧。"他气鼓鼓地说。我听了不禁哑然失笑。

又有一次，我们一同在听谭富英的《群英会》，那个饰孔明的老生，在台上大耍花腔，他就跑到台口，一面用手指着一面就骂："你不是东西。"骂完回头就走，弄得台上台下的人都为之愕然。这种举动，当然不足为法，但是足以证明他是如何爱护戏剧，而痛恨破坏规矩的人了。

张伯驹是诗人，他不善言谈，甚至拙于文章；而他作诗填词，却信手拈来，尽展其五车之学、八斗之才。在他所有留下的文字里，最多的是诗词，最精的是诗词，最真的也是诗词。其忘年之交周汝昌果然是伯驹的知己，周在伯驹身后，为其词集作序时，特意说到北宋晏小山，说：

就中小晏（晏几道）一家，前人谓其虽为贵公子而有三痴焉，语绝可思。我以为如伯驹先生者，亦曾为公子，亦正有数痴，或不止三焉。

周汝昌语，典出黄庭坚之《小山词序》：

余尝论：叔原（晏几道）固人英也，其痴处亦自绝。人爱叔原者，皆慍而问其旨：仕宦连蹇，而不能一傍贵人之门，是一痴也；论文自有体，不肯作一新进语，此又一痴也；费资千百万，家人寒饥，而面有孺子之色，此又一痴也。人皆负之而不恨，已信之终不疑其欺己，此又一痴也。乃共以为然。

以此数"痴"，移评伯驹，亦无不当。伯驹之词，虽浅而挚且有致，虽淡而清而有情，不求与古人合而能与古人合，不求与古人异而能与古人异。近世之人，词之卓然一家者罕有，伯驹居其一也。伯驹更有临终之作《鹧鸪天》，竟纯以气象胜，一洗平生婉约纤弱，堪称绝唱。其词曰：以将干支指斗寅，回头应自省自身。莫辜出处人民义，可负生教父母恩。儒释道，任天真，聪明正直即为神。长希一往升平世，物我同春共万旬。

沉着开阔，深挚自然，足证伯驹在其生命结束之际，不仅心安理得，且由"痴"而"悟"，升华到另一番境界，实非寻常词人所得企及。

以伯驹不世之才华、不世之际遇，驽钝如区区我者，研读伯驹生平成就，直似勉力攀登蜀道，纵不敢有丝毫懈怠，犹是兢兢战战，徒嗟远道之人胡为乎来哉！

### 三

我自读伯驹《丛碧书画录序》而兴长叹，其所谓"世传有绪"，付出之代价即《史记》之"楚虽三户，亡秦必楚"之牺牲，此亦中华文化之最能动人处。

由此思及中国之著名悲剧故事，为营救赵氏孤儿，公孙杵臼与程婴有段经典对话，大意是，舍命救孤与以命养孤孰难？公孙择其前者，程婴取其后者，皆竭其全力完其义，尽其责。

迄至近代，中国遭逢陈寅恪所云之"近数十年来，自道光之季，迄乎今日，社会经济之制度，以外族之侵迫，致剧疾之变迁；纲纪之说，无所凭依，不待外来学说之掊击，而已销沉沦丧于不知觉之间；虽有人焉，强聒而力持，亦终归于不可救疗之局"。历史的舞台，重新又上演了一回《赵氏孤儿》。

当此时也，梁巨川、王国维选择了饰演公孙杵臼，张伯驹选择的则是程婴。当然，在那个年代里，选择做公孙的、选择做程婴的，都各是一大批中国之一流人才，倾其所有，义无反顾。陈寅恪先生也是一位程婴。

此种精神感召之下，鉴于张伯驹研究之不足，我自二〇〇二年起，发愿欲为伯驹留下一部信史，亦为自己能在心灵深处建起一座庙宇，以伯驹为偶像，崇之奉之。奈何限于自身水平与条件，积十年之力，阅千万字，九易其稿，草成年谱初编。检视其缺漏之处，自知犹是数不胜数，仅得聊胜于无耳，幸诸方家视之勿以学术相衡也。有云昔日王国维先生灵前，陈寅恪先生系行三拜九叩之大礼；值此张伯驹先生冥寿一百一十五周年，我即以此部年谱，作大礼参拜焉。

二〇一三年五月三十日于北通州新华西街新寓

## 庚子岁再校后补记

二〇一三年五月完成《张伯驹年谱》初稿，并且请了挚友孙郁先生赐序，即准备交出版社付印。不料网络迅猛发展，突然又出现了关于伯驹先生的大批资料，张伯驹研究亦掀起一个小高潮，相继推出了寓真先生著《张伯驹身世钩沉》、张恩岭先生著《张伯驹传》等多部著述。作为年谱编纂者，逢遇"高潮"，反而不能迎头而上了，对新的资料需要予以再次甄别确认，只好暂时把年谱的出版停止下来。这是很对不住孙郁兄及各位帮过忙的朋友的。还有一位对不住的朋友，亦需要正式道个歉，就是天津百花文艺出版社的资深编辑家曾永辰先生。

大约是在二十年前，萧乾与文洁若夫妇曾向百花社的董延梅介绍过我。董延梅那时在出版界，如同今日企业界的董明珠，同是叱咤风云的人物。董延梅因萧文说项而注意到我，大概是又看了几篇我的习作，然后交代给曾永辰说，"你要去给靳飞出一本书"。这样，曾永辰从文洁若那里要了我的联系方式，与我见了面。

曾永辰说话，与董延梅似的，不绕弯子。曾对我说，"我要你给我写一本能够在书店的书架子上、在读书人的书房里，都立得住的书"。我在文化界，不黑不红很多年了，而且还干着很多事情，诸如制作中日版昆剧《牡丹亭》、担任东京大学驻北京代表处代表，等等。用北京话说，就是"东一榔头，西一棒子"，杂乱无章。对于曾永辰的要求，我没有做到的把握。

其后，遇到非典，虽然那时我住在东京，但也闲下来了。于是，用了这个空当儿，完成了《茶禅一味：日本的茶道文化》。这本书不是学术性质的，基本上可以算是一篇篇幅很长的随笔。我用这本书对董延梅与曾永辰交了答卷，感谢他们的青眼相加。令我感到庆幸的是，《茶禅一味》直到现在还在卖着，陆续也不断有人拿书来找我，要我签上个名字，最近还有店家自己制作了影印本在网上售卖，我也不气，因为这可以证明，没有辜负曾永辰的期许。

也可能是《茶禅一味》的成功，鼓舞了曾永辰。曾永辰又问我，"你还可以写什么？"我说，"我要写一部张伯驹的信史，如何？"曾永辰手臂一挥，很有气魄地说："好！你马上写！写完就出！"

结果，董延梅退休了，再往后，曾永辰也退休了，我的任务也还没有完成。每隔一二年，曾永辰都会打电话给我，我也自己督促自己，居然十余年倏忽过去。

今逢庚子时疫，我在北京，因为昨岁北京出版社安东先生要我为其"述往"丛书添砖加瓦，我也拖了年余，就想着用这段闭户不出的时间，做这项工作。我把我对于张伯驹事迹的订正，写成了《张伯驹笔记》，交上了差。同时，我顺便也把年谱校正了一遍。

感谢在张伯驹研究方面，任凤霞、寓真、张恩岭等各位专家都做出诸多努力，特别是寓真先生，其著作披露大量珍贵资料，对于年谱的编纂，大有裨益。感谢王际岳、胡东海、耿直、丁剑阳在疫情期间照顾我的生活，使我可以安心做自己的工作。还要感谢张永和、王志怡、孙郁、吕凤鼎、卢树民、高远东、孙小宁、潘占伟、李斌、陈飞、朱龙斌、王亮鹏、高一丁、张洋、汪润、荃爱、王子溟、吴春光等各位文友及北京戏曲评论学会同人对我的帮助。感谢靳东、果靖霖、李玉刚、余少群四位影视明星列名推荐。二〇一三年的时候，是张洋君帮助我录入电脑并予校对的，这次则是汪润君帮的忙。总而言之，写作与研究工作，貌似是一人单干，其实却是离不开别人的支援的。对于孙郁兄、曾永辰兄的歉意，对于各位帮忙的朋友，我所能做到的回报，就是尽最大努力，让这本书成为一本信得过、读得完、立得住的书。

二〇二〇年三月二十日于北京新华西街寓所

# 山田医生

　　我认识一位参加中国革命的日本友人。老先生名山田，原是日本医生，战败时在东北开医院。一次，几名苏联士兵来到东北，闯进医院，试图对护士做出不当行为。山田医生奋不顾身站出来保护护士们，与苏军沟通，居然成功了，苏军只拿了部分物资便走了。那些护士每年聚会一次感谢山田，一直到山田去世。

　　后来苏军走了，国民党来了。国民党对东北的日本人完全不管，日本人没吃没喝，陷入困境。再后来中国人民解放军来了，又给日本人吃又给日本人穿，令他们特别感动。这时一位领导干部对山田说，我们的军队缺医生，你能不能参加我们的军队？山田当即率护士们参加四野，成为解放军战士。

　　部队开到天津时，通知准备南下。山田向四野卫生部长张汝光建议，战士们多北方人，到南方作战恐怕会水土不服。张立即报四野首长，批了两万元给山田，请他帮助做准备。

　　山田在天津买了大量医书药品。部队到武汉，不少

参加过中国军队的日籍老兵，他是那样眷恋中国

战士患疟疾。山田观察，疟疾发病有规律，而这些战士们的病没规律。经他认真研究，得出结论，是血吸虫病。在山田的治疗下，战士们恢复了健康。而三野因未做此防备，减员近二十万。

解放初，山田等通过红十字会返回日本，日本人说他们思想受到了影响。山田感慨地说："亲戚们连一块布头都没有给过我。"他从头做起，后来成为日本的心脏病学权威，开了自己的医院。他保护过的一个护士嫁给了他，终生侍候他。

山田说想念中国。我不大信他的这些话，但当我把山田的信交给张汝光将军的时候，将军老泪纵横，说山田医生是功臣。张汝光将军向王震报告，时任国家副主席的王震邀请接待了山田医生及护士们。

我请人记录下山田的故事，收入《友谊铸春秋》一书，只是文字太少，说得太简单了。山田却感谢我，还要送钱给我，我说我虽然没有经历过那个年代，但我感谢你这位大写的人。

山田更老了，夫妇住进郊区养老院。他几次托人带话，希望见我。我却没能找到合适的时间。

有一天，一位熟悉的朋友小心翼翼地告诉我："您可能听说了吧？山田医生不在了。"

我觉得，我对不起他。

二〇一六年八月十日

再等他多年

刈间教授介绍我在朝日文化中心讲课，遂渐有一批人固定来听我的课。半年多以后，一天课后，有位姓松本的老太太鼓足勇气问我：斗胆请您喝杯咖啡，不知您能不能同意？在她眼里，好像我是什么大人物似的。其实，那时在日本并没有多少人理我。我有什么理由不同意呢？

在学校附近的咖啡厅里，她很努力地开口，似乎每说一句话都要斟酌一下用词。她说，她想为一件个人的事情请求我。原来，战争中，她的一家住在北京东城，她和妹妹就读于遂安伯小学。现在，她的妹妹患了癌症，已经没有时间了。妹妹放不下的，就是遂安伯小学的生活。在那里，有一个男孩子，他们青梅竹马，两小无猜。她渴望在人世间最后的时段里，能够得到那个男孩的一点消息。可是，五十年间没有任何联系。

我惊讶了！她们姐妹把这样的心事托付给我，我却哪有这么大的本事承接呢？我问："能说说还有什么线索吗？"松本说，只知道那个男孩好像与溥仪的皇后有什么关系，别的就不了解了，那时太小，不懂事。我带着松本的重托，有意提前返回北京。那时我还任市政协的特邀委员，所以通过政协找到公安分局，查询资料。我还找了东城区教育局，想查找遂安伯小学的档案。但这两处都没有任何收获。

某日，我在市政协机关与徐玉良闲谈，说到了这件事。老徐随口说，咱们委员里不是有金连经吗？他就是皇族，问一问他！金连经可能是肃王之后，我记不大清了。我拜托老徐去找金连经。金特别热心，告诉说溥仪皇后婉容的弟弟还活着，叫郭布罗·润麒。可以问问他。金连经向润麒介绍了我，并给了我润麒的地址电话。我发现润麒居然住的与我只隔一街。我在金台路北，他在路南，走路不过十分钟，这位国舅爷应当在近九旬高龄了。

我在拜访前先通电话，问老先生，皇后一族有无子弟就读于遂安伯小学？日本友人托我打听。"是松本美穗子吧。"老先生竟然说出了松本妹妹的名字！我震惊！老先生说："你要找的就是我的大儿子，我的大儿子一直独身，放不下那个日本女孩。"我忙对老先生说了松本妹妹的情况，希望转告他的大儿子，最好有照片，我转给松本。老先生说出了在他这一方的悲剧。"文革"中，大儿子因家庭成分被迫害，打得很厉害，精神失常了。至今仍在医院。我不知该说什么好了。老先生比我安静。他给我一个建议，由他出面写封信，讲明他的儿子一直在想念松本，但是因为在外地出差，联系不到，所以由父亲写信，希望松本恢复健康后来北京会面。很快，老先生派人把信送到我家，还附了一封给我的信，说他是中医，有经验，如果我或我的朋友有什么不舒服，可以找他，免费的。我实在没有勇气去和老先生会面，实在不忍听他当面说出悲剧。我只是深深地感谢老人。倒如同是他帮助了我一样。我把润麒老人的信带到东京，交给了松本。松本后来告诉我说，妹妹讲，真没想到在人世间最后还能听到他的消息，他生活得好就好，我要先走了，看来在天堂里我还要再等他许多年。松本克制着泪水，向我报告了妹妹的遗言。以后，松本不再来听我课，我也怕见到她。我们都无法回避这一人间悲剧的影响，见面徒增伤感。

后来我还听到，润麒老人又为溥仪婉容夫妇主持了合葬。婉容大概只留下一张照片，是用照片与溥仪合葬的。润麒老人最后以九旬以上高龄归道山，得享上寿，但在我所知，这却是位经历了无数痛苦的老人。

二〇一六年八月十一日

辑三　京都伽蓝

# 本满寺

寺在上京区寺町通，自葵桥西诘步行仅需五分钟。其寺系由贵族出身的日秀上人于应永十七年（一四一〇）创建，属日莲宗，山号广市山，宁静扩展，低调俭素。方丈前有垂樱一株，号称胜景；佛殿前左右各植蜀葵一株，约一人高，花时应颇艳丽。

寺中葬有战国时代以忠勇美貌著称的武将山中鹿之介（一五四五——一五七八）。鹿之介为出云国（在今岛根县）守护尼子氏家臣，冠居"尼子十勇士"之首，有"出云之鹿"之誉。永禄九年（一五六六）尼子氏被毛利元就所灭，鹿之介为报主恩，发誓即使承受"七难八苦"之折磨，亦要复兴尼子氏。其后鹿之介果然多次与毛利氏作战，屡遭挫折而不改初衷，最终寡不敌众，为毛利氏杀害，年仅三十四岁。鹿之介虽复国未成，然其忠义事迹至今犹为日人所传颂。更为幸者，他的后代秉承其"知其不可为而为之"的信念，弃武经商，竟以酿造清酒发家，逐步扩大至金融、建筑、物流，即今著名之鸿池株式会社，此亦足为鹿之介之纪念。

本満寺外景

　　意外的是，笔者访问本满寺之日，恰逢鹿之介四百三十七周年忌辰，冥冥之中堪说是有缘。念及鹿之介最后身首异处，本满寺所葬为其躯体，心中仍不免感到悲凉。这时就想到方丈前那株垂樱，唯愿其能替代英雄首级，年复一年，盛开不败。

二〇一五年八月二十日

# 东本愿寺

东本愿寺在京都站正北的乌丸七条，与西本愿寺只相隔一街，规模虽不能与西寺相比，但亦足称壮观。

大约在十六世纪后期，净土真宗教团在本愿寺第十一代法主显如领导下，坚守大阪石山本愿寺，同织田信长部队展开旷日持久的"石山合战"。战争中本愿寺教团内部发生分裂，一方是以老法主显如为首，主和，称"退城派"；一方以显如长子教如（一五五八——一六一四）为首，年轻气盛，主战，称"笼城派"，即主张坚守。显如教如父子关系因而几近反目。至天正十九年即一五九一年重建京都本愿寺，次年显如示寂，教如继任法主，教内遂多有不满者。丰臣秀吉趁此机会插手真宗教务，下令罢黜教如，改以显如第三子准如（一五七七——一六三〇）为本愿寺法主。

江户幕府建立后，德川家康再次利用了真宗的这一内部矛盾，于庆长七年即一六〇二年将京都乌丸七条与六条间一块土地施舍给已遭罢黜的教如，命其兴建新寺，另组教团，就此把净土真宗拆分为二。教如所创

东本愿寺全景

之寺的正式名称是"真宗本庙",教派称作大谷派。世人则以西本愿寺称原本愿寺,以东本愿寺称教如新寺。

教如所创之东本愿寺亦如其人般命运多舛,四百年来竟然被焚毁四次,以至于现今寺中的主体建筑多是建于明治中后期,无法西本愿寺那样,获得联合国世界文化遗产的命名。

不过,东本愿寺建筑虽新,却大有后来居上之势。其御影堂和阿弥陀堂均建于明治二十八年(一八九五),御影堂号称是世界最大的木结构建筑,正面即南北长七十六米,侧面长五十八米,高三十八米。阿弥陀堂稍小一些,正面即南北长五十二米,侧长四十七米,高二十九米。最近阿弥陀堂又在内部翻新,据云仅所用金箔一项即耗资高达人民币数亿元,其寺之雄厚实力,可窥一斑。

东本愿寺又建有御影堂门,明治四十四年(一九一一)落成,高二十八米,与禅宗南禅寺、净土宗知恩院两寺之山门,并称为"京都三大门"。

在乌丸大街对面,临近河原町大街处还有一处东本愿寺别邸,名曰涉成园,取意陶渊明《归去来辞》之"园日涉以成趣,门虽设而常关"。相传造园者是既为名诗人,又为名武将的石川丈山(一五八三—一六七二),其园景致有"十三胜"及"十景",是日本庭园"池泉回游式"之代表作,尤为知名。

或许是出于四百年间四次大火的缘故,东本愿寺在以往的历史上没有留下像西本愿寺那么多的故事。但到了明治维新以后的日本近现代,东本愿寺开始异常活跃起来。

东本愿寺内景

一

日本庆应三年即公元一八六七年，江户德川幕府实现"无血革命"的所谓"大政奉还"，终结了长达七百年的幕府制度。第二年为明治元年即一八六八年，亦即明治维新的开幕之年。

正如十二世纪初幕府制度确立时期的情况，在幕府制度结束之际，伴随着这一历史的巨大转折，政治经济社会制度又一次发生了根本性的改变。新成立的明治政府一方面强调"复古"以重树天皇之权威；一方面以近现代西方为蓝本，积极推进制定宪法、组织国会等"维新"。他们努力尝试着在新的历史时期里尽快形成一套新的体制，这项工作开展得相对顺利，但亦不乏莽撞、激进。新政府站在自身政治立场考虑，以为佛教一直同历代幕府保持密切联系，特别是全力维护江户德川幕府；新政府遂刻意扬神抑佛，改奉神道教为国教，致使全国出现废佛毁释风潮，诸多寺庙遭到破坏，令日本佛教受到沉重打击。

净土真宗西东两本愿寺在江户幕府末期，其政治倾向均是护幕派，甚至还曾经作为镇压倒幕志士的组织新撰组的活动基地。然而，他们又保持着同皇室贵族联姻的传统，显如即因娶三条公赖女而与织田信长的对手武田信玄（一五二一——一五七三）成为连襟。西本愿寺第十三代法主良如（一六一二——一六六二）之继妻为桂宫智仁亲王女，第十六代法主湛如（一七一六——一七四一）妻为闲院宫直仁亲王女。东本愿寺方面，第十九代法主乘如（一七四四——一七九二）娶妻伏见宫贞建亲王女，第二十一代法主严如（一八一七——一八九四）娶妻伏见宫邦家亲王女；第二十二代法主现如（一八五二——

一九二三），即大谷光莹，娶妻是九条公爵女。他的儿子，第二十三代法主彰如（一八七五——一九四三），则娶明治维新功臣三条实美女。所以，净土真宗西东两本愿寺之与江户德川幕府、明治政府及皇室之间的关系，颇为复杂，又不能轻易一言以概之。

明治政府在对待净土真宗的态度上，也是不可简单判定的。明治政府成立之初，一度曾命取消真宗名号，东本愿寺也在废佛毁释风潮中几被焚毁。西东两本愿寺对政府做出抗争，真宗在各地的教团，斗争更为激烈。但至明治十七年（一八八四），政府颁布《华族令》，又将两本愿寺法主均封为伯爵，给予贵族待遇。事实上，真宗的一方也认清此番改朝换代系大势所趋，与历史上的真宗起义所不同的是，他们尽力控制住其宗教情绪，直至主动寻求与新政府的新的合作方式。

明治五年（一八七二），后来继任东本愿寺第二十二代法主的大谷光莹，偕同石川舜台、松本白华等率先赴欧洲考察，开了日本佛教与近代西方社会交流的先河。在他们的带动下，东本愿寺大兴维新之风，在思想及学术方面颇能突破束缚，别开生面，一时人才辈出，不乏大师巨匠。其中较为著名者，如提倡"真宗兴亚论"的小栗栖香顶（一八三一——一九〇五）；奉派留学英国的著名佛学家南条文雄（一八四九——一九一九）；著有《佛教统一论》《大乘佛说论批判》的日本近代佛教史奠基人村上专精（一八五一——一九二九）；创立妖怪研究会，享有"妖怪博士"之名的思想家井上圆了（一八五八——一九一九）；发起"大谷派革新全国同盟会"，创办《精神界》杂志的思想家清泽满之（一八六三——一九〇三）；设立"无我苑"，宣传"无我爱"的思想家依藤证信（一八七〇——一九六三）；著有《我是社会

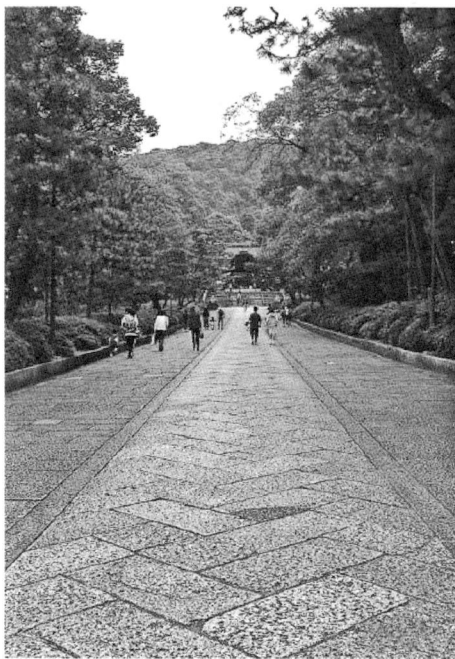

大谷祖庙

主义》，认为释迦牟尼是灵界社会主义，后来牵连到幸德秋水之"大逆事件"而被判处无期徒刑的念佛者高木显明（一八六四——一九一三），等等，都是出身于东本愿寺僧人。

身处东本愿寺与幕府、皇室及明治政府复杂的政治关系中，这些出身东本愿寺的思想家、学者，也都有着各不相同的政见，反而显得格外丰富而多元。

## 二

小栗栖香顶是众多东本愿寺出身的思想家、佛学家之中年龄较长的一位。他于天保二年（一八三一）生于大分市，号八洲，又号莲舶，在明治维新开始时，他已年过四旬。其出身是净土真宗僧侣家庭，后又投师江户时代著名儒学家广濑淡窗（一七八二——一八五六）门下，故而对于儒释两家均有较高造诣。他认为，近代东西方文明冲突之根源在于西方耶稣教的入侵，因而非但不可废佛毁释，更当振兴佛教并以之为基础形成亚洲联盟。小栗栖香顶的观点是，佛法初兴于印度，自印度传至中国，再传而至日本。同样，佛法之衰落亦自印度而及中国，唯日本佛教正当其时。所以应以日本佛教为主力，与印度、中国结成三国联盟，进而带动亚洲其他各国佛教徒团结一致，共抗西来的耶稣教。当然，日本佛教之中，又以较晚兴起的净土真宗最为强健，堪当主力中之主力。这就是他所倡导的"真宗兴亚论"。为此，小栗栖香顶曾于明治六年（一八七三）亲赴中国考察，游历两年，他所见到的中国佛教颓废状况，愈发坚定了他的信心。在获得东本愿寺当局的支持后，小栗栖香顶于明治八年即一八七六年的八月十二日，在上海虹口的北京路四九九号，开设"真宗东派本山本愿寺上海别院"，正式开始在华传教。这也是自公元六世纪佛教传入日本后的首次反向输出。

值得注意的是，日本佛教反向输出，这项具有历史意义的重大任务，最初是由较为典型的日本佛教——净土真宗来实现的。事实上，恰如禅宗与中国文化的关系一样，净土真宗也与日本文化有着密不可分的关系。小栗栖香顶之上海传教，与其说是佛教的反向输出，莫若说是一个文化的标志。即如内藤湖南所云，"文化有自中心向终极方向发展的运动以及再由终极向中心反向发展的运动"。在中日文化交流史上，这无疑是一个非常特别的历史事件，惜两国学界迄今仍未能对这一事件形成充分的认知。

小栗栖香顶早年"终岁读书"，博学广闻。他精于中文说写，著述亦丰，出版有《真宗教旨》《喇嘛教沿革》《北京游记》《莲舶诗历》《八洲日记》等多种。他凭借汉语可以同中国学者进行比较深入的交流，也正因为其能够深入，从而引发了他与中国近代佛学界的领袖人物杨文会的一场争论。

杨文会（一八三七——一九一一）是安徽石埭（今石台）人，字仁山，号仁山居士、深柳堂居士。其人堪称奇才，通晓佛学、黄老、天文、地理、音韵诸学，又于光绪四年（一八七八）曾随同曾纪泽出使欧洲，对于西学亦颇有所知。他在英国结识了东本愿寺的留学僧南条文雄，后在南条的帮助下，从日本搜求到大藏经所未收录的佛教典籍，多达二百八十余种。杨文会在出国前即于同治十三年（一八七四）设立金陵刻经处，自任校勘，归国后乃以复兴中国佛教为己任，募款刻经、办学，兢兢业业。他在光绪二十年（一八九四）又与英人李提摩太一起把《大乘起信论》译成英文介绍到欧美，

阿弥陀堂

对于佛教的国际交流亦十分热心。梁启超《清代学术概论》有云，"晚清所谓新学者，殆无一不与佛学有关，而凡有真信仰者，率皈依文会"，则可见其在当时社会的影响之巨。

令人感到奇怪的是，杨文会说，他与其好友南条文雄，"往返二十年，未尝讲论佛法"。这应系一句托词。他在其《阐教刍言》里曾经说道："尝观南条上人《航西诗稿》有'断章取义大师眼，三经之要二三策'等语，可谓深知本宗教旨者矣。南条之意，欲将本宗教旨，译布天下万国，美则美矣，而未尽善也。夫所谓断章取义者，果与全经意旨不相违乎？若与全经不相违，则不得谓之断章取义；若相违，则不得谓之释迦教，即谓之'黑谷教'矣。"黑谷指日本净土宗创立者法然上人。杨文会显然对于南条文雄之净土真宗有所看法，只是尽量避免同南条的争论而已。

但是当杨文会遇到小栗栖香顶的时候，这场争论终于爆发了。先是杨文会读了小栗栖香顶的《真宗教旨》，以为与经义颇多不合，批云"阳以辩驳，阴实资助"，作了《阐教刍言》文寄予小栗栖。小栗栖亦是一位奇才，恰与杨文会棋逢对手，当即作《阳驳阴资辩》与《念佛圆通》二文驳杨文会。双方由是你来我往，相互批驳，后来又有数位佛学家参与，争论愈发热烈。

客观地说，杨文会作为中国佛教界代表人物，不能不以中国佛教的观念为标准，即其所云之"经义"；而对于日本佛教之发明，无法予以认可。特别是净土真宗的"绝对他力"与"恶人正机"理论，以及真宗娶妻生子的做法，更是杨文会所万万不能接受的。杨文会强调"菩提心为净土正因"，不可放弃"自力"而一味仰仗"他力"，"今重念佛而轻菩提心，大违教义"。他虽是针

御影堂

对小栗栖香顶发言，实际上却是以法然、亲鸾等日本净土宗与净土真宗的祖师为批判对象。小栗栖也果然了得，旁征博引，唇枪舌剑，并不输于杨文会。他忽而捕捉到杨之前后矛盾处，"余以居士为信道绰，今则以道绰为违道，余不知居士之意在何处"；忽而引经据典，直击杨文会之未周全处，"《安乐集》曰，圣道一种，今时难证。乃至《大集月藏经》曰，我末法中，亿亿众生起行修道，未有一人得者"。杨文会只得答以"此等语句均是活机，策励后学之言也"，如此解释，未免便让小栗栖占了上风。杨文会与小栗栖的论争，内容相当庞杂深刻，另外还有中日不同文化观的交锋一层意思在内，此处无法展开讨论。但有此一争，小栗栖想要联络中国佛教共结亚洲联盟之事，就无法再进行下去。他后在上海中风，回国治疗，明治三十八年即光绪三十一年（一九〇五）病殁。而由于杨文会的及时抵制，中国佛教僧人亦未能效仿日本净土真宗的做法，公开走上世俗化道路。有趣的是，蔡元培（一八六八——一九四〇）在光绪二十六年（一九〇〇）却意想不到地打出一枚横炮，写作了一篇《佛教护国论》。蔡受到东本愿寺出身的哲学家井上圆了思想影响，以为杨文会的金陵刻经处，"总是信仰方面的功夫，不是研究的"；蔡批判所谓的耶稣教："耶氏之徒，谓人之拜偶像，而不知其拜空气之同一无理也，袭君主之故智，称天以祸福人，而恶哲学之害己也而仇之，是亦教之极无理者矣。"蔡元培积极主张学习净土真宗做法，促使僧侣过上世俗生活。这却是杨文会以外的中国学界，对于小栗栖香顶的另一种呼应。

三

关于东本愿寺在近代与中国的交流，笔者没有做出过系统的研究。葛兆光先生有篇《西潮却自东瀛来——日本东本愿寺与中国近代佛学佛的因缘》，讲得比较详细。遗憾的是，佛教的力量也是有限的，最终未能避免中日两国陷入大的劫难，一场持续十余年的战争，致使东亚萧条，生灵涂炭。第二次世界大战期间，日本僧人也不能置身其外。一九三八年日本政府颁布《国家总动员法》，佛教也被要求要为战争服务。东本愿寺在中国又设立多家别院，这时的别院与小栗栖香顶的上海别院不同，已是带有明显的殖民色彩。东本愿寺还向中国派出多名"从军僧"，直接参与到战争中。对于这一段历史时期的经历，东本愿寺在战后做出了沉痛的反省与自责。

东本愿寺战后担任法主者为大谷光畅（一九〇三——一九九三），法名阐如。阐如之外，寺中还另有一位重要的灵魂人物，即是阐如的叔父大谷莹润。

大谷莹润（一八九〇——一九七三）法名现泽，是大谷光莹的第十一子，明治四十三年（一九一〇）出任东本愿寺函馆别院住持，昭和十六年至二十年，即一九四一年至一九四五年任东本愿寺派宗务总长。他对于日本战败后的政局极是不满，竟以僧侣之身挺身而出，一九四六年当选为日本国会众议院议员，次年改选为参议院议员，并任职十余年。其间曾在鸠山一郎内阁担任过国家公安政务次官。这是净土真宗在日本佛教史上的又一次破天荒之举。

在佛教方面，大谷光畅与大谷莹润叔侄发起真宗的"同朋共生运动"，倡导建设"同朋文化"与"同朋社会"，重建真宗教团，改革教团体制，恢复真宗的社会影响。政治方面，大谷莹润还领导着日本佛教界推动中日邦交正常化，积极投身战后中日友好事业。

御影堂门

一九五〇年春，东京《华侨民报》将"花冈事件"报道出来，引起社会的广泛关注。"花冈事件"指的是，战争中被掳至秋田花冈的中国劳工惨遭屠杀，遇难者达数百人。据最初参与调查发掘工作的菅原惠庆说："起初，我们把收集到的中国人俘虏殉难者的遗骨装入三个苹果箱。后来，秋田县知事得知此事后，为我们提供了四百多个骨灰盒。留日华侨青年会的青年们把装满中国在日殉难者遗骨的骨灰盒运到东京，暂时安放在我的枣寺里面，我住持的枣寺在战争中被烧毁了。翌年，好歹建成了三间各六块榻榻米大小的木板房，我把四百多个骨灰盒满满地堆在了客厅里，数年间，我每天起居在这些花冈殉难者的骨灰之间。"

菅原惠庆（一八九六——一九八二）是东京运行寺的住持，其寺因种植有净土宗中国祖庭玄中寺携来的枣树，故又名枣寺。运行寺是东本愿寺的末寺，所以应是菅原向大谷莹润报告了这一情况。

这时日本尚未与新中国建立外交关系，而且对与新中国的交往设置了重重障碍。在这种困难局面中，大谷莹润以参议员的身份勇担重任，他与菅原惠庆及日中友好协会部分成员一起，于一九五三年二月十七日组织设立了"中国人俘虏殉难者慰灵实行委员会"，大谷莹润亲任委员长。

委员会设立之前，大谷莹润等以日本佛教界名义，于一月二十五日致函中国佛教界，表示他们正在呼吁日本政府将中国劳工殉难者遗骨送还中国，使其能够落叶归根，安慰逝者。信中还诚恳地写道："在过去的战争期间，日本佛教界没有勇敢地依照佛教的和平精神挺身而出，努力防止战争，以致使贵国受到重大的损失，表示衷心的忏悔。"

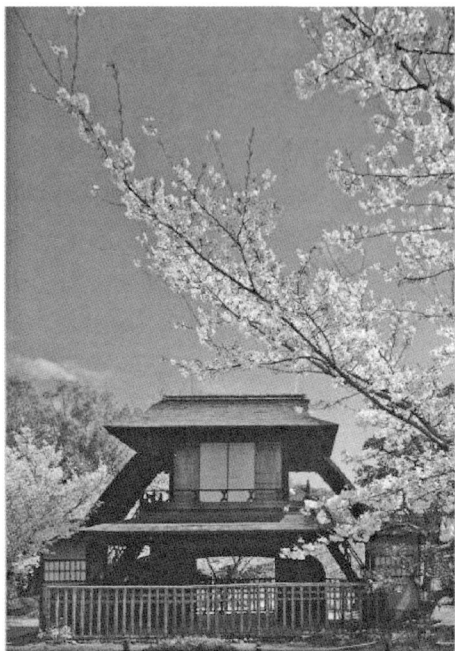

涉成园

他们的来函得到新中国佛教界的核心人物之一赵朴初热情回应，中日佛教界在送还中国劳工遗骨的工作中展开密切合作，不仅承担了红十字会的部分职能，还为两国的沟通交流开辟了一个特殊渠道。从一九五三年至一九七三年的二十年间，大谷润莹、菅原惠庆等负责的实行委员会，把殉难劳工名单整理成册，先后分作十几批，将三千多具遗骨护送返回中国安葬。他们的这一壮举，得到毛泽东、周恩来、廖承志等中国领导人以及中国民众的高度评价和由衷感谢。一九八五年十月二十七日《人民日报》发表孙平化、刘德有联合署名的长文《珍惜艰难缔造的中日友好关系》，其中还特意提到这件事情。这也代表着中国政府的态度。文章说："日本朋友在送还中国殉难烈士遗骨方面也做了艰巨而有成效的努力。我们忘不了佛教界长老大谷莹润、菅原惠庆和日中友协的赤津益造、三浦赖子，他们在十分艰难的情况下，到处奔波，进行调查，把死难者名单一一列出，并把遗骨一一收集起来，一批批护送到中国，从一九五三年起，前后达十批，共送还遗骨三千多具。"

大谷莹润、菅原惠庆等人的这一卓著功劳，正式载入了中日友好的史册。二○○○年五月九日，位于山西省交城县的净土宗祖庭玄中寺，隆重举办了"大谷莹润显彰碑"落成纪念法会，赵朴初题写了碑名。

## 四

通过送还中国劳工遗骨工作，东本愿寺与中国佛教界建立起良好的关系，同时也带动了整个日本佛教界积极参与中日友好交流。一九五九年十月，全日本佛教会会长、日本曹洞宗管长高阶珑仙（一八七六—一九六八）亲率日本佛教团四十余人访问新中国，更使中日佛教交流掀起新的高潮。但是，这时日本岸信介内阁加紧修改日美安保条约，不仅在日本国内引起强烈批判，也给中日关系带来阴影。大谷莹润对于修改日美安保条约持坚定的反对意见，他为此而愤然退出自民党并辞去参议员职务，彻底退出政坛。赵朴初作诗《寄赠大谷莹润长老》赞誉说：

> 虎狼之心不知止，伥鬼之行不知耻。
> 冲开瘴雾震雷音，坚起脊梁真佛子。
> 扶持正气健为雄，群力何难制毒龙。
> 莫道黑风吹浪险，已看朝旭照天红。

大谷莹润辞职后又回归到东本愿寺，把更多的热情和精力投入到中日佛教交流和中日友好事业。他向赵朴初郑重提出建议，一九六二年是鉴真和尚逝世一千二百周年，应以此为契机在中日两国举办隆重纪念活动。赵朴初就此向周恩来总理报告说："中日邦交正常化可通过民间促官方，佛教是很好的载体，而鉴真大和尚的题材很好，可以担任民间大使。"周恩来热情地支持了这一计划，并拨款重新恢复了鉴真故乡扬州的大明寺。这样，在日本由大谷莹润主导，在中国由周恩来、赵朴初主导的鉴真纪念活动，在中日反对修改日美安保条约运动中盛大开幕，并且持续了三年之久。

坦诚地说，鉴真在日本可谓是家喻户晓的人物，千年来始终备受日本朝野尊崇；但在中国却鲜有人知鉴真之名与其事迹。通过一九六二年至一九六四年的中日两国"鉴真热"，鉴真的大名才在中国流传开来。当时很多中国文化名人都参与这项活动中，集中撰写了一批介绍鉴真的文字，而且所依据的资料大多是日本文献。经过这番广泛宣传，鉴真身后又得以重新名扬天下。"文革"结束后，邓小平、邓颖超访日时均至鉴真所建奈良唐招提寺访问，并接受了其寺森本顺长老要求，于一九八〇年四月迎请鉴真像回国"探亲"。邓小平为之亲自撰文说："在中日人民友好往来和文化交流的历史文化长河中，鉴真是一位做出重大贡献，值得永远纪念的人物。"鉴真和尚所以能够成为中日友好的象征，追溯起来，实是应感念东本愿寺大谷润莹的首倡之功。一九七三年五月二十三日大谷莹润逝世，鉴真曾经传经受戒，并因鉴真纪念活动而得复兴的扬州大明寺，在"文革"期间冒着风险为大谷莹润举办了纪念法会，对他表示了深切怀念和感谢。

大谷莹润逝世前夕，中日友好协会会长廖承志曾亲访东本愿寺探视病情；这却又是东本愿寺建寺四百年来，首次留下中国领导人的足迹，亦是颇可纪念的。

在廖承志访问的三十余年后，又有中国作家张承志探访东本愿寺。张承志在寺中看到有块巨牌上写着，"只要人遭歧视，吾则不为人"，其意是说，"只要人间存在歧视差别，我便不配称作人"。张承志说，"这句话的激烈与罕见，使我如被击中，不能再挪动脚步"。他因此又说："看过的佛庙太多了，虽然其中数不清的名寺古刹，但是反而留不住太深的印象。若数一下，只东本愿寺一座，却一直难以忘怀。似乎只有它超越了一宗一教的门槛，给我奠基般的教示。"

廖承志与张承志，前后两位承志分自不同角度给予东本愿寺以极高评价，以此看来，东本愿寺在近现代之故事，应是还在继续书写下去。

二〇一五年八月二日诣东本愿寺，八月八日盛暑中作文，十二月十三日改定。京都洛北高野桥寓。定稿之日，腾讯新闻报道，东本愿寺以长谷良雄为首的访问团，在南京大屠杀遇难同胞纪念馆举行世界和平法会并诵读表白书谢罪。

二〇一六年一月三日

# 东福寺

日本京都的寺庙特别多，多到有几千座，各宗派的都有。现在是净土和净土真宗的寺庙多，历史上则是禅宗寺庙数量多。禅宗在中国地位十分特殊，禅宗开始流行后，便成为中国佛教史的重要主线。禅宗里先是北宗禅，但北宗禅先盛先折，继起的是南宗禅。南宗禅兴盛起来以后，禅宗史又变成南禅史了。南宗禅著名的是五家七派，五家里的主流临济宗与曹洞宗。开创临济宗的临济义玄祖师，他的坟墓就在河北正定，现在的临济寺，是临济宗的祖庭。中国的情况是，临济宗比曹洞宗流行，所谓"临天下，曹一角"。临济禅风比曹洞活泼，文化含量也高。禅宗传到日本，起初与中国一样，也是临济比曹洞宗盛行，现在则颠倒过来，成了"曹天下，临一角"了。当然，曹洞宗只是比临济宗势力大，若与净土与净土真宗比，已经是无法相提并论了。

日本人处处都在说禅，其实禅宗寺庙在日本已经很少了。历史上禅宗最为盛行的时代是日本中世，相当于中国南宋、元、明三朝。日本学习中国南宋丛林制度，引

东福寺内景

进了南宋"五山制"。大家看电视动画片《一休》，一休不是经常鄙视五山的和尚吗？简单地说，"五山"是官寺，体制内；一休自己标榜的是体制外。京都"五山"之一的东福寺，其开创者叫辨圆圆尔，赐号"圣一国师"。可以说，日本禅宗的政治地位，是在他的时代确立起来的。所以这是一位非常重要的和尚。圣一国师大概是一二〇二年出生的，相当于中国的南宋宁宗时代。圣一国师活了七十九岁。圣一国师青年时到中国留学，拜著名的儒僧无准师范禅师为师，并获得无准的印可。

那个时候，中国富，日本穷，两国的差距很大，圣一到中国，未免有些自卑。无准禅师劝慰他说，天无垠，地无涯。一句定千差，谁能分曲直？惊起南山白额虎，浩浩清风生羽翚。意思就是天地原无界限，人间叫一个国名地名，就分出很多界别，形成很多隔膜。个中孰是孰非，哪里分辨得清。我们应该有勇气打破这些限制，当然，这需要我们有足够的勇气和信心。圣一听了老师的话大为感动！他在中国留学六年。第六年的"结夏"之后第二天，圣一启程回国，无准师范禅师亲自为他送行。圣一归国时，带了宋书千卷，其中相当部分保存至今。所以宋版书在东福寺，还有相当数量。圣一回国后创建的东福寺，其寺全仿无准寺庙，设七堂伽蓝。因此，东福寺又可以当中国南宋寺庙看，来旅行的朋友应该注意这一点。无准师范还为圣一送去了一船木材，支持圣一建庙。圣一感念师恩，临终时留下遗嘱：从今东福寺不要纪念他的生日，而要永远纪念他的中国老师无准的生日。

我到东福寺访问时，青木谦整大和尚引导我参观寺庙，在大殿里我发现有无准禅师的牌位，十分显眼，我觉得奇怪。无准在中国禅宗并不具备这样的地位，何以此间如此突出？青木禅师便给我讲了以上的故事。东福寺纪念无准师已经七百年了，无一年间断！我以为故事就这样结束了，不想还有后续。东福寺的和尚告诉我，"文革"中，他们听说中国寺庙遭到破坏，于是非常担心无准祖师的寺庙。"文革"刚结束，东福寺派和尚化装成旅行者，跑到杭州径山寺去察看这座无准的寺庙。果然，庙已被毁，破坏十分严重。东福寺的和尚们着急了，圣一开山祖师的中国老师的寺庙，怎么能毁掉呢？他们立即行动，所有和尚分头出去化缘，终于募集到一大笔钱。经过与中国有关方面协商，东福寺和尚们出资重建径山寺，而且，他们还修了一条路，汽车可以直接开到庙门外。他们完成了这件大事，觉得是为开山祖师报了恩。

圣一国师把径山茶也带到日本，但他把茶传到了他的故乡静冈。今天东福寺还有个传说，寺中有一种叶子像鸭璞似的红叶，说是圣一国师从中国带来的。所以，各位如果秋天来京都，不可不到东福寺看一看中国红叶。七百年后，仍然红艳似火。

圣一国师临终说偈：利生方便，七十九年。欲知端的，佛祖不传。

二〇一六年八月十八日

# 建仁寺

　　京都寺多。对于观光者而言，也许正如坂口安吾（一九〇六—一九五五）所说："京都这地方，三步一寺，五步一庙，到处是名胜古迹，每走两三条街，便总会碰到一个大的寺庙区和神社区。要是你想在那里住上一个星期，与其有目的地走，倒不如信步所行的好。从这儿到那儿，要是觉得哪个寺有来头，能引起你注意，前去打听一下名目，仔细看看就是了。"但这也只是一种没办法的办法罢了。更何况今天的日本国内或国外的观光者恐怕是很少有可以在京都任意消磨上一个星期的。

　　为省时且不至印象杂乱，我主张还是应预先设计好在京都看庙的路线。路线可有四种：一是历史的，二是宗教的，三是文化的，四是风景文物的。历史路线，是指通过寺庙了解日本史，如从金阁寺到银阁寺，就能感觉到足利幕府由三代将军义满的雄视天下而至八代将军义政在"无可奈何花落去"的时代中的怅叹。宗教路线，如比睿山延历寺为天台宗祖庭（日本称大本山），知恩院为净土宗祖庭。文化路线，如金阁寺的北山文化，

建仁寺内景

南禅寺天龙寺等处的五山文化，西本愿寺的桃山文化等。风景文物路线，如仁和寺看樱，东福寺红叶，三十三间堂的千手观音，清水寺的舞台，龙安寺石庭；还有所谓三大门，即南禅寺东福寺知恩院三寺宏伟的山门。日本人最重视风景文物，譬如东福寺，平日观光者并不多，但等到红叶季节却是游客如潮。而各寺之文物保存处，每每单收一份门票，日本人对于交纳这样的"文物税"颇为踊跃，似乎也很少有怨言。大抵因为有这种"最重视"，事实上我所谓的四种路线，另三种都有些冷落；最为冷落者，又当数文化。

且以洛东的建仁寺为例，在我看其文化意义甚巨，日本人则多能知其名而罕有一至者，乃至其寺索性连门票也懒得收了，日语的说法是"境内拜观自由"。我颇为建仁寺抱不平。今岁正逢建仁寺建寺八百周年，借此由头就想从文化角度谈一回建仁寺。建仁寺的创建者是荣西明庵（一一四一—一二一五）上人。荣西上人一生两度入宋求法，做成三件大事：一是传禅，一是传茶，一是开创建仁寺。传禅，是传中国佛教禅宗南宗禅临济宗黄龙派禅法，著有《兴禅护国论》（一一九八）。虽然在他之前禅宗也曾传至日本，但自他始方得到当朝者重视，因此日本禅宗奉他为禅门大祖。传茶，传来中国茶种，著有《吃茶养生记》（一二一一），是为日本有茶之始。建仁寺则系荣西在当朝大力支持下所创，是荣西学说确立的标志。传禅传茶，不可只当禅当茶来简单看待。佛教自汉时传入中国，至宋而最终完成佛教的中国化，北宋中期以后的临济宗是中国化佛教的代表；茶则至宋才大盛于中国，成为流行的社会风习。所以，荣西所倡导者，其实质是对于以禅茶为象征的中国宋文化的传播。日本学习中国文化，自公元三世纪至荣西前，可

"建仁寺御开山"石碑

以看作对中国汉唐文化的吸收改造时期；自荣西始则转入对宋文化吸收改造时期。汉唐文化对日本上层社会影响显著，宋文化则更深入向武士阶层及民间发展。建仁寺因此在日本文化史及中日文化交流史上，都具有里程碑的地位。只是可惜肯于关注这一层意思者并不多，我每至建仁寺都感怀寂寞，慨然不禁。

原载二○一七年八月四日《深港书评》

# 金福寺

　　金福寺是禅宗临济宗南禅寺派的末寺，在佛教丛林中地位不高却颇有些名气。其寺位于京都东山脚下的一乘寺才形町，距诗仙堂很近。相传曾入唐求法的圆仁（七九四—八六四）和尚示寂前夕，亲手雕制观世音菩萨像，祈求国家安泰、救济众生。这尊佛像后来即安置在此供奉，是为金福寺之发端，故其寺初属天台宗，惜后来日久渐至荒弃。

　　迄至元禄年间（一六八八—一七〇三），有僧名铁舟玄珠（?—一六九八）者，在其旧址重新建寺，置于南禅寺所属的圆光寺之下，其寺遂改归临济宗。又有传说铁舟与日本"俳圣"松尾芭蕉（一六四四—一六九四）交厚，芭蕉尝亲来探访，后人附会多有以"芭蕉庵"称其寺者。其实，真正令金福寺成名者，却是日本俳句的另一位宗师级人物、同时也是日本美术史上重要画家的与谢芜村（一七一六—一七八三）。

　　在铁舟和尚殁后又数十年，与谢芜村偕弟子樋口道立等人，于安永五年（一七七六）即清乾隆四十一年，再

与谢芜村画像

次翻建金福寺，作为芜村等当时一批著名俳人雅集的场所，金福寺由此而广为人知。

与谢芜村在其《洛东芭蕉庵再兴记》文中说得很清楚，他一面称赞铁舟和尚"安贫乐道，自炊自濯，闭门谢客，深居简出"；一方面也委婉地说明铁舟只是因爱好芭蕉俳句而名其室为"芭蕉庵"，实则芭蕉未必曾经到访。而芜村等人在翻建之际，特意仿建了草屋一间，仍名之为"芭蕉庵"，用意则在于"以仰慕蕉翁高雅俳风"。

然而，世风永远是崇古的。尽管芜村于今也算是古，后人还是习惯于以较芜村更古的芭蕉来标榜，哪怕事实上是与芭蕉并无甚关联。

既然明白了这一底细，遂大可不必再去理会芭蕉，而只认作是芜村的故迹，何况芜村逝后亦安葬于此，更堪凭吊。

昔年芜村曾描述金福寺的好处，说："虽远离长安名利之地，却非全然弃尘绝俗，鸡犬之声隔篱相闻，樵牧之道巡门而过。豆腐小屋相邻，沽酒之肆不远，故骚人墨客长相往来。既宜消磨半日之闲，亦可随意于充饥之设。"这就是说，金福寺地处城乡交界，既能远离都市的喧嚣，又不至过分冷僻。芜村的描述，给我的印象，那时的金福寺似与清代北京之陶然亭有几分相近——带有几分野意的、最宜那些既已离不开城市而又不甘心彻底为城市所束缚的诗人题咏。

芜村这番话应该是完全写实的。在我寻访至金福寺左近时，仍然还能看到零星的水稻田，只是农户似不再精心照管，稻田近乎干涸。但金福寺周遭则已满是配备汽车的住宅和公寓，全没有了"豆腐小屋"与"沽酒之肆"的痕迹。从外墙看上去，那间号称"芭蕉庵"的草

金福寺周边街道

屋尤其诡异，裹缠在现代民居之间，显得格外不谐，反令我在盛暑里顿生些出阴森可畏的感觉。

带着这种畏惧感，走进金福寺正门，寺中除我与助手王君外，再无旁者。面对寺门，仅十步之遥就是佛堂，紧紧闭锁。佛堂前有小路通向右侧的庭园，庭园不大，狭长，花树多精致；临近佛堂处，有一小块枯山水，白花花闪亮，反倒看不出个究竟。园的后部有丘，"芭蕉庵"即建于丘上。方要拾级登丘，忽然间正午白日之下，猛听得寺中似有女人饮泣之声，大觉惊悚，疑虑是主人家正遭逢变故，忙不迭退至寺外。待到定住神，想到原本是要拜谒芜村墓，仓皇间竟未及实现，不免有些遗憾，但也不欲再唐突了。

作为弥补，归途想要买一本芜村的画册作为纪念，可在书店里仅找到新印的《日本美术史》，其中仅收了芜村最为著名的《夜色楼台图》。坦诚地讲，因为语言不通，我无法更多感受到芜村俳句的妙处。绘画就不同了，直观，不论真懂假懂，深知浅知，总会是有些体味的。

芜村晚年的这幅《夜色楼台图》，题目来自中国明代文坛"后七子"之领袖人物李攀龙（一五一四——一五七〇）的诗《怀宗子相》。李诗云：

> 蓟门秋杪送仙槎，此日开尊感岁华。
> 卧病山中生桂树，怀人江上落梅花。
> 春来鸿雁书千里，夜色楼台雪万家。
> 南粤东吴还独往，应怜薄宦滞天涯。

李攀龙当然是位才子，成名早，发达早，做过官，而且眼也很高，曾云"文自西京，诗自天宝而下，俱无

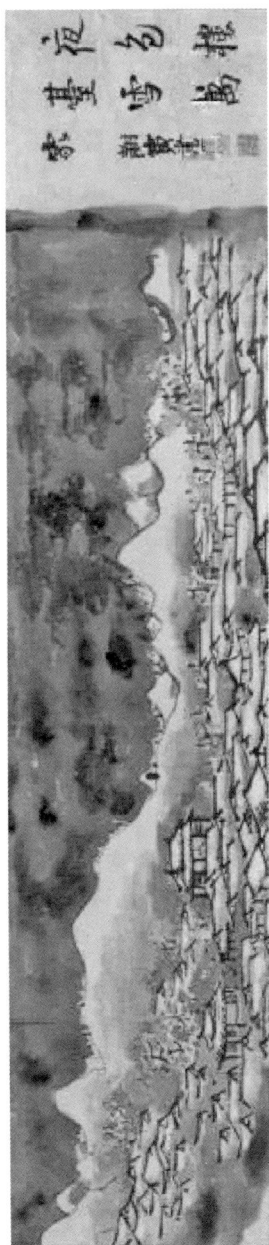

与谢芜村作《夜色楼台图》

足亲"。他的这首《怀宗子相》，所谓"诗眼"，就是"独往"，取义《庄子略要》之"江海之士，山谷之人，轻天下细万物而独往"。

与谢芜村很有意思。他把李诗里作为陪衬的"夜色楼台雪万家"句单提出来，只用李句而不用李意，甚至是反其诗意，画的是大雪覆盖之下的矮山与山脚下的成片的民宅，直是要以"万家"来替代原诗的"独往"。而以"万家"作为绘画的主题，不仅在芜村画作里是较为特别的，在此前的中国画与日本画里却也实在是罕有的。

日本的研究家以为，芜村所画是他所居住的京都东山风景。这种说法应是自有其道理。不过在我这个外行人读来，芜村的画，更仿佛是在寄寓着一种文人心境的变化。

在中国明代中后期，在日本德川幕府时期，也就是李攀龙的时代和与谢芜村的时代，中日两国都分别呈现出城市繁荣、经济发达、人口增长的盛世景象。文人处此环境之中，心境也就不能不有所变化。李攀龙顽固地持"拟古主义"，明明是身在"万家"的气氛里，依然还要勉强追求"独往"的所谓"古人"的姿态，以示一己之"风雅"。与谢芜村的《夜色楼台图》，则未再去走李攀龙的老路，似乎是在以改变自己的心态，求得与所处时代的和解。这并不等于说是芜村要"从俗"，因为画中虽有"万家"，终究还是远近高低，各不相同。所以，就我的感知而言，芜村此画，即是意在表明其不避"入世"而又不随意"从俗"的态度。

用了这样的眼光再反观金福寺。芜村所欣赏的金福寺，恰就已不再是铁舟和尚"深居简出"的地处偏僻的金福寺，而是城市扩张以后的，"虽远离长安名利之地，却非全然弃尘绝俗，鸡犬之声隔篱相闻，樵牧之道巡门而过"的金福寺了。更为现实的是，不只是芜村，也包括今日的我们，都已无法做到将自己与城市隔绝，如果还要追求"独往"，倒不免有些矫情造作了。芜村很庆幸，找到了与城市距离合适的金福寺，生前逝后都认准了此地。惭愧得很，已近天命的我，还不能说已找到了自己认为适当的位置——真希望此际发明出一种心态上的谷歌地图，能够帮助定一定方位。而这显见得就又是一个发生在现代里的神话，连我也不能去信它。

原载二〇一七年八月四日《深港书评》，有删节

# 五山禅寺

所谓五山，是日本从中国南宋照搬来的官办禅寺制度。政府将官办禅宗寺庙分作三级，最高级称五山，其次称十刹；再次称诸山，就是中国俗称作子孙庙的小寺。这些寺庙按级别享受政府的供应。日本五山级寺庙分在京都和镰仓，京都五山为天龙寺、相国寺、建仁寺、东福寺、万寿寺；在五山之上还有个南禅寺，最为尊贵。既食得君禄，也就当报答君恩，五山禅寺因此与幕府关系甚近。霍尔在《日本：从史前到现代》里说：

对足利氏将军们的文化世界说来，最不可缺少的是禅宗僧侣和京都城周边的禅宗寺庙。他们对禅宗施舍比北条氏施舍得更慷慨。几乎把这个教派变成幕府的官方机关……足利将军们使用禅宗僧侣更甚于北条，把僧侣当作他们政府的有文化的分支。在京都，相国寺成了对外联络的中心，外交文件在这里起草，充当足利氏代理人的僧侣，也在这里做好航海去中国的准备。不过，足利氏将军们主要是寻找精神顾问和消遣的伴侣时，才找

南禅寺三门

到五山的僧侣。这种对僧侣的依靠，看来是由于宗教的考虑。（邓懿、周一良译）

　　和政府关系密切确是五山禅僧的特色，而能代理政府外交事务，是因为他们具有很高的文化素养，特别是对于中国文化的素养。幕府是由军事机构发展起来的，原中央政府的天皇朝廷连同他的文官系统一同被闲置在旁，幕府自己的文官系统又尚未健全，所以幕府代行中央政府职能就难免有力量不足之感。五山禅僧遂得扮演幕府文官的角色，在外交、文化、教育、学术等方面发挥他们的长处。

二〇一五年十一月五日

# 知恩院

知恩院位于京都东山区林下町，山号华顶山，是日本净土宗的总本山。

日本净土宗的确立在日本佛教史与日本文化史上具有重大意义，正如天台宗是最早出现的中国化佛教宗派，净土宗则是最早出现的日本化佛教宗派。

佛教约公元前十世纪发源于古印度，公元前后传入中国，公元六世纪传至日本。日本在七世纪形成政教混合的"奈良六宗"格局，包括华严宗、律宗、法相宗、三论宗、成实宗、俱舍宗，又称"南都六宗"。

日本桓武天皇延历十三年即唐德宗贞元十年，公元七九四年，日本迁都京都，当时称平安京日本史进入"平安时代"（七九四——一一九一）。延历二十四年即公元八〇五年，日僧最澄自唐而归，开创天台宗。大同元年即公元八〇六年，日僧空海自唐而归开创真言宗。

"奈良六宗"与新加入的天台、真言二宗构成日本佛教早期的主流力量。

迄至平安时代末期，日本的自然环境与政治社会经

知恩院

济制度发生巨变。自然方面，永保三年即公元一〇八三年的富士山火山爆发，及嘉承二年即公元一一〇八年的浅间山火山爆发，导致气候异常，人的生存环境恶劣。社会的方面，安元六年即公元一一八〇年爆发了源氏与平氏两大政治军事集团的战争。建久三年即南宋光宗绍熙三年，公元一一九二年，源平战争中的获胜方源赖朝（一一四七——一一九九）就任征夷大将军，在镰仓设立新的国家行政机构，日本历史出现重大转折，"平安时代"宣告落幕，长达七百年的幕府制时期正式开启。

日本佛教在这一转折时期变得活跃起来，旧有的八宗势力因时代变革而势力大幅度减弱，新兴宗派净土宗、禅宗临济宗、禅宗曹洞宗、净土真宗、日莲宗、时宗次第登场。法然、荣西、圆尔、梦窗、道元、亲鸾、日莲、一遍等大德龙象纷纷宣讲学说，开宗立派，还有无学祖元、兰溪道隆、一山一宁等渡日汉僧于其间助力，其盛况类近中国的诸子百家，有力地带动了日本思想、社会、文学、艺术等诸多领域发展。

## 一、净土宗祖法然

日本净土宗的创立者法然上人（一一三三——一二一二）勇为天下之先，最早探索开创日本化佛教宗派，其过程艰难曲折。法然法名源空，号法然，今冈山县人。他俗姓漆间，幼名势至丸，出身武士家庭，幼年丧父，投靠天台僧人的舅父而出家，十三岁至京都比睿山，十五岁从《扶桑略记》作者皇圆受戒，其后转益多师。

净土宗源于大乘佛教净土信仰，在中国始于东晋慧远、北魏昙鸾，至唐之善导而光大。中国净土信仰在平安时代后期已流传到日本，天台宗名僧良忍（一〇七三——一一三二）主张"融通念佛"，空也（九〇三——九七

法然上人

二）提倡"踊跃念佛"，都系受此影响。法然是从良忍弟子睿空处接触到净土信仰，以后又遍学各宗学说，最终选择认同了善导等人的净土教论。其主要内容是，以《无量寿经》里阿弥陀佛所发大愿"设我得佛，十方众生至心信乐欲生我国，乃至十念，若不生者，不取正觉"为阿弥陀佛之"本愿"。世界所有众生，不分贵贱，不分男女，不分善恶，都可以借助阿弥陀佛发愿之力，即"他力"，往生西方极乐净土世界。修行方法则简单到，"一心专念弥陀名号，行住坐卧，不间时节久近，念念不舍者是名正定之业"。法然将这些思想写入他的《选择本愿念佛集》。

法然在完成自身思考和其理论时已经年逾四旬，此后开始在京都传播净土思想的过程更为艰辛。佛教旧有宗派迅速注意到法然的与众不同，立即与法然展开后来名为"大原谈议"的论战，不料法然一战成名，反而为他赢得了包括九条兼实等贵族在内的，不同社会阶层的信众。旧有各宗更是不能轻易罢手，元久元年即一二〇四年，作为日本佛教大本营的比睿山僧众集会，一致反对法然的净土之说。次年，法相宗代表人物贞庆将论争提升到政治层面，上书京都朝廷，指斥法然"专修念佛"之七大过失。京都朝廷因幕府的建立已处于弱势，需要寻求多方的平衡。在旧有宗派迫使下，元久三年即一二〇六年，朝廷将法然弟子行空、遵西流放，对"专修念佛"示以警诫。

正所谓一波未平一波起，紧接着又发生法然弟子住莲、安乐二人与宫中嫔妃私相往来事件。建久二年即一二〇七年，朝廷判处住莲、安乐死刑，法然受到牵累被流放到今高知县。可是，难以理解的是法然数月后即遇赦免，但却不许回京。直到建历元年即一二一一年，衰暮之年的法然才得返回京都，他结草庵于住莲、安乐遇难的东山鹿谷，为弟子祈祷冥福。出身九条家族的天台宗座主，青莲院住持慈圆有所不忍，助法然移住大谷，法然旋即以八十高龄示寂。

法然身后，净土宗以能顺应新的历史时期民众需求而得盛行于世，净土诸寺奉法然为宗祖。元禄十年即一六九七年，东山天皇追谥法然为"圆光大师"，信众遂以此尊称法然而不名。

## 二、知恩院钟声

法然晚年随侍弟子源智（一一八三——一二三八）收致法然遗骨，为报恩谢德，源智以法然为开山，自己为二世住持，创建知恩院作为净土宗道场。法然其他弟子亦陆续建寺传教，其间与旧有宗派的斗争并未停止，法然墓与净土寺庙也多遭毁坏。据云在弘元元年即一三三一年，京都大震之后流行大疫，净土宗僧人善阿空圆七昼夜诵阿弥陀佛名号百万遍除厄，后醍醐天皇以为灵验，赐寺名"百万遍"，对净土宗予以承认。这之后的室町幕府时代（一三二八——一五七三），净土宗虽得公开活动却连遭战火破坏，以至于知恩院不得不移出京都。

现今的知恩院兴建于江户幕府时期（一六〇三——一八六七），幕府首代将军德川家康（一五四二——一六一六）皈依净土宗，庆长八年即一六〇三年以知恩院为德川家族永代菩提所，次年又割青莲院地为知恩院扩建庙宇。幕府二代将军德川秀忠（一五七九——一六三二）则亲自主持知恩院的三门建设，三门并非平地而起，而是借足山势，先以石阶十数级垫高；三门两层，高二十四米，宽五十米，项用瓦片七万块。二层为殿，内奉释迦

知恩院三门

佛坐像及十六罗汉，外悬灵元天皇御笔楷书"华项山"匾额。其建筑巍峨壮美，今被列入日本"国宝"。

知恩院之主殿为御影堂，经过三门后再登石阶数十级方能到达主殿，主殿宽四十五米，深三十五米，规模与三门上下呼应。

关于江户时代之知恩院，民间有"七大不可思议"之说。其一是三门二层有白木棺材两口，传系建造三门的工匠夫妇在完工后自杀。其二是从御影堂到方丈之间有长五百五十米走廊，踩在走廊的木地板上会发出如黄莺叫的声音。其三是御影堂屋檐下有白狐所化之油伞，以此避免火灾。其四是名画家狩野信政所绘的《猫戏图》，从左中右三方都能与其中母猫的眼神对视。其五是狩野信政为大方丈所绘的《红白菊鸟雀图》，因所画过于生动，鸟雀画毕竟展翅而飞，仅在画上留下一点痕迹。其六是大方丈房梁上有长三米半、重三十公斤的木勺，不知何用。其七是原青莲院留存下来的"瓜生石"，传说石中曾生出瓜蔓。

知恩院还藏有在日本美术史上占有重要地位的长篇连续绘卷《法然上人绘传》，全篇共四十八卷，每卷约长九米。据日本学者考证，绘卷是十四世纪用半个世纪时间画成，毫无疑问也在今政府认定的"国宝"之列。

最为现今社会熟悉的，是知恩院新年的钟声。知恩院有巨钟高三米三，重七十吨，每年元旦零时始钟击一百零八声，通过 NHK 电视台的直播。名画家东山魁夷文章写道：

这座寺院的巨钟有一根撞木，连着十一根绳子。绳子的另一头牵在一个人手中。手握主绳的僧人，与其他

《法然上人绘传》（局部）

人相向而立，喊号子的声音与人的呼吸相和谐，手脚用足力气，仰起身体用劲一拽。

日本全国的老百姓都能在电视里听到知恩院新年浑厚的钟声。

二〇二四年八月十三日

# 金阁寺

　　昨秋我第四次到京都，同行的友人去看金阁寺，我已去过三次，兼之那时有些感到疲倦，就请假在旅馆中休息。半躺在榻上晒着深秋的阳光，随手翻看这几日买回的明信片。京都的明信片是少不了金阁寺的，特别是这张雪后金阁，可说是京都一景；有多少次，我想象着待到漫天飞雪之际，连忙买一张新干线车票，趁雪入洛——日本把到京都去称为入洛，或许是由中国的典故——"机云入洛"而来，陆机陆云那样的人物自然不能常有，就索性只用了"入洛"二字吧。于是，我也有资格说趁雪入洛了。金阁寺又在洛北深处，京都北山脚下，黄昏时分，带着满头雪片直达金阁寺山门，山门前的土路已白，左近的松柏仍自苍翠。小心地踏着还十分新鲜的雪径走入金阁寺，寺里没有许多曲折，从山门稍转一下，立时便能看到所谓金阁。不过，看到，只是可以远观。金阁是建筑在一个不大的池塘的一角，背后是漫植松柏与枫杉的矮山，矮山披起银装。这时，一泓池水反而把翠色凝紧，眼看着雪片无声地化没；金阁倒是

金阁寺

顶着些雪，浑身的金箔在雪光辉映中发出一种通常所不能见到的柔和的光芒。规定的观光路线就是沿着池塘东侧走上半圈，在我循规走这半圈的时候，金阁柔和的光与池岸上我投来的瞻仰的目光洒成扇形的一片，可能周围还有旁的游人，旁的游人亦当会做如何想，但那是另画的圆了，你只看雪地上留下的，是我的一串足迹，不，更准确地说，那是金阁之晷的轨迹，与我何干啊！我恍惚着走完这半圈，不知不觉登上和池岸相连的山路，随曲径盘旋，石阶一滑，嗳！我却是躺在旅馆的靠窗的榻上，午梦悠悠去也，额上竟还有些汗涔涔的。

一

早知道有方才一梦，较之梦到雪后金阁，我更希望能梦到的是走进金阁一游。且不要笑我是得陇望蜀吧，雪后金阁，总是有机会看；而要踏入金阁，只怕不借助梦想是办不到的。不消说是我，三岛由纪夫也说过："作为一个金阁寺的参观者，但凡能参观的地方我都参观了，凡能进去的地方我也都进去了。"三岛的意思，我理解是，恰恰他没能进去金阁——事实上，三岛又是极有资格进金阁的一人。这资格不是指他作为作家的赫赫大名，日本战后实现经济腾飞的起步之年一九五○年，有精神病人充满神秘感地在七月二日纵火烧毁金阁，成为震惊全国的大事件。五年之后，一个推倒重来的金阁在原地复建；次年，醉心王尔德唯美主义文学的三岛创作了被评论家称为其最高杰作的小说《金阁寺》。这如同孪生的新的金阁与小说的金阁，有些不可思议地成为那个技术革新、经济高度增长、革命风潮涌动、民主运动兴起的时代的热门话题。我在几次游金阁寺时，无一例外地听到周围的日本游客谈论起三岛小说，倒仿佛金阁是因小说而得享盛名似的。我觉得说三岛为金阁"重贴金箔"也不为过，难道他还没有进入金阁的资格吗？

然而，资格归于资格，三岛并不比我幸运。他后来在《室町时代的美学——金阁寺》文中开篇就说过了，说句玩笑，三岛就是比我更有资格耿耿于怀罢了。

我耐烦地絮叨能否进入金阁的话，原因在于，我以为这是观察金阁所不可缺少的一个角度。我偏向于那种观览古迹应尽力去接近昔人心境的意见，虽然所谓"接近"也是禁不起多问的，泛说是恰似濠梁观鱼的故事；更具体说是作为一个金阁寺的参观者吧，我只熟悉于从池岸遥望金阁，刚好无法体味昔日金阁主人所习惯的从金阁望出的感觉。这便决定我的主观的"接近"，并不等于事实的接近，甚至可能是背道而驰。我只是用"接近"的心情来约束自己以后知后觉者表现出的、自以为贯通历史的狂妄。因此，我也不去想如何打通关节以便得到踏入金阁的机会，就是记挂着不丢那个角度而已。

现在且让我们去走近昔日的金阁主人吧！

## 二

有遭逢忧患感到悲伤的人，不必突然发心剃发出家，还不如若存若亡地闭着门别无期待地度日更为适宜。

这是曾为朝廷官员的兼好法师（一二八二——一三五〇）在他的《徒然草》里说的话，流露着说不尽的感伤。

日本的天皇到了十二世纪就基本大权旁落了，地方军事集团以幕府的形式逐渐掌握了国家政治经济的领导权。以天皇为首的朝廷贵族仍然受到礼仪上的尊敬，他们就在这种尊敬中安静地、无可挽回地没落下去。兼好法师的《徒然草》即可看作为"落花流水春去也"的贵族们留下的写照。

十四世纪三十年代，趁着幕府内部矛盾的激化，不甘退出政治舞台的后醍醐天皇（一三一八——一三三九在位）为恢复皇权几次做出努力，结果是引发了一场浩大的动乱，史称南北朝（一三三一——一三九二）战争，历时凡六十一年。新的军事强人足利尊氏（一三〇五——一三五八）先是拥护后醍醐天皇夺取京都，推倒旧幕府，然后又把后醍醐天皇及其追随者逐出京都，建立南朝政权；足利尊氏另立光明天皇，为北朝。尊氏出任征夷大将军，设立新幕府，即足利幕府（一三三六——一五七三）。此后，尊氏一面不断发动对南朝的军事进攻，一面在幕府内部残忍地清除异己，其中包括曾和他并肩作战推倒旧幕府的胞弟足利直义。尊氏也在连年征战中多次遇险，两度被南朝军队攻入京都。但到一三五八年尊氏去世，足利幕府政权已经取得压倒南朝的优势。尊氏的继承者是长期跟随父亲征战的义诠，义诠只做了将近十年的将军就死去，一三六八年，十岁的义诠之子义满（一三五八——一四〇八）就任足利幕府的第三代将军。这一年，正是中国的朱元璋建立明帝国的那年。

足利义满的一生无疑是传奇的，他在青少年时期就表现出惊人的镇静力与过人的聪明才智。在二十几年间，义满以祖父尊氏的基业为基础，先后平定几处强大的地方军事力量，然后迫使已不堪一击的南朝政权降服，实现了全国统一。足利幕府在义满的领导下进入最强盛时期，幕府将军成为各地方军事集团承认的霸主。义满又着手把朝廷的诸多权能吸收进幕府，把将军的职位让给儿子，自己就任朝廷的最高职位太政大臣；这时的天皇就形同虚设，义满获得日本事实上的统治者的

足利义满画像

地位，朱元璋的孙子建文帝因此在国书中直称他为"日本国王"。建文帝的皇位后来被朱元璋的儿子燕王朱棣夺取，有一种说法，建文帝流亡渡海，就托庇于义满的日本国，不过这个传说不像杨贵妃的事那样有名。朱元璋建立明帝国后，积极从事国内政治斗争，手段相当残酷；朱棣废删建文帝后则忙于和周边政权征战，他动用大量财力人力兴建的北京城，自己实际上没能住上几年，最后是病死在远征途中。和明帝国朱元璋父子比较，足利义满要算是懒惰的。一统天下的义满还不到四十岁时便退休了，约在一三九七年，他在京都郊外的北山为自己修建了名为鹿苑的别墅。在一三九九年平定了大内义弘领导的地方军事力量之后，他即归隐别墅中安然享乐度过晚年。

金阁就是义满鹿苑别墅中建筑的一座依山临池的三层楼阁，因外表遍贴金箔而得名。这座别墅在义满死后改为禅宗寺庙，名鹿苑寺，俗称金阁寺。

## 三

金阁在六百年来屡经毁坏，其中也包括一九五〇年那场大火。所以，现在的金阁是否还是义满时代的原样，这是很难说的。我们只能从中看个大概吧。如我们所知，义满鹿苑别墅设计在背倚京都北山的自然环境中，别墅一角修建池塘；金阁又在池塘西北隅，通过小木桥和池岸相连。在建筑风格上，介绍资料说是金阁采取日本和中国式样的折衷主义：第一层是日本寝殿式，第二层是佛堂式，第三层是有回廊的中国禅宗式。这第三层的样子，在我这个不懂建筑的人看来，似乎更像是唐宋的佛塔；阁顶舒展大方，又仿佛是元代佛殿的意思。不管怎么说，金阁的建筑风格从直观上总有一种不协调感。很妙的是，三层金阁因遍贴金箔而浑然一体，刚好掩盖了那种不协调，使我甚至怀疑这才是所以要遍贴金箔的真正原因。遗憾的是，我还不能举出先有楼阁（或设计）后贴金箔的证明，我只是隐约觉出这层金箔不是平白无故而来。我的这种想法，在日本人里亦未必能得到认同。日本人，尤其是近代以来，通常是把这层金箔视作金阁主人足利义满奢侈豪华生活的证据。譬如曾经发表《堕落论》的作家坂口安吾就讥讽金阁是"有钱的风流人的嗜好"，"是和天下王者精神之缘相距甚远之物"。坦诚地讲，我也并不以为日本人的这种成见就是怎样有理。

义满鹿苑别墅除金阁外，未必就如何豪华；而金阁除了我以为是必要的使用金箔，也未必就是多么奢侈。略作比较：名大者如曹操的铜雀台高十丈，有屋百二十间；名小者如后赵石氏的铜爵台，还"去地三百七十尺"。至于金箔，中国南朝齐东昏侯只当了两年皇帝，还把宫殿墙壁尽饰金箔。作为"国王"一级的人物，义满别墅在东亚范围内，恐怕还不敢夸说富贵。回到日本历史，义满之后的织田信长（一五三四——一五八二）、丰臣秀吉（一五三六——一五九八）、德川家康（一五四二——一六一六），挥霍方面哪个都远远超过义满。信长的七层天守阁，不是每层房间都是用金箔装饰吗？秀吉建造京都大佛，花费更巨。义满的奢侈，在百姓看自然是也很了得，若置之君王之间，实在只是个下限。更换个角度，站在小民的立场，我反倒认为，开国君主倘能满足于他们的成功，能够安于享乐（当然也不是秦始皇修阿房宫那样的程度），往往胜过他们不满足于成功而继续令人战栗地奋斗下去。譬如和义满同时代的朱元璋父子，若能安心休息，那不也是小民的一种福分吗？义满在他盛年退休鹿苑别墅后，日本算是结束自足利尊氏起兵以来的战乱，迎来义满之后五十年的和平。因此，义满的懒惰与享乐，都反令我对他充满好感。坂口安吾的貌似张上下千年眼的后知后觉，自以为自己站在可以回顾六百年沧海桑田的位置，在我看也只是个进不去金阁而在周围打转的观光者罢了。与坂口相比，三岛由纪夫则要谦虚得多，虽然，三岛对于今人是并不谦虚的。三岛在《室町时代的美学——金阁寺》文里说，他准备撰写小说的时候，"遭到金阁寺的拒绝面谈和采访"，"只好停留在观察情景上"；"金阁寺周边环境，我倒是完全感受到了"。他还说：

毋宁说，我喜欢的，是新建的、人们挖苦说像电影布景似的富丽堂皇的金阁。我觉得正是那里有室町时代（即足利幕府时代）的美学，有足利义满将军的恍惚。正因为有了它，才能同能乐的衣裳设计相般配。

三岛的这段尽管是对新的金阁的发言，却令我感觉到他正走在古典之海的海岸。

## 四

三岛提到能乐，并且指出能乐和金阁之间的协调以及二者共同服从于室町时代美学。关于能乐，我很赞同美国学者霍尔（John Whitney Hall）的意见：

室町时代前期（一三三六——一四七七），一种具有完全不同的感召力且更能代表武士贵族的社会生活的艺术，是被称为能-狂言的戏剧形式。能是严肃的、以宗教为背景的戏剧演出；狂言是喜剧性的穿插。能-狂言就是将军和守护喜欢炫耀的主要方式。但是，只有当环绕京都的非宗教机构的一些人把若干戏剧成分加进去时，这个新的戏剧形式才得以完善。（日本戏剧）到了镰仓时代（一一九二——一三三三），宫廷的传统的假面舞、各种神道和佛教举行仪式时的舞蹈和劝善戏，已经发展成为多种戏剧形式，有的严肃，有的通俗滑稽。奈良兴福寺所属舞蹈及演员行会，他们的技艺最为先进。（奠定能乐艺术的宗师）观阿弥（一三三三——一三八四）和他的儿子世阿弥（一三六三——一四四三）就是（进入室町时代后掌握政权的）义满从这类行会选拔出来并加以扶植的。他们在把舞蹈和音乐吸收进我们所知道的能中，起了作用。结果，戏剧的形式就是非常风格化的音乐剧，这种剧里音乐、舞蹈、诗歌、服装和面具都和谐地融合在一起。像希腊戏剧一样，它的面具非常重要。没有布景。但是常有合唱队（原译者注：能乐中称作地谣）把戏的主题点明。

能，基本上是在神道和阿弥陀佛信仰的感召之下的产物，但是在以禅宗气氛为主的义满统治时才完善起来的。因此，它具有典型的北山时代（义满统治时期）的"有节制的华丽"。演员穿着织金的艳丽服装，华美优雅，但舞台上空空荡荡，一点儿也没有夸饰。戏剧的主旨或者是神道的，在于祈求某个神，或者是充满阿弥陀佛信仰的同情或者对拯救的寻求。动作是象征性的和暗示性的，而不是写实性的。这种富丽、有诗意的高雅和神秘意味的统一体，正是世阿弥在演出中要努力达到的能代表幽玄的那种品质。（霍尔著，邓懿、周一良译，《日本——从史前到现代》，商务印书馆一九九七年十二月版。）

在霍尔的介绍中，对于神道和阿弥陀佛信仰感召下的

# 日本史

[美] 约翰·惠特尼·霍尔 著  邓懿 周一良 译

Japan:From Prehistory
to Modern Times

中国出版集团
商务印书馆

霍尔著新版《日本史》封面

产物的能乐，何以是在以禅宗气氛为主的义满时代完善起来的，没有做出明确交代。但在三岛的启示下，把室町美学的概念引入，即在能乐完善的过程里，既接受当时禅宗气氛的影响，同时也加入了室町美学的影响。甚至，后者或许是主流的；至少是在神道、阿弥陀佛信仰、禅宗三者间发挥着重要的调和作用。要说明这一点也并不难，可是我们在说明前不得不先说到足利义满将军的隐秘，就是他和那位伟大的能乐艺术的集大成者世阿弥的恋情。

从某种意义上讲，也可以说足利义满建造了两座金阁：一是鹿苑别墅的金阁，一是以世阿弥为集大成者的能乐艺术。

还是在义满不到二十岁的时候，正在领导着幕府实现统一大业之际，他热烈地喜爱上比他小五岁左右的美少年世阿弥。在一年一度的为驱邪除病而举办的神社祭祀活动中，众目睽睽之下，少年将军公然和美少年的能乐演员同席而坐，同器饮食。比这更过分的是，义满给予世阿弥的赏赐居然超出那些征战东西的部将。我们可以想象，义满的行为在当时会招致周围幕府元老、将士怎样的愤怒和激烈反对，义满偏是一意孤行，继续以战时幕府并不能说是宽裕的财力支持世阿弥及其父亲观阿弥的艺术创作。如同义满在完成统一过程里所表现出的自信一样，他始终确信世阿弥会获取前无古人的艺术成就。他的经济支持与评论鉴赏，事实上是世阿弥父子完善能乐艺术的前提。时至今日，我们应该毫无犹疑地承认义满所具备的高超的艺术鉴赏力，说义满是一位出色的艺术评论家也不为过。这也刚好证明坂口安吾的"有钱的风流人的嗜好"是一种不负责任的论断。其实，义满的情况正如中国的曹操。作为政治家的曹操的文学作品，有谁说过是"有钱的风流人的嗜好"吗？曹操是建安文学的领袖，义满也可看作是室町美学的创造者之一。室町美学拥有如此强有力的领导者，其影响当然不逊于禅宗——禅宗也得到义满的支持，不过义满与禅宗的关系比较微妙。他特别热心的是推行中国传来的官寺制度，把官寺分成若干等级，禅僧必须经历等级晋升；高级禅僧又往往参与政治、外文事务，作为幕府的幕僚和外交官。另一方面，这时日本的禅宗，逐渐摆脱中国宋元禅风，盛行汉诗汉文，呈现出日益贵族化的趋势。禅宗的这一趋势与足利义满努力模仿以往贵族的高层文化的表现相吻合。因此，义满对禅宗的支持，出于政治因素的成分可能是更多些。室町美学应也吸收了禅宗的营养，二者不是对立的，但室町美学恐怕比禅宗更能表现义满的个人趣味。现在我们承认的室町美学的代表金阁是义满的别墅，能乐是在他庇护下发展起来的，这足以证明室町美学与义满的审美思想联系是异常密切的。让我们去大胆想象金阁主人昔日的生活场景：

原始林覆盖的京都北山延伸至金阁而止，环绕金阁的池塘水波不兴。初秋的黄昏刚生出一点凉意，但立刻就被通往金阁的小桥上站着的几个穿青格子短袍的侍从驱开。金阁里，世阿弥身着华美的织金服装，服装上绣着深绿或浅绿的竹叶与橘黄或深绿的桐叶，隐喻着人间君子与灵鸟凤凰；他垂头挺腰，轻盈娇美，飘长的裙带款款拖行，裙带的图案与色泽以及在光洁的地板上呈现的影迹，都足堪玩味。世阿弥用一副丰满白皙的女人面具遮住其美男子的容颜。卸去铠甲的义满身穿红白相间的袍服，持扇端坐，眉目间并没有家居的懒怠。四围静寂，金阁里的似乎有些单调的音乐却能无限制地传出很远很远。

这就是义满的趣味吗？我对这种杜撰实在缺乏信心。世阿弥时期的能乐服装没有存留下来，我的描述依据是晚世阿弥百年的式样，这时候，我真倍感作为今人的无奈。

顺便说些闲话，我有一次在朝日文化中心讲课时提到义满，有位老先生课后告诉我，他的母亲就是义满的后人，以前家里还曾保存着一个足利幕府将军的头盔。我不禁感叹，义满的天下早已丢掉，足利氏的子孙也散落四方，而他的两座"金阁"犹自流传，那位雄踞一世的古人又于泉下作如何想！

## 五

三岛由纪夫说他是完全感受到金阁周边的环境，我则是想出绕道能乐来感受金阁的办法。归根结底，这还是要弥补不得进入金阁的缺憾。然而，我在绕道途中，忍不住被世阿弥所吸引，乃至对这位金阁的第二主角的兴趣，一时超过第一主角义满。

作为艺术家的世阿弥得遇具备高超艺术鉴赏力的义满，固然是世阿弥的幸运，这并不等于说世阿弥的艺术就是御用的。回到霍尔没有解答的问题，对于神道和阿弥陀佛信仰感召下的产物的能乐，何以是在以禅宗气氛为主的义满时代完善起来？除掉可说是以义满审美思想为中心的室町美学影响外，出现世阿弥和观阿弥两位伟大艺术家也是能乐获得完善的原因。对于观阿弥的所知，基本是来自世阿弥的记述。所以，我的关注是集中在世阿弥的。

我用最粗糙的态度把世阿弥的成就分作两部分：一是演剧实践，一是演剧理论。先说演剧理论。我们知道，古典戏剧的传流基本是在演员的身体间进行传递的，

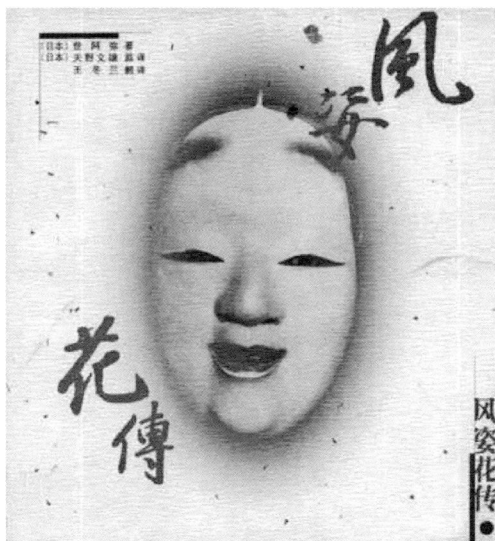

初版《风姿花传》封面

世阿弥别出心裁地开创了用文字总结理论的新风。亚洲古典戏剧演员著作理论，很有可能是始自世阿弥。义满在知天命之年就逝世了，失去义满保护的世阿弥，后来被幕府流放，他在漫长的逆境岁月里潜心著书总结他和父亲的艺术成就，用了二十年时间，留下了能乐最重要的理论著作《风姿花传》。

《风姿花传》其书仅七篇，即：

> 各年龄习艺条款篇
> 模拟条款篇
> 问答条款篇
> 神仪篇
> 奥仪篇
> 花修篇
> 特别篇/秘传

世阿弥在七篇里着重提出"花"的概念，"花"就是指艺术家的表演魅力。他讲了"花"的产生和发展过程：

十二三岁之后："因本身为童姿，所饰角色均呈美态，而且正值声音亦动听之年龄。此二因素使其'能'瑕不掩瑜，相得益彰。一般孩童演'能'，不可让他们做细腻的模拟表演。这不只与当时场合不相适，还将导致使其孩童将来无法长进之后果。"因为"此时所开之'花'，并非真正的'花'，只是'一时之花'而已。此时期所学演技简单易学，所以不能成为评价演员艺术生涯之准则"。

二十四五岁时期："此时期，乃确立自己终身之艺之始，因此练功习艺亦进入新的阶段。"演员可能会受

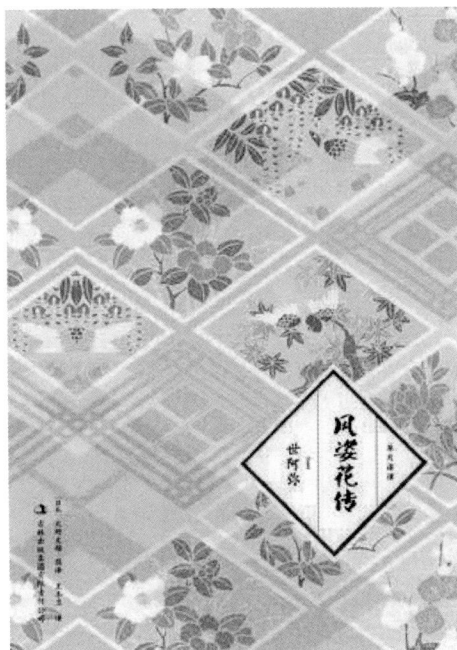

风姿花传

世阿弥

再版《风姿花传》封面

到观众过高评价，"须知，此并非真正的'花'，只因演员年轻，观众感觉新鲜，故成为一时新奇之'花'而已。""若将一时之"花'误为是真正的'花'，离真正的'花'则更远矣"。

三十四五岁时期："此时期之'能'，乃一生中最为辉煌之'能'。""若至此时期尚未得到充分肯定与评价，没有多大名望的话，无论多么优秀的演员，亦要认识到自己尚未掌握真正的'花'。若尚未掌握真正的'花'，四十岁以后演技大概就会退步。是否掌握真正之'花'，四十岁以后会得以验证。"

四十四五岁时期："进入此时期后，若还有'花'尚存，即为真正的'花'。至五十岁尚能使'花'不凋谢的演员，四十岁之前大概都能博得声誉。"

五十岁以后：此时"唯有'花'尚未凋谢"。"尽管他所演甚少又有所保留，但使人感觉其'花'更加艳丽。因为这是真正掌握'能'的演员才拥有的'花'，他所演的"能'，用树木来比喻的话，即使成为枝叶很少的树，即使成为无枝无叶的老木，但仍有最具魅力的'花'开于其上。"（引自天野文雄、王冬兰译本，中国社会科学出版社，一九九九年四月版。）

观察世阿弥对"花"的叙述，概括说包含了以下的内容：

其一，他指出，演员不是天生就具备真正的"花"，而是要把天生的某些素质加以培养。即"花"是后天的，是艺术家的另一重生命。真正的"花"超越年龄限制，长时间保持新鲜。

其二，演员努力练功习艺的同时，也要有意识地培养自身的艺术修养，注重丰富精神世界。

其三，"花"是构成戏剧的因素之一，甚至有"花"

则戏剧即可成立——"即使成为枝叶很少的树，即使成为无枝无叶的老木，但仍有最具魅力的'花'开于其上。"

《风姿花传》原文相当难读，理解更难。对世阿弥没有进行过深入研究的我竟敢如此来概括，其实是很放肆的。不过，所谓"花"是后天的这一条，应该是可靠的。有了这一条，我们再来关注世阿弥在演剧实践方面的活动——通过《风姿花传》，我们这些不可能亲睹他的艺术的后人，可以窥其一豹之斑。

大阪大学教授天野文雄先生是世阿弥的研究家，他曾结合世阿弥表演及其作品，提出世阿弥创造了"梦幻能"这种富有诗意的优美心理剧。他的作品都有这样的共同特征：

一、大幅度增加歌舞的比重，以歌舞的优美情调作为新作品的基调。

二、唱词是精练而富有诗意的韵文。

三、大多采用"梦幻能"形式。"梦幻能"的主人公以亡灵的姿态出现，从而表现人物怨恨、眷恋、怀旧之类的情结，反映人物内心深层。

天野教授的话使我不由得想到中国二十世纪的伟大艺术家梅兰芳。梅兰芳是京剧的集大成者，在东西方文明激烈冲撞的时代，把京剧传统不仅光大，而且在国际艺术之林为京剧赢得一席之地。梅在把京剧从十九世纪延续至二十世纪并走向世界的关键时刻，他在文人帮助下是以古装新戏为一个新起点的；而这种古装新戏又以重歌舞的神话戏为主。梅的神话戏，完全符合世阿弥作品的上述特征！这种巧合，令我震惊！在震惊中，我现在还顾不上细致思考世阿弥与梅兰芳是何以走到同一条轨道，但让我在寻求亚洲共同性的艰难探索中颇得鼓舞。

话题还是回到世阿弥的演剧实践。世阿弥的"梦幻能"是受到阿弥陀佛信仰中"恶人正机"观念的影响。抑或是禅宗在足利幕府初期兴起的吊慰战死者亡灵的反映，我还不能判断。泛泛说和佛教相关亦无太多关碍。因为世阿弥确立的能乐是要表现怨恨、眷恋、怀旧、嫉妒、悲叹等感情，剧情未必重要。中国京剧似乎也有类似的趋向，但表现感情的任务主要是由唱腔与音乐来承担。这也不去细说了。在天野教授所讲的"梦幻能"以外，我还注意到世阿弥的两项艺术成绩：一是他对男旦艺术的丰富，一是他把诗歌里的"幽玄"的文学审美理念引入能乐。

首先说他对男旦艺术的丰富。男旦在中国的历史，隋代也还是出现于歌舞，唐代参军戏里则是随机饰演女性。宋代正式有了男旦行当，然而在戏剧中不作为主要角色；到了元代就大开男女合演之风，女演员的数量可观。日本的情况，世阿弥以前也有男旦，约略和中国宋代的形式接近。我们说世阿弥是东亚第一位重要的男旦艺术家，这也不过分。世阿弥在《风姿花传》里说道，"女人姿态适于年轻演员扮演"，意"（女能）乃既重要又难演之能"，"虽说无论模拟任何人物，都不可忽视装扮，但女人姿态更要以装扮为本"。前文所提到，世阿弥以为"花"是后天的，并不过分依赖于先天条件，男旦艺术有力地证明了这一点。通过演员的演艺，彻底改变先天规定，在舞台上塑造完全不同于先天的形象。我在此处故意用了"彻底""完全不同"这种断定式的词语，是为表现其中的理想性。事实上，这是不可能做到的。世阿弥有他高明的办法，他的"模拟"不是再现，而是一种超现实相似。譬如"模拟"女性，实际是要表现理想中的女性形象，并非直接搬演生活里的某个女子。因此，表演手段就不必追求写实，采用的是象征性与暗示性的办法。而用象征性与暗示性的表演手段，不独男可以演女，也可说是无不可演。换言之，就是超越了自身条件的限制。我不由得又要说到梅兰芳，梅是京剧有史以来最重要的男旦，而且他的男旦艺术成为京剧的代表。我想，在讨论亚洲古典戏剧问题时，以男旦艺术凸显"超现实相似"的表演原则并确立了象征性与暗示性为主的表演手段，这是亚洲古典戏剧的特色。从世阿弥到梅兰芳，都体现了这样的特色。

其次，我还注意到世阿弥把诗歌里的"幽玄"的文学审美理念引入能乐，成为能乐的首要艺术精神。所谓"幽玄"，霍尔解为"表面后边的神秘"。这未免太简单了些。考察文学中的"幽玄"，其基本意思是深远不知；引申而来的，有时是意味着以优艳为基调的象征性的美，有时是意味着优艳与衰艳的调和之美，有时是指洗尽铅华后的静寂枯淡之美。世阿弥将这种理念引入能乐，大幅度提了能乐的文学性，因而促成能乐境界的升华。能乐的"幽玄"，基本意思仍是深远微妙，如霍尔说的"表面后边的神秘"。然而其结合表演的特性而引申的种种表现，至为复杂，以我之口同样是吐不出大白牛车的。《老子》说："古之善为道者，微妙玄通，深不可识。夫修不可识，故强为之容。"能乐的"幽玄"也可"强为之容吗"？勉强讲，"容"分三种，一是未知，二是微妙，三是上品的美。最后的"上品的美"，决定了能乐是以表现贵族情调为主，有意把通俗排斥在外。

## 六

我不惜笔墨地谈世阿弥的能乐艺术，其实要说的话也很简单：就是世阿弥对"花"的产生和发展的叙述，"梦幻能"的特征，对男旦艺术的重视和开掘，确立"幽玄"精神的地位，等等，其中贯穿着同一种观念。这种观念说破了，即创造出的上品之美高于一切。我想，称这种观念为东方唯美主义也是可以的吧。

<h2 style="text-align:center">七</h2>

当我意识到世阿弥的能乐艺术中的东方唯美主义观念，我就急于确认我的这种意识是否准确。这时，我想到能乐的"空空荡荡""一点儿也没有夸饰"的舞台，舞台背后的壁板上画一棵松树，舞台两侧的衬板上画些翠竹。我曾听一位能乐艺术家说，松有新松老松之别，画松的职业是世袭的，世袭的画松人把画松叫作"种松"。如此在意画这一棵简单的松树，是因为松的画法有时是可以干扰演员表演时的心情。常绿的松与竹代表着一切自然景观，对演员和观众都是一种暧昧的提示。把一切自然景观浓缩为松竹，有人说是以虚代实，这是可以讲通的；我则以为它的意义正在于，让观众的注意力尽最大可能地集中在演员的身体上，反映的却是唯美主义的对身体的迷恋。和西方唯美主义有微妙差别，东方意义的"身体"是包含服装、动作在内的，因此，能乐的服装和扇子等小道具都是极尽精致，有无数讲究，根本不存在以虚代实的情况。

从能乐的舞台，我的思绪终于又转回金阁寺。足利义满的金阁别墅，在北山的自然环境中建造金阁，华丽的金阁却以绝对优势压倒周围山水而格外夺目。这种既在自然环境中又不允许融入自然，在自然中凸显出的孤高气质，和演员在能乐舞台上的情形是何等相似！我们现在再看霍尔的描述，"演员穿着织金的艳丽服装，华美优雅，但舞台上空空荡荡，一点儿也没有夸饰"，如果把"演员"换成"金阁"，把"舞台"换成"自然环境"，霍尔的话仍然成立，真也没有什么不当。所以可以如此转换，理由只能是我在开始时谈到的，金阁和世阿弥的能乐共同服从于室町时代的美学。不过，此处的室町美学，也因为我前面论说的金阁及世阿弥与义满将军的特殊关系，必须说明是以足利义满的审美思想为中心的室町前期的美学，金阁及世阿弥都是具体表现。足利义满的审美思想的实质，即我们从能乐里找到的东方唯美主义。附带说一句，很多人都说过义满的趣味里包含有对异国情调的喜爱，金阁建筑就是采用折衷主义，世阿弥的能乐也结合了中国戏剧的影响。这倒是义满的东方唯美主义与欧洲唯美主义的接近处吧。

为简便且避免混乱，我想用"金阁美学"这个词来代替室町前期美学的说法。三岛由纪夫虽没有明确这样说，但他为金阁所吸引，我大胆地臆测，他正是在唯美主义理念层面获得共鸣。我索性就再大胆些谈谈三岛。三岛说：

在我所亲近的古典中，给我最本质的影响的，同我最本质地融合在一起的，就是能乐。战争期间我创作的作品《中世》，就是其中一例，战后创作的《近世能乐集》、小说《金阁寺》乃至《英灵之声》，也就是成为我的文学底流的能乐。能乐所具有的忧郁的情绪、多彩的舞姿、完美的形式、洗练的感情，完善了我所思考的艺术的理想。（《日本的古典与我》）

这段话仿佛更能证明我的臆测。然而，我深感惋惜的是，三岛没能从自己的"本质"出发去探究东方唯美主义理念的成立，而是有把欧洲唯美主义强加在自己及东方艺术身上的倾向。三岛过于强调肉体，宣称要"拂去肉体的劣等感"。创作《金阁寺》时，他甚至"下榻在南禅寺附近的旅馆里，买来轻量级杠铃，在古老的廊檐下练举杠铃。刻苦勤奋，即使生病，即使粉身碎骨，也在所不辞"。（《室町时代的美学》）当他堕入对肉体的迷恋，这恰是他探寻本质过程里的陷阱，三岛尽管"为金阁在夕照下呈现的黄金色所包含的倦怠所感动"，他却和自己小说的主人公"没有太多的共鸣"。三岛说他是在旧金阁形象外导入他的新金阁形象，这也可以满足大多数人引欧入亚的愿望，但我以为这既是三岛的成功，又是他的失败。从作品上也许获得成功，从其探寻本质的立场看，更多的是失败。三岛的自杀，恐怕也有发现在这条道上走投无路的绝望。在东方文化里努力谋求和西方对应内容的二十世纪文化人，往往都落得三岛这样的悲剧结局。这样说未免太伤感了，既然谈了不少戏，就来一个戏剧性的收场吧：

　　我想象，假如当日金阁的管理者肯于安排三岛进入金阁，三岛是否就会清楚地体会到金阁主人的心情从而获得顿悟？足利义满就是足利义满，而不是东方王尔德，我想无论是起足利义满于地下，还是起王尔德于地下，他们都会承认这个说法。可是，起三岛于地下，他是否能表示赞同呢？看来今晚我还有必要梦与三岛一谈。

二〇一八年三月六日

# 西本愿寺

　　乘车出京都站北行仅数分钟就可以看到足足占了大半条街的西本愿寺，气势非同凡响。然而，恰因其距车站太近，如若不是特意专程前往，反是最容易错过的。我即因此而在二十年间百余次过其门而不得入，直是迟到昨年初冬方才得以走进这座心仪甚久的大寺。

　　西本愿寺的正式名称就是本愿寺，山号为龙谷山，是日本佛教净土真宗本愿寺派的大本山，中国通常用的说法是祖庭。其寺始建于十四世纪，现今的主体建筑则多初建于十六世纪末期，以此资格而被联合国命名作世界文化遗产；寺中的阿弥陀堂、御影堂、飞云阁、唐门、白书院、黑书院、北能舞台、南能舞台等，又分别被列为日本国宝或重要文化遗产。北能舞台建于天正九年（一五八一），是日本现存最古老的能乐舞台。

　　但是，仅仅是这些名头，实还不足以说明西本愿寺在日本的独特地位，要想对其有深入的认知，话题还需要从净土真宗说起。

西本愿寺

一

净土真宗对大多数中国人而言是陌生的，其实欧美的日本研究家对真宗也是缺乏准确的把握。大家在观察日本佛教时，总是忍不住要以中国佛教为坐标，而真宗在这一坐标上的位置恰又是有些模糊的，所以往往被与净土宗混为一谈。笔者的意见，假如说禅宗是中国化佛教的代表，净土真宗则可谓之日本化佛教的典型。并且，正如禅宗之深刻影响中国文化一样，净土真宗对日本文化亦构成巨大的影响，所以不能简单地将其只是作为佛教的一个宗派来看待。

众所周知，佛教大约在公元前十世纪发源于古印度，在公元前后传入中国，约公元六世纪又传至日本。日本此前的宗教思想，主要是自然崇拜与祖先崇拜相结合的神话传说；佛教传入以后，迅即同政治结合，在七世纪形成政教混合的"奈良六宗"之格局，即华严宗、律宗、法相宗、三论宗、成实宗、俱舍宗，又称作"南都六宗"。坦诚地说，此六宗中有的宗派，即使是在中国都不具备兴盛的基础，其能够在日本获得显赫地位，当然是与彼时的政治密切相关。至公元九世纪，除"奈良六宗"外又增加了天台宗与真言宗，此八宗遂汇聚成为日本佛教早期之主流力量。

迄至十二世纪日本平安时代结束，新兴的镰仓幕府开启了长达七百年之久的幕府制度。伴随着这一天翻地覆的历史性大转折，日本的政治经济社会制度发生了根本性改变，日本佛教也出现了前所未有的重大变革。旧有八宗的势力大幅度衰减，净土宗、禅宗之临济宗、禅宗之曹洞宗、净土真宗、日莲宗、时宗等新兴宗派次第登场；法然、荣西、道元、亲鸾、日莲、圆尔、一遍、梦窗、一休等大批大德龙象，纷纷开宗立派，宣讲学说，周旋于各种政治势力与社会阶层之间，其状类近中国春秋战国时代所呈现出的诸子百家景象。而日本诸子则是以释之一家面目示人，他们貌似针对佛教教义发表不同的阐述，实则却是一次思想的大的解放。

日本近现代著名学者内藤湖南（一八六六——一九三四）即曾在《日本的肖像画与镰仓时代》文中指明，日本思想开始活跃，出现个性化活动并涌现出大量天才的时期，即是在平安时代末期至镰仓时代初中期。

内藤先生提出，镰仓时代初期，权力思想的觉醒影响到地方武士，其结果是当时兴盛的宗教思想适合了地方武士的简朴生活，于是产生了净土宗、真宗、日莲宗，其创立者皆为一代天才。在这一时期，武士中产生了源赖朝那样的天才政治家，义经那样的天才战术家。在缙绅中间，从相对较低的阶层中也出现了如藤原信西、大江广元那样具有经纶之才的人物。阶层和社会思想都普遍发生变化，在这种变化造成天才辈出之际，艺术领域也是天才涌现，绘画、雕刻普遍如此。

内藤先生的观察还只是局限在人类社会活动的情况，这一重大历史时期的自然环境的变化也是极应当关注的。中国近现代著名学者竺可桢（一八九〇——一九七四）在《中国近五千年来气候变迁的初步研究》里较为明确地说过，中日虽有四百公里的日本海相隔，但在九世纪至十二世纪这段时间，两国的气候变化是一致的。中国在十二世纪初期气候加剧转寒，北宋徽宗政和元年（一一一一）方圆二千二百平方公里的太湖全部结冰；南宋高宗绍兴元年（一一三一）至理宗景定元年（一二六〇），最晚降雪时间较十二世纪前约要推迟一个月；宋高宗绍兴二十二年（一一五三）至二十五年（一一五

内藤湖南

五），苏州附近南运河冬天结冰。竺可桢先生曾指出，这一寒冷期的出现，可能与太阳黑子的数量增多及活动频繁有关。笔者斗胆以为，气候转寒还有一种可能性也不可忽略，即发生在日本永保三年（一〇八三）的富士山火山爆发与发生在嘉承二年（一一〇八）的浅间山火山爆发，这也应是影响气候转寒的重要因素。

不管怎样说，这种气候变化使得人类生存环境相应变得恶劣起来，各种灾难频发，社会动荡，烽烟四起，东亚诸国皆处战火之中。另一方面，恶劣的生存环境也迫使人的精神变得激奋、活跃起来，人类需要以强大的精神力量来对抗自然界的灾难。内藤湖南先生所云的，日本此际"涌现出大量天才"，即不能不说应是与这种自然气候的巨变有关。

净土真宗的创立者亲鸾（一一七三—一二六三）即是内藤所举出的天才中的一人。他出生在京都一个家世并不显赫的贵族家庭，父亲是在皇太后宫中任职的日野有范。在亲鸾九岁那一年，即日本养和元年（一一八一），日本发生了持续三年的大的饥荒，史称"养和饥馑"。同样被内藤先生举为天才的源赖朝（一一四七—一一九九）刚好赶在大饥荒的前夕起兵讨伐当政的平氏政权，而平氏政权的领袖人物平清盛（一一一八—一一八一）又恰在大饥荒中病逝；源赖朝在这场改变日本历史的"源平之战"中，获得了胜利，开创了镰仓幕府，首任征夷大将军。

幸运的是，亲鸾及早被家中送到天台宗寺庙出家为僧，在京都附近的比睿山上生活了二十年，避开了人世间的灾难与战乱。当他在近三十岁时走下比睿山，天下业已重归安定，亲鸾即从这时开始，真正启动了他的不平凡的人生。

## 二

亲鸾的故事是从一个梦发端的。日本建仁元年（一二〇一）亲鸾从比睿山来到京都六角堂做闭关修行，据说是遇到了圣德太子托梦，梦中圣德太子对他说："行者宿报设女犯，我成玉女身被犯，一生之间能庄严，临终引导生极乐。"［注：亲鸾即以圣德太子的指示，求教于日本净土宗的创立者法然（一一三三——一二一二）。］

飞按：实际上，净土思想早在公元十世纪即已传播到日本，只是未能得到及时发展；而富士山、浅间山火山爆发等一系列大的灾难，刺激起民众的宗教情绪，旧有八宗却仍是一味面向贵族阶层提供服务，没能意识到社会底层的宗教需求。法然应时当令地倡导崇尚"他力"，简捷方便的净土学说，当即引发了诸多民众的共鸣，日本净土宗由此广泛流传开来。亲鸾便是听到法然讲说善人与恶人皆可凭借阿弥陀佛之"他力"，往生净土而成佛的法理，茅塞顿开，心悦诚服，随即"弃杂行今归本源"，改拜在法然上人门下，从此专心念佛。

不过，亲鸾之改拜法然，还有属于他的个人原因。亲鸾曾云，彼时他正处在青壮年纪，"沉没于爱欲广海，迷惑于名利太山。"这就是说，他深陷在戒律与生命，灵与肉的矛盾中，倍感"自力"之有限而无法自拔，因而内心尤为苦痛。在这样的心境里，法然讲述的"他力"净土说，令亲鸾豁然开朗，释去心头重负。此时法然及其净土学说的地位尚未得确立，并且被旧有八宗视为异端，予以排斥打击；亲鸾作为天台宗名门的后起之秀，师从天台座主、大僧正慈圆（一一五五——一二二五），原本有着锦绣前程，却不惜代价，义无反顾地毅然追随法然，彻底改变了自己的人生道路。亲鸾亦因此而被开除天台僧籍，后来更被政府流放至偏远的新潟，但他没有向现实屈服，愤懑中改以"秃"为姓，自称"愚秃"。

经过二十余年世间磨难，亲鸾在其五十二岁时著作了《教行信证》，终于创建出自己的学说，这也是净土真宗创立的标识。

与法然之净土学说有所不同的是，亲鸾在其《教行信证》中更加突出强调"绝对他力"，以及他著名的"恶人正机"理论。

所谓"绝对他力"，亲鸾认为今生一切俱是前世宿业，只要坚持对阿弥陀佛的"信心"，诵念阿弥陀佛名号，则"不简贵贱缁素，不谓男女老少，不论修行久远"，皆能凭借阿弥陀佛之"本愿力"而成佛。

"恶人正机"，则为所谓"恶人"大开方便之门。佛教以不杀生、不邪淫、不偷盗、不妄语、不两舌、不恶口、不贪欲、不绮语、不嗔恚、不邪见为"十善"，反之即为"十恶"。另有"五逆"，即杀父、杀母、杀罗汉、害佛、破坏僧团。针对"五逆""十恶"，亲鸾尤肯宽容。唯圆记《叹异抄》引亲鸾语云："盖自力为善之人，无依赖他力之心，非为弥陀本愿所摄。然如幡然改悟，弃舍自力之心而依赖弥陀本愿之他力，则必往生真实之报土。烦恼具足之人，作何种修行皆不能脱离生死，弥陀悯此所发宏愿之本意，正为使恶人成佛。"

飞按：前文谈到十二世纪自然气候变化而致人的生存环境艰难恶劣；延续至十三世纪，仍然是天灾人祸不断。日本在源赖朝逝后即发生"承久之乱"（一二二一），北条家族以"执权"名义控制了镰仓幕府。此后于宽喜三年

亲鸾

（一二三一），正嘉二年（一二五八）再次爆发大饥荒，即"宽喜饥馑"与"正嘉饥馑"；还有发生在建长元年（一二四九）的京都大火，正嘉元年（一二五七）的镰仓大地震等。在这样的生存环境里，一般民众一面要尽最大努力维持生存，一面又无法让自己的内心世界安稳下来，宗教需求格外迫切。亲鸾的"绝对他力"提供了阿弥陀佛这样一个有力的精神支柱，"恶人正机"则为一般民众在信仰的同时，能够正常谋生及维持日常生活提供了诸多方便。

亲鸾自己就是其理论的受益者，他较早即破戒娶妻惠信尼，生儿育女，公开过起世俗的生活，开创了在家信仰这一新的宗教形式。仰誓编《真宗法要典据》引《进行集》描述说："不安本尊，不持圣教，不僧不俗之形，常恒念佛。"

亲鸾的新理论与新形式，最大限度地迎合了包括农民、城市平民、商人及低级武士等一般民众的宗教需要，大家既可以继续从事各自的职业，维持日常的家庭生活；又可以仿照贵族阶层及出家僧侣一样参加宗教活动，修行方法简捷易学，而且还能获得与贵族及僧侣同样的待遇，即得往生净土而成佛。仅从信仰方式来看，净土真宗有些近似于中国的"白衣佛教"或说"居士佛教"，但在日本佛教史上却堪说是一次重大革命，一方面是打破了佛教由贵族阶层垄断的局面，一方面也大幅度推动了佛教的世俗化发展进程，甚至是直接启发了日本佛教的现代化。这无疑是属于亲鸾的伟大的历史成就，亲鸾亦为后世真宗信徒尊奉为"圣人"。

亲鸾创立的在家信仰的形式，虽然很好地解决了一般民众想要修行而又因种种原因不能出家为僧的问题，然而话说回来，出家有出家之难，在家亦有在家之不易。亲鸾少小出家，遭遇"沉没于爱欲广海"的烦恼，改为在家信佛；但至其晚年又发生了长子善鸾叛父事件，父子竟至恩断义绝。这对于亲鸾而言，自然又是一次沉重的打击。所幸的是，其幼女觉信尼承担起侍奉老父的责任。亲鸾以九旬高寿逝后，觉信尼在众门徒帮助之下，葬老父骨灰于京都东山大谷，后又兴建起亲鸾庙堂作为永久纪念。

## 三

觉信尼以亲鸾血脉兼承法脉，成为净土真宗的继承者。觉信尼复将真宗法脉及亲鸾庙堂传其长子觉惠（一二三九——一三〇七），觉惠再传其长子觉如（一二七〇——一三五一）。在觉如时代，其于日本元亨元年（一三二一）在亲鸾庙堂基础上创建本愿寺，供奉阿弥陀佛与亲鸾影像。

亲鸾身后，除觉信尼这一支以外，其门徒分散至全国各地传播真宗法理，陆续又形成十余个教派。但对于真宗而言，教派似乎并非其特色，最引人关注的还是其在各地的教团。

教团，顾名思义，即真宗门徒的组织。随着真宗法理的传播，越来越多的一般民众加入了真宗。存觉《破邪显正抄》说，"当流之劝化，不以舍家弃欲为标榜，亦不行出家发心之仪，以务农为事者，务农与奉教并行；任仕宦者，不妨仕宦而信教"。这些参加真宗的门徒，仍然从事自己的职业，所以不能算作是出家的僧侣，他们彼此间号称"同朋"或"同行"，以此区别于非真宗信仰者。真宗的"同朋"或"同行"，在各自生活的地方定期组织带有一定宗教色彩的聚会，继而又在聚会的过程中逐渐形成当地的真宗教团。在真宗传至本愿寺第八代法主（或称门主）莲如（一四一五——一四九九）时期，真宗的教团进入到一个蓬勃发展的阶段，在真宗历史上称之为"莲如中兴"。

这时日本历史已经步入了室町时代。先是发生在日本文永十一年（一二七四）和弘安四年（一二八一）的两次"蒙古来袭"，虽然有"神风"相助而免遭侵扰，但镰仓幕府亦伤元气；后醍醐天皇（一二八八——一三三九）兴兵讨伐成功，元弘三年（一三三三）镰仓幕府覆亡。可是，很快又有一支新的军事力量崛起，足利氏又开创了室町幕府，与后醍醐天皇形成南北朝对峙，直至元中九年（一三九二）才重归一统。室町幕府仅仅安定七十余年，至第八代将军足利义政（一四三五——一四九〇）当政时，在应仁元年（一四六七）爆发了以京都为中心的全国性战乱，即"应仁之乱"，军阀争霸，生灵涂炭，这种混战局面持续了百余年。

在这样的时代背景中，净土真宗教团却因统治力量的减弱而意外地得到发展空间，民众在乱世中积聚起的宗教狂热情绪，促成真宗各地教团人数迅猛上升，教团建立起较为严密的组织机构，而且还建立了自己的武装，在地方上形成强大的势力，甚至可以和当地的守护即诸侯相抗衡。净土真宗在加贺国即今石川县金泽一带的教团，发动武装起义，迫使守护富樫政亲自杀，真宗教团取代守护，控制这一地区长达百年。净土真宗在各地的起义，史称"一向一揆"，所谓"一向宗"亦即真宗之别称。

关于净土真宗的这段历史，历来评价不一。褒之者以为反映了社会底层农民希望减轻年贡杂役负担的要求，同时还播下市民自治的火种。贬之者则指真宗演化为一种极能蛊惑人心的可怕力量，传播危险思想，促使底层社会自下而上地破坏旧有秩序，造成剧烈的社会动荡。当时的贵族，曾任职太政大臣、关白的一条兼良（一四○二——一四八一）就在其所著的《樵谈治要》中斥责说："出家者当有广传吾佛宝之志，然劝无智愚痴男女入门，以致纠结徒党，妄行邪法，妨碍民业，胡作非为实乃佛法之恶魔、王法之怨敌也。"毋庸讳言，真宗教团在各地的暴动，所造成的损失和危害，亦是可想而知的。

我们需要注意的是，身处今世审视历史，还应客观地看到，真宗教团既有其破坏的一面，又另有其建设的一面，突出表现是在文化艺术方面。

净土真宗的教团，其宗教狂热的特色是显而易见的，但作为一种社团组织，其活动内容丰富多彩，生动活泼，招致大批诗人、艺术家加盟，事实上还形成了一个匪夷所思的"艺术教团"。

室町幕府的第八代将军足利义政，颇有些类近中国之宋徽宗，政治上尤其失败而于文化艺术领域成就极巨。由于这位足利义政将军的热情投入，在他周边聚集起一批优秀的艺术家，不仅在义政的庇护下躲避开乱世的侵扰，乃至是反而获得了较太平盛世更为优越的创作条件。义政授予这些艺术家以"同朋众"的名义，大约相当于文化幕僚的性质。在"同朋众"的外围，又扩展出一个被称为"阿弥"的庞大艺术群体。"同朋众"与"阿弥"群体，囊括了绘画、和歌、茶道、香道、花道、戏剧、音乐、舞蹈、雕塑、建筑及各种工艺的人才，他们与义政保持着良好的关系并得到义政的资助，创造出至今尤为日本国民津津乐道的"东山文化"，成果辉煌，影响深远。

　　限于笔者自身研究的不足，无法获悉足利义政与净土真宗之间究竟有何关联。但"同朋众"与"阿弥"的称呼，显见是来自真宗的。中日的学界在讨论日本文化时，多是习惯套用中国模式，片面突出禅宗对于文化的影响；我们应认清一个事实，就是，足利义政之"东山文化"，其中坚力量大多应是与净土真宗相关。

　　内藤湖南先生在《关于"应仁之乱"》文里评价这一时期的文化时曾说，"在思想方面，其他知识，趣味方面都发生了变化，由过去的贵族阶级占有开始转为在普通民众中扩展，这是历史的一个转折点"。日本文化的这一重要转折，与净土真宗的参与文化建设是密不可分的，我们甚至将足利义政为核心的艺术家群体，可以描述为是真宗的一个特别的教团，暂名之为"东山教团"，这个大题目，且留待日后再作专文论说。

<h2 style="text-align:center">四</h2>

　　时间跨越到十六世纪，经过"莲如中兴"的迅猛发展，净土真宗已经成为日本社会一种不容任何人小觑的强势存在。真宗传至本愿寺第十一代法主显如（一五四三——一五九二）时期，势力达到鼎盛，真宗教团竟可与战国时代不可一世的霸主织田信长（一五三四——一五八二）公开对垒。织田信长亲率大军围攻址在今大阪市内的石山本愿寺，历时四年而终不能攻克，此即史上著名之"石山合战"。至天正八年（一五八〇）在天皇出面调解之下，双方才以媾和而结束战争。

　　继织田信长之后崛起的新一代霸主丰臣秀吉（一五三六——一五九八），对真宗势力改行怀柔之策。先前在莲如时期，因为净土真宗的蓬勃发展，引起旧有八宗的强烈不满，一怒之下将京都本愿寺捣毁；莲如为避免矛盾激化而改至他处重建本愿寺。丰臣秀吉为笼络真宗，于天正十九年（一五九一）把京都堀川一块土地施给真宗，在显如住持下重新兴建起京都本愿寺，亦即今之西本愿寺。

在丰臣秀吉后创建江户幕府的大将军德川家康（一五四二——一六一六），年轻时曾经领教过真宗教团的厉害，几遭灭顶之灾，他对真宗教团尤为心存忌惮。家康建立江户幕府后，利用真宗教团内部的矛盾，在庆长七年（一六〇二）迫令本愿寺一分为二，另施京都七条乌丸一块土地兴建东本愿寺，位于堀川大街的本愿寺遂被称作西本愿寺。

德川家康之江户幕府，对于寺庙的管理，较以往时代要更为严格，但对净土真宗仍相对谨慎，唯恐棋错一着而引动各地教团的武装反抗。幕府在宽文五年（一六六五）颁布的寺庙管理法规，其中特别注明，承认真宗娶妻生子的做法，这应是日本政府对真宗在家信仰形式的正式认可。以西、东两本愿寺为领袖的净土真宗，在江户幕府时代亦日趋平静，没有再发生过激的行动。两本愿寺还分别与皇室、贵族联姻，跻身上流社会阶层；积极设立大学，带动全国教团大兴办学之风，鼓励信徒研究佛学。西本愿寺创建的龙谷大学，若自此时计其校史，则已有三百七十年之久。

时至庆应三年（一八六七），江户幕府末代将军德川庆喜（一八三七——一九一三）宣布"大政奉还"，国家权力复归天皇朝廷；次年即明治元年（一八六八），以明治天皇为首的明治政府开始一系列政治、社会制度的重大变革，即"明治维新"，这是日本历史的又一次重大转折。

明治维新的一大举措是推行"神佛分离"政策，政

西本愿寺长廊，摄影胡东海

府刻意强调神道与皇权的关系，扬神抑佛；佛教千余年来在日本树立的崇高地位，至此遂告颠覆。而佛教地位之颠覆，即意味着文化之颠覆，旧有文化皆面临覆亡之危机。"神佛分离"政策宣布后，日本全国各地掀动废佛毁释风潮，诸多寺庙遭到破坏，寺庙保存的大量文物亦被毁弃。当此时也，净土真宗一反江户时代的平静，开始躁动起来，多地教团发生暴动，反抗政府对于佛教的打压。西本愿寺的名僧岛地默雷（一八三八——一九一一）等人还直接上书明治政府，要求对佛教采取慎重态度。

笔者所见的资料有限，无法判断净土真宗的上述行动是否对明治政府构成影响，以及其影响程度如何。我们所能见到的是，至明治五年（一八七二）政府颁布法规，宣布废除僧官制度，解除娶妻、食肉、蓄发等诸项禁令，实行佛教僧侣职业化。从这一法规来看，仅从形式上论，恰仿佛是真宗的"不僧不俗"；从某种意义上说，明治政府的新政策，颇有促使日本佛教"真宗化"的意味。这是否意味着政府对于真宗的让步尚不得而知，而在明治政府颁布华族令叙爵时，西东两本愿寺皆得列名伯爵，显然已是把真宗的领导者视作"皇室之藩屏"。

经历过明治维新的变革，中日佛教的差异顿时明显。平心而论，日本佛教因有净土真宗数百年间之影响，即使是在近现代实现僧侣职业化，亦非突如其来的革命，甚至更像是水到渠成。而中国的佛教界，尽管在近现代饱受折磨，至今却仍还坚持着以僧装、独身、素食作为底线；但佛教传统仪轨与现代生活之矛盾，亦无化解之良策。中日佛教已然殊途，各有利弊，至于个中孰是孰非，这桩公案却是较佛教的任何公案都更难参悟。

　　笔者今夏自北京移至京都居住，日常往来于北京、东京、大阪、上海等几座大城市间，但凡出入京都站，总要路经西本愿寺。看惯了现代化大城市，猛地望到巍巍本愿寺，岿然不动地镇压在车水马龙之间，每觉其佛教色彩格外浓厚。由此想到其原本是首创在家信仰、曾被以为是不像佛教的佛教宗派净土真宗的标识，现今则俨然以方外仪轨自居，不能不感叹人世间又进入了一个新的时代。现今日本佛教共存十三宗，尤以净土真宗信徒最多，人数多达一千一百五十五万，寺庙数量达到两万余座，为其他宗派所望尘莫及。这就等于说，真宗依然是最为当今日本民众所接受的佛教宗派。遗憾的是，对于在日本社会影响甚著的净土真宗与本愿寺，我们的研究却远远不够，作文到此，颇觉心仍有余而力亦是不能及了。

　　二〇一五年八月二日诣西本愿寺，八月六日作文，十月十八日二稿，十一月十五日三稿，于京都洛北高野桥畔。

　　注：杨曾文著《日本佛教史（新版）》（人民出版社，二〇〇八年六月版）引真继伸彦现代语译《亲鸾全集》文，这段话的意思是，"念佛者如果由于前世的报应而犯女色，我即作为玉女受人犯。如果修行者能通过一生的修行庄严身体，临终可被引导往生极乐净土"。

辑四

吃茶看花

# 海棠

张伯驹在北京西四的旧居即丛碧山房海棠最胜，或因此缘故，他与海棠结缘六十年，所作的海棠诗词尤多。

海棠之在中国，尽管无梅花牡丹的地位，无菊花兰花的名声，但其声势实则并不弱于那几种花。海棠所表现出的，是一种低调的华丽。其低调之一是无香，所以高调的石崇说："汝若能香，当以金屋贮汝。"其低调之二是显出些颓废，另一高调之人苏东坡遂以睡态喻之，名句是"只恐夜深花睡去，故烧高烛照红妆"，是"林深雾暗晓光迟，日暖风轻春睡足"。至于其华丽，我以为唐郑谷说得最好，是"妖娆全在欲开时"，妖娆二字用得极好。

张大公子伯驹年轻时也爱此二字，写海棠句有这"妖娆"。"锦屏十丈栏杆倚，妖娆无限东风里"，有"无限妖娆拥紫云"，有"妒杀妖娆"。他那十三亩的深宅大院，得如此海棠装点富贵，足可称是"占春颜色最风流"。令人玩味的是，伯驹咏海棠词，咏得最多的却还不是他家的海棠。在其迁出豪宅，卜居什刹海畔过起平民生活以后，他每年要到天津去看旧名李家花园即今人民公园的海棠，且是每去必咏。起初尚露出些许对自家海棠缅怀的意思，如"萃锦园余梦一场"之句。到了七十年代后，他只是一味倾心于花了，其《小秦王》词云：

> 老来只作看花吟，已少风情惜寸阴。
> 欲藉芳茵随一醉，犹嫌酒浅负杯深。

甚至于他迷上了海棠落花，说：

> 天津故李氏园海棠成林，每岁皆与津词家联吟其下。风来落英满地，如铺锦茵，余愿长眠于此，亦海棠颠也。

至伯驹衰年，他有四首咏海棠的《小秦王》，诚不失为铅华洗尽之作，又可贵在得海棠之低调。伯驹身后，难得再有人以中国诗词记录如此的情怀，他或就是中国最后的海棠诗人了吧。择其四首之一诵之，以示虽不能为之，而心向往之。

> 萃锦展春梦已残，东风犹自倚栏杆。
> 石家金屋今何在，剩与寻常百姓看。

二〇一五年七月十日

# 千利休的茶道艺术

我们现在才可以谈千利休了。千利休一五二二年生于堺市的一个大水产批发商之家。堺市既是商贸港口，文化艺术气氛也很浓厚，能乐、连歌、茶道都很流行。利休少年时即开始学习茶道，最先是向一位名叫北向道陈的老师学习书院茶道，就是对足利义政银阁时期茶风的模仿。十八岁时改师比他大二十岁的同乡武野绍鸥为师，得到绍鸥的格外器重。我们现在还不好说当时绍鸥的茶道艺术已经发展到怎样的程度，但照常理想，那时绍鸥还是刚从连歌师正式转入茶道不久，其艺术当也还在发展中。此时距绍鸥去世尚有十五六年，可能正是绍鸥创立其艺术风格的关键时候。这就等于说，绍鸥风格形成时期，千利休曾伴随乃师一起经历了这一过程。换一种方式讲，就是千利休走过与绍鸥同样的路。

我在谈武野绍鸥时曾说到我的一种推测，绍鸥晚年可能出现对村田珠光的再次认同，所以又找到禅门；只是他没有来得及更深地在禅宗气氛里去体会珠光，便过早地去世了。由此出现一个重要问题，即千利休事实上是比绍鸥更早开始参禅的。有资料说，大德寺第九十代住持大林宗套在堺市开创了南宗寺，千利休十五岁即从大林学禅，竟是比绍鸥早了十几年。他的"宗易"之名即是从南宗寺得来的法号。这就存在着在禅宗方面，究竟是利休影响绍鸥，还是绍鸥带动利休的疑问。当然，利休后来来往最密切的禅僧是大德寺第十七代住持古溪宗陈，他们是三十几年的朋友。不过，可以想象，年轻的利休即已表现出他的艺术才华，不管他与绍鸥是谁影响谁，他们的关系颇有可能接近于当年的能阿弥与珠光的合作。

利休较早参禅，使他无形中又比绍鸥更容易理解村田珠光。他留下一句颇为费解的话，说茶道的"传"是绍鸥所做"道"是来自珠光。我们可以简单把此话解释成，珠光注入精神，绍鸥完成形式。需要补充一点，即前章论绍鸥时所云的，绍鸥的"传"，除艺术形式外，似还应包括茶道的组织形式。这句话表明，利休既认同珠光，亦认同绍鸥。而他要做的工作，就是将珠光与绍鸥的茶道艺术相融合。

首先，利休重复了珠光的"佛法即在茶汤中"与"茶禅一味"的观点。《南方录》记利休语有：

草庵茶（珠光风格的茶道）的第一要事为：以佛法修行得道。追求豪华住宅、美味珍馐是俗世之举，家以不漏雨、饭以不饿肚为足。此佛之教诲，茶道之本意。

又：

须知茶道之本不过是烧水点茶。

又：

草庵茶的本质是体现了清净无垢的佛陀的世界，这露地草庵是拂却尘茶，主客互换真心的地方，什么位置、尺寸、点茶的动作都不应斤斤计较。草庵茶就是生火、烧水、点茶、喝茶，别无他样。这样抛去了一切的赤裸裸的姿态便是活生生的佛心。如果过多地注意点茶的动作、行礼的时机，就会堕落到世俗的人情上去，或者落得主客之间互相挑毛病，互相嘲笑对方的失误。（中略）如果由赵州做主人，达摩做客人，我和你（指利休弟子南坊宗启）为他们打扫茶庭的话，该是真正的茶道一会了。如果能实现的话该多有趣啊。说是这么说，也不能把这目前在世的人当成达摩，当成赵州。有这样的想法本身也是对事物的一种执着，是行佛道的障碍物。那些想法就让它算了吧。（中略）以台子茶为中心，茶道里有很多点茶规则法式，数也数不清。以前茶人们只停留在学习这些规则法式上，将这些作为传代的要事写在秘传书上。我想以这些规则法式为台阶，立志登上更高一点的境界。于是，我专心致志参禅于大德寺、南宗寺的和尚，早晚精修以禅宗的清规为基础的茶道。精简了书院台子茶的结构，开辟了露地的境界，净土世界，创造了两张半榻榻米的草庵茶。我终于领悟到搬柴汲水中的修行的意义，一碗茶中含有的真味。（以上皆转引自滕军《日本茶道文化概论》）

我们从利休的这些话，可以感到他确实把握住了珠光"佛法即在茶汤中"的茶道精神。稍有不同的是，珠光注重的是人与物的关系，强调重要的不是器具而是人，得不到好的器具的人，索性就不要拘泥于器具才好。利休则注意到另外两种关系，即作为人的一方的主客关系和茶人之精神世界与茶道的规则法式的关系。

在主客关系上，他开玩笑说想以赵州从谂和尚为主人，以达摩祖师为客人。这个玩笑颇可玩味。用临济宗的四宾主理论来看，这正是主客俱悟的所谓"主中主"的境界。而此中以祖师达摩为客，赵州为主，设计尤妙；也即是临济宗不拘资历、互相启发的自由活泼禅风的表现。按：《临济录》说"主中主"道，或有学人，应一个清净境，出善知识前。善知识辨得是境，把得抛向坑里。学人言，大好善知识。即云，咄哉，不识好恶。学人便礼拜。此唤作主看主。

这是主客交锋的场面，哪怕是清净之"外境"亦不予执着，而内心世界更是沉稳安定。利休或是以此为茶道之最高理想境界。但是，他随即想到事实上还存有主中宾、宾中主、宾中宾等另外三种情况，且这三种反是最常见的。他若忽视这三种常见情况而去追求那不可待之理想，则难免也落入执见。利休马上警醒了，把此语就收回了，说"那些想法就让它算了吧"。

这次算是利休说走了嘴，却使得我们感觉到他显然是以茶道活动中的主客在象征临济宗里的宾主关系。主客共同达到一种精神自由状态，并通过茶道活动表现出来，从而在主与客间得到互相确证。这就是利休所谓的"主客互换真心"吧。

利休还论及茶人之精神世界与茶道的规则法式的关系，他也在话语中透露出他的秘密，即从禅宗清规里得到启示。这里需要略作说明的是，中国禅宗至北宋末南宋初，成临济与曹洞两宗对立之势。两宗修行方式亦不相同。临济的大慧宗杲倡导看话禅，又云话头禅；曹洞的天童正觉倡导默照禅。看话禅简单说就是抓住话头参究。譬如我们在论珠光时提到的黄檗禅师对待"无"字的办法。
默照禅则是主张坐禅，摄心静坐，潜神内观，即突出宗教
修行形式。日本引入禅宗后，作为具备一定文化修养的
人，对于看话禅较为欣赏，以为不拘形式且是调动自己之
文化修养而进行的一种深思。但对于文化修养不足者，难
免觉得过于玄妙，苦于摸不着头脑，无从人门。所以永平
道元传来曹洞宗，随便是谁，只要开始打坐，修行即已开
始，这就为更多的人广开方便之门。道元的基本主张就是
"只管打坐"。当年的五山禅僧倾心中国文化，对于临济的
看话禅更有兴趣。但大德寺派与曹洞宗则批评五山之宗教
形式不足，以反五山的姿态提倡坐禅形式，曹洞宗在恪守
清规方面又超过临济宗的大德寺派。

　　话说回茶道，武野绍鸥即持客观审美的观点，积极
发展茶道的形式，追求器具的感性性质，在器具的比
例、秩序、形状、光线等方面都做出规定。这种做法继
续下去，则有可深陷于形式，且越来越烦琐而矫情。利
休随武野走过这条通路，应该会有所感受。但是，他也
能知道，若真是放开形式，只强调茶人心境，也会使得
很多人摸不着路径，无所适从。所以利休巧妙地把看话
禅与默照禅两种办法结合起来。他继承珠光的做法，把
茶室壁龛里的墨迹再次推回到崇高的位置，说：

　　挂轴为茶具中最最要紧之事。主客均要靠它来领悟
茶道三昧之境。其中墨迹为上。仰其文句之意，念笔
者、道士、祖师之德。①

————————

　　① 滕军书里对这段话前后出现两种译法，另一种译法是：禅师墨迹
为种种茶道具之首。借此，主客同达茶汤三昧、一心得道之境。以墨迹为
引导，崇仰其文白之寓意，怀念笔者、道人、祖师之高德，俗人之笔不得
挂于茶室。

客人来到茶室，应先对挂轴行礼，体会所书之意。这显然是出自看话禅的影响，所以挂轴所书都应具有话头的性质。

另外，利休又指出要"以规则法式为台阶"，即也不可忽视形式，从形式入手而去追求提高精神境界。这样，所谓茶道的规则法式，就不再是为客观的比例、秩序等服务，而是成为坐禅似的，要与精神紧密联系。这又当是汲取了默照禅的营养。利休能做到兼收看话默照之长，集合珠光、绍鸥之艺，又在两家基础上有较大发展，利休遂无愧为茶道之集大成者。其实，利休又何尝不是禅宗之集大成者呢！井口海仙著《茶道入门》中云："茶道的成立是禅的历史上未曾有过的禅的活用。"我非常赞同这个说法。赋予"不立文字"之禅以茶道这样的表现形式，这实在是一种超出意想的很了不起的创举。

说到利休的"以规则法式为台阶"，内容尤为繁杂。我将其略作归纳，以为其关键在于造境，办法是：在一个特殊空间里达到无一物无用，无一物不适，无一物无趣，无一物不美。而此处之用、适、趣、美，又不是孤立的，而是多能兼具于一物。这就又要说到利休的美学。滕军《日本茶道文化概论》里对利休茶道艺术的记述散见于各章，谨将其记述稍做集中：

茶碗：

大陆传来的茶碗样式端庄华丽，利休觉得表现不了自己的茶境。于是，他大量使用了朝鲜半岛传来的庶民用来吃饭的饭碗——高丽茶碗。高丽茶碗属于软陶；质地松，形状不规则，表面有麻点，色彩朴素，无花纹。利休在使用高丽茶碗之后还觉得不满足。于是，在他的设计、指导之下，与陶工长次郎共同创造了乐窑茶碗。乐窑茶碗也属于软陶。碗壁成直筒形，碗口稍向里不用轮转，用手做成。形状不匀称，以黑色、无花纹为最上等。

清水罐：

他将汲井水用的吊桶拿来用作清水罐。

花器：

将渔人捕鱼用的小竹笼拿来用作茶室里的花器。

壁龛：

掺有稻秸的壁灰一直抹到壁龛内部，连壁龛内侧的两根柱子都挡掉了。本来在室町时代的高级文人看来壁龛是摆放高级艺术品的地方，其本身要设计得十分高雅豪华。但千利休却一扫这一传统观念，将壁改造成为草庵的一部分。他甚至说，"挂在墙上的挂轴别有情趣"。

茶庭：

石灯笼也是茶庭一景。据说有一天的拂晓，千利休路过一个寺院，被一个石灯笼闲寂的姿态所感动，于是，他将石灯笼引进茶庭。石灯笼在茶庭中的位置没有什么规定，可根据景色自由设计。千利休主张下雪天不要点灯，怕灯光破坏了雪景。

大名物釜（烧水用，利休指导下做成）：

此种茶釜，盖比较大，适用于冬季。当打开茶釜时，一团白色的热气从茶釜里冒出，使客人感到舒适，也增加了茶室的湿度。

贮茶坛：

在千利休以前的时代，贮茶坛是一年四季摆置在茶室里的。草庵茶成立以后，将这种炫耀富有的行为取消了。

从这些记述看，利休的美，可以归纳作：一是非世俗所谓美之美，这仍是破除执见的意思；二是从世俗中抽出美，即用自己之心去发现美；三是承认美是可以创造的。如其参与乐窑茶碗与大名物釜的制作。关于这一点，似乎有些出了禅宗的格，但出于艺术的要求，利休又不得不如此。利休便用了武野绍鸥的办法，引入和歌理论作为依据。他欣赏的是与藤原定家齐名的歌人藤原家隆（一一五八——一二三七）之作：

> 莫等春风来，
> 莫等春花开。
> 雪间有春草，
> 携君山里找。

这就稍稍引入了些积极的色彩。还有必要说一句，器物的实用与美感间往往存在矛盾，利休处理这一矛盾时，他的意见是，"用六分，景四分"。即尽量关注实用性。

我们尚有一处没有说到，就是在茶室与茶庭间，还有个人与自然和艺术与自然的关系问题。限于篇幅，简略地说庭园即茶道所谓露地，有象征自然的意义；茶室的建筑所以选择草庵的样子，也有要与自然融为一体的意思。不过，茶庭又非真的自然，而是超自然的，庭园里每块石，每棵树，都经过精心设计；整座庭园就是一件艺术品。利休在超自然的同时也对自然相当尊重，上面说的石灯笼的设置就很能说明这一点：利休提出雪天不要点灯，不因灯光而破坏雪景。我还较为欣赏茶道庭园里的洗手池，可惜不能知道是否源于利休。这种洗手池多是尽量接近自然，有时就是岩石上的一汪清水，可是由此想到是为客人洗手而设，就使得在人的茶室与自然的茶庭间添加了一种联系，把二者连接在一起。这种感觉无疑也是奇妙的。

由此，茶室、茶庭、茶人、茶具，都相互交融，互相显现，创造出一种特殊的境界。所以说特殊，是因为这种境界，还不能用寻常的境界去解释。我以为还要从禅宗去找寻出处。这出处或即是临济宗的四料简理论。《临济录》之"示众"开篇就引临济义玄祖师语：

> 有时夺人不夺境，有时夺境不夺人，有时人境俱夺，有时人境俱不夺。

这里只说最理想的人境俱不夺，简说即是主客观各自按其规律并存，但身在其中者却无所执着，可以既不陷入主观世界，亦不陷入客观世界。用临济祖师话说，是：

　　王登宝殿，野老讴歌。

　　这不正是利休所要努力创造出的茶道境界吗？当然，造境归造境，还要与主客的问题放在一起讨论。若无理想的主与客，则空有其境；或者说，其境就无法成立。我想，利休也许正是意识到这个问题，才感慨说，如何能令赵州为主，达摩为客？这真是要使利休徒呼奈何了吧！

　　迫不得已，只好从理想退后一步，求以此种境界作为接引众人的手段。这就是临济祖师所说的：

　　若有人出来，问我求佛，我即应清净境出；有人问我菩萨，我即应慈悲境出；有人问我菩提，我即应净妙境出；有人问我涅槃，我即应寂静境出。

　　《五灯会元》卷四载，有僧自河北往参睦州陈尊宿，僧告陈以赵州从谂禅师的"吃茶去"的话，陈听后道声"惭愧"。僧就问陈，赵州的葫芦里到底卖的什么药？陈答说，"只是一期方便"。我以为用这"一期方便"来解释利休苦心造茶道之境的用意，可能是很适合的。正是：若有人问利休禅，利休即应草庵茶境出。

　　这以上却是从禅宗角度来看的。今日我们却无妨脱离利休当年设境本意，而从艺术角度来观察。不难发现，利休茶道实际上是表现出一种主客观统一，或说超越主客观的审美观。就是说，主观的人的内在的精神理念转化为外在现实，人由此得以在这种外在现实中确认这种精神理念，并由此产生审美；美因此是主客观相互作用的结果。

　　其实这就是西方流行于近代以后的审美观，利休却早数百年得之，这当是利休之骄傲。

利休于一五八二年在京都建成了一座只有两张榻榻米大小的茶室，名为"待庵"。待庵从外观到构造可称精致至极：可说是利休的超越主客观的哲学美学的全面体现。

本文选自《茶禅一味：日本的茶道文化》，中国社会科学出版社，二〇二一年一月版

# 千利休之死

　　前文介绍千利休的茶道艺术时，似乎给人一种感觉，就是千利休茶道艺术的理论全是来自禅宗似的。茶道的基本精神固然与禅宗有密切关系，但早在村田珠光时代就开始提出"融和汉之境"，又经过武野绍鸥对日本固有文化的强调；到了利休的时代，所谓和汉相融，实际上已经是你中有我，我中有你，很难再分别开来了。滕军《日本茶道文化概论》引佐佐木三味谈茶碗的话，说：

　　看上去只是一只茶碗，一块陶片。但是，一次两次，五次十次，你用它点茶、喝茶，渐渐地你就会对它产生爱慕之情。你对它的爱慕越是执着，就越能更多地发现它优良的天姿，美妙的神态。就这样，三年、五年、十年，你一直用这只茶碗喝茶的话，不仅对于茶碗外表的形状、颜色了如指掌，甚至会听到隐藏在茶碗深处的茶碗之灵魂的窃窃私语。是否能听到茶碗的窃窃私语这要看主人的感受能力。任何人在刚刚接受一个新茶碗时是做不到的，但是随其爱慕之心的深化，不久便会听到。当你可以与你的茶碗进行对话的时候，你对它的爱会更进一步。茶碗是有生命的。正因为它是活着的，所以它才有灵魂。

这段话不仅说出茶人与茶具的关系，而且也表现出受日本文化的浸润。通常来讲，中国文化里人的地位非常崇高，神话传说常有动物植物经过修炼而获得近似人的形体，成为妖或成为怪；但这类情况用于没有生命的物体则是少而又少。拥有生命的"人"与没有生命的"物"间存在一种事实对立，"贵人贱物"是我们一种传统美德。日本则因其原始神道是信仰多神的，号称有"八百万神"，物物皆有其神。这就影响到日本人对"物"有种特殊的亲近感，认为"物也有生命、有灵性"。或者说，赋予无生命的"物"以像人一样的既有生命本体，又有灵魂等精神世界，这是日本人非常在行的事情。友人止庵君在他的《我与自然》文中引过画家东山魁夷《与风景对话》里的话：

抛弃寻找作画题材的欲望，只是一心一意地静观时，却能遇到这样的风景，好像自然在悄悄地对我说！画我吧。那毫不足奇的一幕抓住了我的心，使我停住脚，打开了写生本。

止庵君对此赞赏不已，但他由此想到天人合一上去了。我读到这段话时，就意识到又是日本人心目里的"物"的精灵在作怪。

所以，我所云千利休"造境"时，追求在一个特殊空间里达到无一物无用，无一物不适，无一物无趣，无一物不美的效果；这是以对"物"的形体和灵魂的尊重为基础的。人实际是在与"物"平等的位置。利休在用"物"时，既关注物之形体、质量，更关注物的灵魂。甚至，他对于后者的重视程度要超过前者。滕军书中提到几件利休茶事，可以从中体会利休的茶道风格。

其一：

一天，人上报丰臣秀吉，说利休家的院子里开满了牵牛花，好看极了。秀吉便示意利休为他在某日的清晨举行一次茶会，以欣赏那满目的牵牛花。那一天，他兴致勃勃走进利休的院子，可是所有的牵牛花都被利休剪掉了。秀吉不禁恼怒起来："这不是捉弄我吗？"可是当他来到茶室时，他发现在暗淡的壁龛的花瓶里插着一朵洁白的牵牛花，其花露水欲滴，显示出无限的生命力。秀吉大吃一惊。为表现牵牛花的内在世界，剪掉一片只留一朵，这种空前的艺术手法为后世茶人所推崇。

其二：

有一年的春天，尽管当时的花器都是筒形的，秀吉却故意找来一个大铁盘子，表面盛满水。然后把一大枝梅花摆在盘子旁，命令利休插花。众人议论纷纷，都为利休担心。而利休则沉着地拿起那枝大梅花，将梅花一把把地揉碎，花瓣花芭纷纷落在水面上，之后，利休把梅花枝斜搭在盘子上。那风雅优绰的艺术境界使秀吉连同在座的人都目瞪口呆。

其三：

据说，有一次千利休主持以山茶花为主题的茶会。可是客人们在壁龛里、茶具的花纹里、茶食里、茶点心上都没有发现山茶花的踪迹。散席时，客人们询问今天的山茶花在何处，千利休指着尘穴（茶庭里设有一个象征性的厕所，称为饰厕，只是用来观赏而非使用的。尘穴即象征便坑）说：不是在这儿吗？人们围近尘穴一看，果然，一朵鲜艳的山茶花在放射着异彩。在生活的任何角落都去发现美，可以说是千利休独有的才华。

又有一位对茶道修养颇深的诗人薄田泣革（一八七七——一九四五）曾经提到一个利休的故事：

往昔，千利休曾在飞喜百翁的茶会上吃西瓜。西瓜撒了糖。利休只吃没糖的部分。回家后，他笑着对弟子们说，原以为百翁乃深解至味之人，不料并非如此。今日宴请西瓜，竟特意撒上糖。西瓜自有西瓜风味，真是干了件蠢事。（黎继德译）

这几个故事都生动地说明利休对"物"本质的重视，以及从其本质出发而对"物"的灵魂世界的有意突出。利休被秀吉命令自尽时，他亲自动手做了一个竹茶勺，送给他的弟子古田织部（一五四四——一六一五）。古田明白了利休的意思，这是利休把他的伤痛都寄寓于此茶勺中。古田为这个茶勺取名"泪"。不幸的是，这位古田后来的命运与利休一样，被当权者命令剖腹自尽。这茶勺便寄托了两代茶道大艺术家的沉痛。"物"之魂遂与"人"之魂合一。我以为这却是利休茶道所创造的最伟大的艺术。日本佛学家铃木大拙一个基本观点就是"物我合一"，这怕是非日本人所难以体会的了。铃木大拙还说过：

各位啜一杯茶，我也啜一杯茶，行为似乎一样；但

是在我们各自的一杯茶中，心境却不一样，有人的一杯
茶里并没有禅意，而有人的一杯茶里却禅意盎然。这原
因并不是外在的，因为一个人在逻辑理性的圆周内辗
转，而另一个人却站在逻辑理性之外。

我把这话反过来说，若是完全站在禅宗思想与日本
文化以外，无论如何也难体会利休茶道的好处，那实在
不过就是一碗茶而已。而所谓禅宗思想与日本文化，在
利休的茶道中即到难以分开的程度了。川端康成在其演
讲《美丽的日本和我》里说道：

> 日本在吸收消化了中国的唐朝文化后，又成功地赋
> 予了日本特色，大约在千年以前，产生了灿烂辉煌的平
> 安朝文化，确立了日本美。
>
> 那么，茶道当可以说是日本吸收消化中国宋文化
> 后，成功赋予日本特色，产生的日本的独特艺术吧。

可是，利休出生于商业贸易活跃的城市堺市，生活
在商品经济刚开始高速发展的时代，又遭逢丰臣秀吉这
样一位一统天下的强权者。利休其生，可谓不占天时，
不占地利，不占人和；但对于其艺而言，却正是这些
"不占"，使得他的艺术得以超越其时代，成为一种不朽
的艺术。

我在前文里用了"丰臣秀吉的茶道艺术"的说法，
这是因为我们也不能说丰臣的就不是茶道，只是他的茶
道不过是一时的热闹，迎合的是商品经济兴起的潮流与
其自己要表现要炫耀的心理，而且秀吉把这种茶道作为
对其政权的一种宣传巩固措施。所以，秀吉与利休在茶
道理念上是无法调和的。天正十九年（一五九一）二月
二十八日，秀吉派重兵围困利休的住宅，要求他剖腹自

杀。当时说的理由是，利休为大德寺捐建了山门，名曰金毛阁；大德寺为感谢他，就在阁上为利休立了一座木像。秀吉知后大怒，说是"难道让什么人都从你的草鞋下走过吗"！于是下令要利休自裁。若换成中国的说法，大概就是责其僭越、逾制的意思吧。不过这种事在中国也往往是被用来作借口，极少有人单是为所谓逾制而送命。利休之死，在日本也有诸多说法，如说利休反对秀吉对朝鲜用兵，说利休信奉天主教而不肯改变信仰，说利休高价买卖茶具从中获暴利，等等。其中较有说服力的一种是，利休被卷入秀吉身边的政治斗争，他和秀吉的弟弟，性格温和的丰臣秀长（一五三九——一五九一）的关系过密，甚至形成以秀长和利休为首的小集团。所以在秀长刚去世一个月，利休就被赐死——派重兵围困其宅，似也有防其反抗的意思，对于利休参与政治的程度，还不大好把握。他作为曾经是自由城市的堺市人，其实是有许多反对秀吉的理由的。如他最初参禅的南宗寺，是由大名三好氏捐建的；他的老师武野绍鸥和大名武田氏有血缘关系，又曾是反信长与秀吉的一向宗信徒；他的禅宗师友古溪宗陈则出身于秀吉的敌人越前大名朝仓氏。这些关系对利休是否有所影响都很难说。我们只能说，利休并非只沉浸于其茶道世界而不问世事的。这也不能就说是利休之缺陷，刚好说明利休也不是不食人间烟火的，所以对于利休茶道，亦不必过分神化。正如利休自己所说：

> 夏天如何使茶室凉爽，冬天如何使茶室暖和，炭要放得利于烧水，茶要点得可口，这就是茶道的秘诀。

所以，我们可以说利休基于使更多的人能接受禅宗的熏陶，而把茶道完善成为具有禅宗气质的日本艺术，使人能于茶道活动中感受到禅宗对于人生的警醒，感受到茶道异常丰富的精神世界。

利休逝前留下遗偈：

> 人生七十力图希，
> 咄，
> 吾这宝剑，
> 祖佛共杀。

他在偈语里表明，生则尽力去活着，死亡也未尝不是一种解脱。所谓祖佛共杀，我以为仍要从禅宗角度去理解，就是临济祖师的话：

> 道流，你欲得如法见解，但莫受人惑。向里向外逢着便杀。逢佛杀佛，逢祖杀祖，逢罗汉杀罗汉，逢父母杀父母，逢亲眷杀亲眷，始得解脱。不与物拘，透脱自在。

利休得此透脱自在欤？

利休身后，有七大弟子，号称"利休七哲"：古田织部、蒲生氏乡、细川三斋、濑田扫部、芝山监物、高山右近、牧村具部。又以其血缘而传"三千家"，即表千家、里千家和武者小路千家。传至今日，参加茶道活动者数以百万计，也算不负利休当日的心血了。

本文选自《茶禅一味：日本的茶道文化》，中国社会科学出版社，二〇二一年一月版

# 水仙

圣诞访厦门大学，还乘船过海参观了厦大在漳州建的新校区。到了漳州，自然想到其闻名天下的水仙。或许因为是走马观花，我在厦大新校区里，反没能看到一盆作为福建省花与漳州市花的水仙花；也没有关于水仙的图画摄影，甚至连此二字亦不得见。望着命名为"囊萤""映雪""凌云"的学生宿舍楼，我的拙见，何不就以水仙诸名名之呢？如金盏银台，如玉玲珑，如凌波，如俪兰，如水鲜等，动听而富有情趣。其实，学子们囊萤映雪之余，养上几盆水仙，在校园里办些水仙花展，也未见就于读书全无好处。清康熙帝曾为水仙抱不平云：

骚人空前吟芳芷，未识凌波第一花。

我也要劝劝厦大学子，身在漳州，不可不知水仙之美啊。

水仙之美美在何处？仍是个人的意见：水仙的卵圆

朱屺瞻《水仙》，一九六六年

形鳞茎本是不大体面的，直似一头大蒜，孰料这头蒜里又抽出几片葱叶，这让你不禁替它担着些心，倘若是再开出大红月季般的花来，那可就真是花之东施了。然而，造物者果然大手笔，偏令葱叶里夹上几朵颤巍巍如玉雕样而芬芳无比的小花，于是气氛全改，蒜也不觉其丑，葱叶都能翠得娇滴滴的。俗语是红花配绿叶，自观赏角度说，叶茎俱为花的陪衬；水仙之花妙在能以清爽雅致点化俗茎俗叶，倒好像非此叶此茎而不能有此花似的。雅之与俗能浑然一体且俱见佳处，今所谓文化工作者，做得远不如水仙高明。当然，若说改文化人类学课程为研究水仙，哪家大学都一定不会同意；目前水仙仅能在大学植物学里位居百合目石蒜科水仙属，对其描述是，"花高脚碟状，副花冠长筒形，似花被，或短缩成浅杯状"。

把水仙作如此的科学描述诚然是煞风景的，可是科学也能给我们的赏花以帮助。古人讲到水仙，无不强调水的作用。《本草纲目》说，"水仙宜卑湿处，不可缺水，故名水仙"；《花疏》说，"其物得水则不枯"，《水仙花志》也说，"此花得水则新鲜，失水则枯萎"。植物学更说得明确，以为水的意义不独是只对于水仙，水系生物化学反应的必要介质，细胞内各种代谢活动都是在水溶液中进行；而植物生长就是建立在各种代谢活动的协调统一基础上实现的。

我不敢冒充植物学家，但植物学理论亦给我启发，水仙之美实在是水之妙用于植物而使其代谢得到协调统一后的副产品。回到文化的雅俗的话，能够协调其代谢之水又在哪里可觅到呢？这一问，水仙亦不能教我了。

二〇一五年七月十七日

# 烫酽香

## ——北京人喝茶的讲究

北京人的"喝茶主义"决定了北京人喝茶的讲究也是独特的。归结起来是，要烫，要酽，要香。

先说烫。从茶的角度看，这是极无道理的。中国古人很早就发现水温过高会破坏茶味，用现代人的说法是破坏茶中的维生素和咖啡碱成分。所以懂得品茶的人，无疑要尽量避免使用沸腾的开水。宋代以后的做法，通常是在水开后洒入些冷水降温，这才能放入茶叶。日本的茶道就还保持着这种形式。北京人喝茶，却是从根本上违反茶的这一原理，要求开水的温度越高越好。所以，在水完全沸腾时就急急地用来沏茶，开始喝时必须要有烫嘴的感觉。假如用不很开的水或是开过一会儿的水沏茶，很容易引起北京人的不快。若用这样的茶待客，那便是失礼，是怠慢客人。烫，显然是要突出开水，茶仿佛只是开水的陪衬。

次说酽。酽包含两种意思，是味道与汤色都要浓。因为喝茶像喝水一样，要贯穿一整日；如果很快没了味道，就真等同于喝开水了。而频繁更换茶叶，又增加几倍的开支。北京人希望茶酽一些，可以禁得起不断续水。相应的，能禁得起不断续水的茶才是好茶。汤色呢，属于视觉效果，可以直接看出茶的浓淡。另外，北京人还特别相信茶的提神功效，他们认为，茶的提神作用与其浓度成正比，即越浓越能提神。很多北京人在早晨起床后便要喝酽茶，而且多是在早餐前，这足以说明北京人的肠胃相当强健。

中国在宋代以后形成的崇尚淡茶的饮茶传统在北京荡然无存。北京人沏出的茶，第一杯往往极酽，有些苦味，江南人几乎没办法喝下去。

在烫与酽的要求下，江南地区流行的绿茶根本无法满足北京人的口味。红茶与乌龙茶则因在交通供应方面的困难，始终没能大面积推广。北京人便对绿茶进行强迫性改造，创造出大名鼎鼎的茉莉花茶。

茶其实是切忌混杂进其他气味的，北京人反而利用茶的这种特性，反其道而行，用大量香气浓烈持久的茉莉花来熏制绿茶。较好的花茶，差不多是要用和茶叶同等重量的花来熏。上好的花茶，所用之花的重量超过茶叶。北京人家庭还喜欢养几盆茉莉花，在花开时，摘鲜花放入茶筒或直接放进茶中。这样，茉莉花的香气几乎取代茶叶之叶，形成北京人喝茶的第三个讲究，就是，要香。此处的香甚至是与茶无关，指的是茉莉花的气味。

茉莉花茶是半发酵的，便于保存和运输。花香又能比茶味更持久存在。北京人深爱花茶，达到不能离开的程度。而不产茶的北京，茉莉花茶反成为特产，这也是很好笑的。

从甜水到热开水，再到茉莉花茶，这个过程实际上是北京人对饮用水的改善。茉莉花茶虽然名义上是茶，茶却是次于热开水与茉莉花的第三号角色。所以，茉莉花茶长期受到那些爱茶家的强烈批评。

　　江南的文士们批评北京人完全不懂得品茶之道。北京的爱茶家也这样说。清代有位名叫震钧的满族人，他著作的《天咫偶闻》是研究北京史的重要资料。震钧在书中不客气地说：北京的富贵人家就没有真正懂得茶的人。所以茶店也很少有人肯去关注茶的特性。北京的茶都要掺杂进茉莉花，茶的味道就被彻底破坏了。所以，南方的好茶，如龙井之类，根本不愿运送到北京销售，北京人也没有人去喜欢龙井一类的南方好茶。

　　这些批评者站在茶的立场发言，应该承认他们说的的确有道理。不过，他们忽略了一个重要问题，如他们所倡导的那种品茶情趣，在宋代以后，就再没能在中国流行。哪怕是在江南，亦未能蔚然成风，又岂独是北京呢！举江南人士的鲁迅做出证明。他的弟弟周作人曾提到：在（浙江绍兴）老家里有一种习惯，草囤里加棉花套，中间一把大锡壶，装满开水，另外一只茶缸，泡上浓茶汁，随时可以倒取，掺和了喝，从早到晚没有缺乏。日本也喝清茶，但与西洋相仿，大抵在吃饭时用，或者有客到来，临时泡茶，没有整天预备着的。鲁迅用的是旧方法，随时要喝茶，要用开水，所以在他的房间里与别人不同，就是在三伏天，也还要火炉，这是一个炭钵，外有方形木匣，炭中放着铁的三脚架，以便安放开水壶。茶壶照例只是所谓"急须"，与潮汕人吃"工夫茶"所用的相仿，泡一壶只可供给两三个人各一杯罢了，因此屡次加水，不久淡了，便须换新茶叶。这里用得着别一只陶缸，那原来是倒茶脚用的，旧茶叶也就放在这里边，普通饭碗大的容器内每天总是满满的一缸，有客人来的时候，还要临时去倒掉一次才行。这里所记的绍兴人的喝茶，除喝的是绿茶外，不是和北京人的喝茶非常接近吗？类似的情况，我们还能举出许多。事实上，这种喝茶法才是在中国最普遍存在着的；文士们所说的品茶，那却是实际所并不存在的。所以，我在长时间里一直考虑一个问题，就是有必要把茶文化分作两大部分：

一是茶的生活文化，包括日常喝茶习惯。有关茶的礼俗、茶馆茶店等内容。不同地域有不同的茶的生活文化，茶的生活文化也以表现地方文化精神为主。二是茶的鉴赏文化，以表现茶的自身特性及精神为主，即爱茶家们所说所做的那一套。这两大类不同的茶文化，都能自成体系，用俗话说，是两条道上跑的车。既不能以鉴赏文化的标准来衡量生活文化，亦不能以生活文化的强势来排挤鉴赏文化。更没有必要勉强把二者做出比较。

现在我们回到北京茶事的话题。北京只有茶的生活文化而无茶的鉴赏文化。这也无可非议，不过，观察北京的茶的生活文化，同样是很有趣味的。北京因其几百年的国都地位，使这个城市的一切文化都带有一种优越感，或者说是骄傲感。就说北京的茶的生活文化的情况，茉莉花茶其实是在江南或福建熏制的，却被冠以北京的名义。北京人又以他们的茉莉花茶作为一种自豪。客观地看，茉莉花茶诚然要算是茶叶里的另类，但北京人的热烈支持，使茉莉花茶不仅跻身中国名茶，而且获得和绿茶红茶相并列的资格。北京的茶店招牌上大多写有"红绿花茶"四字，其意义即是茶只有红绿花茶三类。花茶，除茉莉花茶外还有珠兰花茶、桂花茶等。可是，在北京说到"花茶"，专指茉莉花茶。还有更过分的是，走进茶店，茉莉花茶品种齐全，红茶绿茶仅是花茶的陪衬，甚至店内本就没预备。如果问店员为什么没有红茶绿茶，店员很可能会用有些轻蔑的口气答复一句："北京人谁喝那玩意儿！"北京人凭着自己的爱好，在他们心底，简直就是把茉莉花茶作为茶的正宗。

然而清末以来，北京文化的优越感多次受到挑战。仍在茶的范围内观察，我再缩小范围到我们只看百年来北京茶馆的变迁。茶馆是北京人重要的社交场所，也是老北京人展现他们的复杂而文雅的礼仪的舞台。清末的北京茶馆，摆放着八仙桌大板凳，有些像是开会的会场。这里可以说书唱曲听戏，但主要是方便茶客们聊天。茶馆里准备些未必好吃的点心，可绝对不供应饭食。这样的茶馆，非常直接地表现出老北京人特有的、古板的闲散生活情趣。老北京人喜欢在工作之余坐在茶馆里聊天，消磨光阴。他们之中也有人可能是不去工作，维持生活却也不成问题。这些人聚在茶馆中，海阔天空，无所不谈。这是何等闲散！但是，八仙桌与大板凳要求他们，在闲散中也必须正襟危坐，哪怕是极要好的朋友间，仍然不能忽略礼节，需要一直保持对对方的尊重。不供应饭食呢，那是因为茶馆只为喝茶聊天而设，吃饭另有饭馆。好似中央的六部，各有所司，不允许混淆职责。这岂不是古板？老北京人偏不觉得他们的做法有何奇怪之处，他们能够很自然地把闲散与古板统一起来。

辛亥革命结束了清王朝的统治。革命是以南方开始，革命党人又多系南方人，无形中南方风气便成为"革命风气"。北京受"革命风气"影响，陆续开设许多南式茶馆，又称作新式茶馆。新式的，主要是针对老式茶馆的古板进行改良，如添设藤躺椅、茶几；大卖各种点心小吃，馄饨水饺小笼包子炸春卷，样样俱全。还有一种设在公园里的茶馆，仿效西洋的咖啡厅似的，尤其随意。在新式茶馆冲击下，老式茶馆抵挡不住，到二十世纪四十年代前后，便在北京几近绝迹。这时候，老北京人的那些古板的礼仪，大抵也只有少数老年人顽固恪守，中年以下的人都不以为然了。

老舍的著名剧作《茶馆》，写的即是一个北京老式茶馆的没落过程。作家本人是要用此剧来表现新中国以前的五十几年间，中国社会的黑暗。可是，因为作家是北京人，他在无意间凭着北京人的本能，通过这部剧作记录了北京文化在近代以来遭受的重要挫折。我甚至认为，老舍的主要作品多是以描述这种挫折为主题的。那么，《龙须沟》又可说是寄予了老舍对于重建北京文化的希望。

由于话题是茶，我们在此只好跨越北京没有茶馆的几十年时间。这里应该明确的是，从北京老式茶馆到新式茶馆，直至新式茶馆也从北京消失，北京人喝茉莉花茶的习惯却始终不曾改变。在没有茶馆的时期，我们看到的是北京人清早到单位上班，第一件事情还是沏上一杯很酽的花茶，然后带着这杯茶开会，做工，处理公文。我开始工作时，领导吩咐的第一项工作是，年轻人应该早点到办公室，把暖瓶里的热开水准备好，以便大家上班后可以马上沏茶。单位里通常每年还要几次发给大家茶叶，作为一种福利待遇。也许这种做法现在还在一些单位保留着。在我的印象中，直到二十世纪八十年代中期，在北京要买到茉莉花茶以外的茶，也还不是件容易的事。但也就在此时，邓小平推行的改革开放政策带动中国走入一个崭新的时代。表现在社会文化方面的情况，一是国外文化的影响通过传媒进入老百姓的生活，并且引起他们的兴趣。以往受到批判压制的文化艺术逐渐活跃，譬如京剧传统剧目恢复演出，京剧爱好者的俱乐部——票房再次遍布北京。二是改革开放时代的文化正在迅速形成。这几种交织混合所呈现出的纷纭综错的情态，甚至可以视为这一时期的独特魅力。

这时，有些文化界人士用百废俱兴的名义呼吁重建北京的茶馆。我们现在可以随手就翻出相关的文字记录。然而，这当然不是北京恢复茶馆的主要原因。比文人更有力量的是农民。土地承包制使农民获得利益，他们用那双兴奋得有些闲不住的手，掏出了刚刚装进口袋里的钱，成群结队涌入北京。这和后来进入大城市打工的民工潮是截然不同的两回事。农民们对制定出使他们受益的政策的首都，具有一种感激与崇敬凝结的淳朴心情。另一方面，他们以旅游者的身份，或许就是平生一次的作为北京这个城市的消费者，他们想在北京表现出他们的骄傲。在我所掌握的并不能说是丰富的历史知识里，农民在北京获得炫耀的机会是极少的，明末李自成的农民部队和清末义和团都有流民的色彩，这就越发显出这次农民旅游的特殊，真正是前代所未有。可是，北京的旅游服务业有些措手不及，农民旅游者在北京遭遇到各种困难。喝水难便是其中之一。北京的公园里冷饮供应不足，而且很多旅游者并不习惯喝冷饮；公园的救急之法是设置茶座，不是供游客休闲，目的不外乎让大家喝上水。

在北京繁华的商业区前门，有一个名叫尹盛喜的人，他的身份是中国最低级的行政官员，但他在二十世纪八十年代北京旅游热时期，成为北京的著名人物。尹盛喜组织一批得不到工作的北京青年，在前门人流量极大的地带设置了临时性的茶馆，不过是搭一个简单的棚子，安放几条长凳，用通常北京人所不屑于喝的劣质茉莉花茶沏成茶水，盛在最普通的白瓷饭碗里卖给那些旅游者。茶水的价格极便宜，只要人民币二分钱；茶水却起了个响亮通俗的名称，叫作"大碗茶"。这受到那些农民旅游者热烈欢迎，尹盛喜的生意在很短时间就发展到相当程度，大碗茶闻名全国。尹感念茶给他带来的成功，也想扩大生意，在前门建起一家茶馆，因老舍的《茶馆》知名度高，北京又正在流行"老舍作品热"，尹盛喜的茶馆就取名"老舍茶馆"。老舍茶馆起初给北京的文化人一种错觉，以为老北京的茶馆文化会从此恢复，他们纷纷用各种形式支持尹盛喜。在尹盛喜与文化人之间一度有着相当密切的合作。终于，文化界人士发现，新兴的老舍茶馆从属于商业文化，和他们的愿望差距甚大。北京虽然又有了茶馆，但这茶馆现在只是外国游客的一个旅游点而已，与北京人反而是无关的。文人们便又按捺不住地批评指斥。我并不认为尹盛喜的做法有什么错误，他也根本没有延续北京文化的义务。我只是觉得茶馆在恢复之后的变异，在我们审视北京文化发展轨迹时，给我们一种重要的警示，就是"恢复"这条路本身是走不通的。

类似的情况，还有更为明显的，也是二十世纪八十年代中期重建的琉璃厂。放弃地方性的北京文化，或是更新北京文化，还是重建新的北京文化，目前便是在这三岔路口的抉择。和老舍茶馆差不多同时发展起来的，还有饭店宾馆的咖啡厅。假如我们把老舍茶馆看作为外国旅游者所设的旅游场所，不予关心也就可以了。而这些咖啡厅却从根本上对北京的茶的生活文化构成冲击。高度西方化的咖啡厅，把红茶提升为首席，并且推崇的是进口红茶。排在次席的，是以港台为号召的乌龙茶，可惜真正港台乌龙茶进入大陆的数量不多，所以"铁观音"等大陆产乌龙茶得到重视。绿茶又次于"铁观音"，作为红茶、乌龙茶的陪衬。最可怜的是北京骄子的茉莉花茶，索性被排斥在外。如果在咖啡厅点名说要花茶，那将受到服务小姐的嘲笑，被认为是土气。这就出现了极好玩的现象，饭店房间里往往为客人准备一种纸袋装的花茶，因为客人们多不是北京人，要让他们品尝北京特产。而饭店咖啡厅则喝不到花茶，那是为让来咖啡厅的北京人"洋气"一下。真是令人不可思议，百年来不曾动摇的北京人的花茶传统，就在这小小几间咖啡厅里土崩瓦解。这瓦解的速度也实在惊人，花茶地位不仅一落千丈，近年北京居然出现一种名叫冰花茶的饮料，而且在北京成为流行。这其实是在宣告以往花茶要烫要酽要香的讲究都不复存在了！人的口味彻底改变了。简直像捉弄人一样，现在在北京的饭店咖啡厅，反而都增加了花茶，价格并不低于红茶乌龙茶。我坐到其间去品味那杯花茶的时候，就是所谓百感交集吧，说不清想要哭还是想要笑。当然，我亦有明确的高兴。北京的绿茶品种空前增加，而且用飞机运来新鲜绿茶，令我这深爱绿茶的人大饱口福。

距老舍茶馆开设约有十年，北京居然出现"茶馆热"。"茶馆热"由一家名叫"五福茶艺馆"的茶馆引发。这家茶馆以"中国茶道"作为广告，事实上是港台工夫茶的翻版，只是茶叶品种不限于乌龙茶。茶馆的装修尽量追求那种市民眼中的"文化品位"，斟茶的小姐们也摆出一副茶道专家的模样，茶的价格奇贵。我完全不认为这是对于我所云的中国茶的鉴赏文化的继承，充其量只是用南方的茶的生活文化，来取代北京的花茶文化罢了。令我大出意料的是，这种茶馆在北京颇为风行。表面上看，中国作为茶文化古国，又有了中国式茶道可以与日本茶道相媲美；我则不能不在此时叫喝一

声，这种"中国式茶道"足以把存在于茶的鉴赏文化里
的那点中国茶精神彻底埋葬。我必须承认，五福茶艺馆
仍然要算北京茶的生活文化中的一个部分。而且，我的
文章也只能作到此处。北京茶事在以后当如何，我实在
不能预测。好在北京本就没有形成茶的鉴赏文化，茉莉
花茶，大碗茶，五福茶艺馆，也不知究竟孰优孰劣。回
顾百几十年北京茶事，想到一杯茶里亦有这许多沧桑，
忍不住便拿来当闲话说说，只当是为同样喜欢这杯茶者
提供些谈资就是了。

　　本文节选自《你们属于我的城市：若朴堂北京随笔
选集》，北京出版社，二〇二四年一月版

# 甜水、苦水，北京茶

　　大凡有好茶处必有好水，有好水处多有好茶。好水第一要轻，就是杂质少；第二要无味。品水比品茶难得多。我有时甚至想，应该仿照茶道花道香道的样子，创设出一种"水道"，但肯于参加者一定是寥寥无几的。这种想法可能永远是存在于想象中。

　　北京人爱喝茶却没有多少谈茶的资本。这是因为北京不产茶，更重要的是缺乏适宜泡茶的好水。北京也有好水，清乾隆皇帝评定的"天下第一泉"就在北京西郊玉泉山。但那是专供皇家饮用的。每天午夜时分用几十辆插着龙旗的水车运送到紫禁城，北京的几道城门都要为这水车的队伍特别开启一次。皇家以外的北京市民，包括那些富贵人家，用水便不能如此方便了。水的问题，我以为是昔日建城者的最大失误。北京城里并不缺乏水井，但基本都是苦水井。苦水，是水中盐碱成分过高，咸涩不堪下咽，而且混浊。除了生活极穷苦者不得不以损害健康为代价去喝这种苦水，大多数市民日常要买甜水饮用。甜水，未必怎样甜，就是不咸涩罢了。职业的卖水人从城里很少的甜水井里把水打出，更多是从城外运到城中，然后送到胡同里叫卖。从元杂剧到京剧中，都有卖水人的形象出现。可见北京人买水喝的历史至少有数百年了。

老舍的名作《龙须沟》，大家通常都注意的是对那条名为"龙须沟"的臭沟进行改造的过程。我却觉得改造臭沟其实还只是小事，剧中最重要的一笔在于通了自来水。那真是非北京的作家老舍所不能写出的。

话说回来，甜水买来还必须经过一番处理才能饮用。原因是甜水经卖水人运输，混入杂质，也难以保证新鲜。处理的办法倒不很复杂，先把甜水注入专用的水缸，盖好缸盖，令其自行沉淀；然后用水瓢舀到铁壶或钢壶里，放在火炉上烧开。北京人由此形成喝开水不喝生水的习惯。我们在年纪小时都会受到家中长辈的教育，喝生水会闹肚子。学校里还常贴着"不喝生水"的宣传画。不久前，我在一部电影里却看到有这样的镜头：一群北京人到美国后，急着四处找开水。编剧和导演的讥刺之意是明显的。作为北京人，我也不客气地认为这种讥刺是浅薄的，区区开水小事里，却有北京十几代人的苦恼啊。

从买来甜水到甜水烧开，北京人这才获得饮用水。即，开水才是饮用水。开水过热时不能喝，要等它散热后成为冷开水方可喝。北京话把冷开水叫作"凉白开"。热开水的热度白白散发掉是颇有些可惜的。我推测，北京人很有可能是由珍惜这种热度，而运用他们的生活智慧，想到要用热开水沏茶来喝。一个正宗的北京人家庭，在水烧开后做的第一件事，一定是沏上一壶茶，或是在茶杯里续入新开水。这不正是最高限度地利用开水热度的表现吗？

当然，开水沏茶还有改善水质的意义。我说过，甜水不等于是好水。中国北方的水普遍碱性强，烧水的壶里永远会有一层厚厚的水碱，开水也常带有种异味。这样，把开水再进一步改良成茶水，茶味掩盖了水的异味。水是天天要喝的，开水就每天要烧，于是，每日喝茶也成为习惯。因此，给外地人的感觉，似乎北京人很喜欢喝茶似的。其实北京的喝茶，实在只是变相的喝水罢了。请注意在北京话中，喝茶与喝水都一样地使用"喝"字，而不用"饮""品"之类的字。如果仔细揣摩其中的差别，"饮"和"品"都有对茶味的欣赏的意思。"饮茶""品茶"，强调的是茶。而"喝茶"呢，着重指的却是"喝"。

原载《石景山报》二〇二三年五月二十二日

# 惜兰

沈复《浮生六记》里说过一个关于兰花的故事：

花以兰为最，取其幽香韵致也，而瓣品之稍堪入谱
者不可多得。（张）兰坡临终时，赠余荷瓣素心春兰一
盆，皆肩平心阔，茎细瓣净，可以入谱者。余珍如拱
璧。值余幕游于外，（陈）芸能亲为灌溉，花叶颇茂。
不二年，一旦忽萎死。起根视之，皆白如玉，且兰芽勃
然。初不可解，以为无福消受，浩叹而已。事后始悉有
人欲分不允，故用滚烫灌杀也。从此誓不植兰。

这一起兰花谋杀案遂以沈复为兰花守节而终。由此
想到井上靖悼念老舍的文章《玉碎》。井上靖说老舍曾
给他讲过一个故事，某嗜茶者因茶败家，仅剩下一把好
壶；另一嗜茶富豪欲得此壶，竟迎来壶主奉养了若干
年。可是，壶主将死际，用了最后的力气把壶摔得粉
碎。为了这个人壶俱亡的结局，井上靖和老舍争论起
来，井上说可惜这把好壶，留下又有何妨？老舍默而不

郑板桥《兰》

答。几年后，老舍含恨自沉于北京太平湖，井上靖由老舍之死想到壶的故事，隔世隔海，唏嘘不已。

兰花与佳壶俱成悲剧，即笔者今日道来亦觉不忍。其实这些悲剧不是不能避免。在壶，实在是可以留下。中国文化有以人殉道的传统，也有以人殉人、以物殉人的传统。前者或是崇高的，当然这是要讲一个为什么殉以及殉什么，否则也未必怎样崇高。而后者则无疑是残酷的。以人殉人，含有殉者自愿的情况，应系情之所致，那就没有过多理由好讲。在被动或被迫殉人的人、殉人的物呢，无论为了何样的大题目，去轻易剥夺他人及物的不可再的生命，此系人类文化野蛮的一面，亦不独中国文化有此弊端。何况我们所常见的是，为了不怎样的小题目，也会有如上的悲剧。

兰花的故事里，用滚水烫死兰花的人固然暴虐，但沈家之"不允"已输在先。沈家之兰原是得于张兰坡，即再分与人亦无损害。问题归根结底是出在沈家之占有欲，且以此种占有为炫耀。好像是周华健《忘忧草》的歌词，"谁是唯一谁的人"，谁又是唯一谁的物呢！沈复之"誓不植兰"，不过是悲其失去占有而已，仍是惜己；真能惜兰者，是那位已故的张兰坡，又可惜张所托非人。兀那壶主，却是有人而不托，其欲至深。川端康成曾引《伊氏物语》句，谓之"有心人养奇藤于瓶中，花蔓弯垂竟长三尺六寸"；每诵此语，辄称善哉。

二〇一五年七月十六日

# 现代茶道路在何方

距千利休去世近三百年，一八六八年的明治维新将日本历史又推进一个新的历史阶段。这个新历史阶段的显著特色是，引进西方文化作为这个阶段发展的基础。霍尔在《日本：从史前到现代》中对那个时期的情况描述说：

一方面，那些嫌恶自己过去和它的价值的人，鼓吹全盘接受外国的东西，他们说："日本必须再生，以美国为母、法国为父。"来源于当时盛行的社会达尔文主义的学说，建议日本人应该通过异族婚姻吸取高级的血液流入自己的血管。这种建议居然得到像井上（井上馨，一八三五——一九一五）和伊藤（伊藤博文，一八四一——一九〇九）这样高层政治人物的短暂支持。日本语言的改良，甚至于作废，也被认为是"进步"的需要。狂热地采用西方办法，使他们攻击日本过去的一切。日本的政府、艺术、文学、哲学都被认为是愚昧无知、野蛮文化的产物。对许多人说来，西方的做法成为不可抗拒的时尚。他们劲头十足地穿上西服，戴上西式帽子，留起头发，戴上手表，撑上伞，学着吃肉。全国很快地采用了西方的物质文明，有时候简直是盲目的狂热。

西方文化给日本社会带来巨震，也导致日本文化开始发生深刻变化。孰料这一波尚未及落，二战战败后又来了美军占领时期，真的来了这种"以美国为母"的日子，日本文化又多了一种被强迫性的变化。前后百余年间日本历史可说是明治维新开启了新时期文化的孕育阶段，而这孕育阶段至今也不能说是已经宣告结束，至于将来到底有何结果诞生，委实还难以预料。

这种文化的巨变期，传统文化所面临的就不仅是孕育的问题，它或者是听任命运安排，被冷落、被淘汰、被当作文物古董、被化作养分为孕育中的胎儿提供营养；或者是自己主动投身于较孕育更痛苦的火中涅槃，经历涅槃而投胎到那个将来要诞生的新文化里，在新文化里占一席之地而仍然继续其生命。其实，这后者的涅槃，听来甚难；实际上，当日的斗茶会之转为茶道，不就是如此做的吗？可见这种做法是早有先例的。

川端康成对现代茶道的批评似乎是有些保守，但我想他所提出警惕的，当是不要落入对时风的追逐。假如斗茶会仅是变作丰臣秀吉式的茶道，是否再生其意义也就不大了，川端以长篇大论来阐述日本美，他的用意当是，一方面向世界介绍独特的日本美，希望更多的人能理解这种美、珍视这种美；另一方面，他似乎也在提醒现代的日本人，不要忘记这种美是日本文化的基础，即便将来创造出新的日本文化，这种美也当是必须具备的内容。

我是格外注意川端在诺贝尔文学奖颁奖时的演讲的，以为这是川端对他的作品及他所认同的美的一种总结。其后他还有在夏威夷大学的演讲《美的存在和发现》，好像试图要对这种美进行更深层次的分析，可惜他没有能做到这点。

像川端这样的对日本文化的反思，很多作家、艺术家也都曾有过，大家的思考亦不尽一致，乃至相去甚远。另一位比川端还大几岁的作家森田玉（一八九四——一九七〇），就提出一种与川端不同的意见。他在《联结着世界的美》文中说：

（前略）最近我通过亲身体验而惊讶地发现，美随着主客观的变化而变化这一事实，使得我抑制不住地倾吐出来。（中略）例如美女的脸，我做孩子的时候，公认为美的瓜子儿脸，眯缝欲睡的细长眼，如今已被排除在美人的框框之外。从前大嘴女人绝非美女，现在有时认为大嘴笑的样子最美。这变化多大呀。在一直恪守旧传统的品茶的世界里，我看也有这样的事。如今已不是只有从狭小的茶室里特有的侧身而过的小门端进茶来才算饮茶；而宽阔明朗的露天茶座或西式建筑中立体的座席，已逐渐产生了新的饮茶之美。……不，说它新也许有语病，应该说，饮茶之美很自然地正在朝这个方向变化着，别把饮茶单单局限在日本之中，为适应全世界的人们的需要，非变成这样不可。

到欧洲一看，让我吃惊的是，那边的人对于饮茶和插花也有浓厚的兴趣。丹麦的某位博士问我："有英语写的关于饮茶的书吗？"我答应他回日本以后遇到了就寄给他。据他说看过冈仓天心（一八六二——一九一三）写的关于饮茶的书。（中略）

在阿姆斯特丹举行国际作家大会期间，一位瑞士的女作家热心地向我询问茶会的事，我只教了她们用喝红茶的杯子代替茶碗喝茶的礼法。也有把茶室和茶会混同起来的人，我煞费唇舌地解释茶室是茶馆，茶会也不是有妓女陪着的打茶围。况且我又不会说英语，用记得半生不熟的单词勉为其难地对付，那是要流汗的。

日本名古屋大学的坂田博士在哥本哈根波阿教授的原子物理研究所工作，随后九州大学的尾崎博士也来了，这两位都带来了茶叶末（飞按：这里当指末茶）和搅茶用的小圆竹刷（飞按：指茶筅）。一天晚上，在邀请他们去喝茶的那家，两位博士表演茶会给他们看。只是没有茶碗，从那家的厨房里挑选了最近似茶碗的餐具来代替，尾崎博士虽然一招一式地施展他的浑身本事但是不是茶凉了，就是茶碗太滑没法拿，怎么也弄不好。丹麦的妇女们，屏气凝神，圆睁双目地看着，等喝一口好不容易才泡出来的茶时，便连声说好，虽然带点苦味，可是非常好喝。而且对这样的饮茶方式颇感兴味。她们闪烁着目光，说自己一定也要学会茶会的做法。为了让这些人比较容易地品茶，我痛感到，饮茶室入口处的洗手盆和侧身而过的小门是不重要的，首先得有立体的座席。我认为，为了让除了红茶和咖啡别无所知的人们懂得茶叶末苦涩中的香，感到泡茶饮茶礼法中的新鲜魅力，与其让他们从侧身而过的小门进来，跪坐在硬邦邦的榻榻米上，弄得两腿酸麻，不如让他们安适地坐在椅子上学会它，这也许有更强的普及性，而能更快地传播开去。在没有日本式房间的外国自不消说，就是在日本年轻人的世界里，就是坐椅子的习惯多于跪坐。考虑一下适合这种习惯的饮茶礼法是应该的。

我认为，一切生活之美均在于自然地流动着的新变化之中。虽然按照传统肯定是美的东西，但如果过于执着于它，闭目不看周围的变化的话，它就会变成悖于自然潮流的丑。泡茶的方法是顺理成章地自然形成的，所以它才美，而侧身而过的小门并非第一义的东西。有人说不是侧身而过的小门端进来的茶，就算不上饮茶，我却不这么想。饮茶是日常茶饭的举止动作，其中蕴含着对家人、宾客冷暖的关切之情。正像千利休的教诲中所说："夏天使人凉爽，冬天使人温暖。"这才是饮茶的用心所在，不仅对待别人，就是对待自己，也应具有这种体贴安慰之心。（中略）

我愿意珍视并培育日本人日常身边之美。因为它在不久之后会成为联结着世界的美的。也愿意具有对丑的东西毫不可惜地加以铲除的眼光。日本已不是远东小小的孤岛，而是世界之中的日本了。这是我从去年访欧旅行中懂得的一点。（程在理译）

森田在文章里不断提到的茶室的要侧身而过的小门，那是源自千利休的创造。利休前仍是日本式的拉门，这从银阁寺东求堂的同仁斋就还能看得到。据说利休某日乘船，发现船舱的门很小，人们弯着腰出入，利休以为有趣，就将船舱门移到茶室，做成边长约七十几厘米的正方形入口，做法也是仿效船舱门的样子。我非常怀疑利休是受所谓"几世修得同船渡"说法的启发，暗示自此船舱门进去，主客即有"同船"的意味。可惜我还无从找出支持我的这一解释的证据。但利休至少是融进一种趣味在其中，不会是没来由地造此小门。并且，利休所设计的茶室茶庭茶具等，都是考虑到其整体感觉与相互之间的联系的，如我在前章所谈到的洗手池是作为人与自然的一个结合点。如果不管这些而随意改动小门，那无疑是轻率的。森田此文暴露了他对茶道的无知，这就是霍尔所说的明治初期作风的延续，但他在此时遇到一个问题，就是他本看不大上的茶道，何以反引起欧洲人的兴趣。因此森田做出考虑，以为日本可能也有日本的美。但他马上就把这种美引到衣食美女方面，更自鸣得意地指出，为了让除了红茶和咖啡别无所知的人们懂得末茶苦涩中的香，感到泡茶饮茶礼法中的新鲜魅力，应对茶道做出改造。他大概觉得这种赤裸裸要为外国人服务的念头还需要掩饰一下，才忙又扯出日本年轻人也不习惯跪坐了的话。事实上，他根本就没去想，如是为了喝一口茶，当年千利休何必要费这样大的力气。至于说以前美女是瓜子脸，现今喜欢的是大嘴笑的女人；那么，秀吉时代崇尚的黄金装饰不也是那时的潮流吗？秀吉的黄金茶室正是符合"自然流动"到那个时期的"新变化"，又何必去理会千利休呢？

森田终是不能懂得千利休的。但他有一个观点却不错，就是发展日本美，使之成为联结世界的美。

茶道在近代以来遇到两个大的难题：一是女性的参加并逐渐成为茶道的主导力量，二是如何面向日本以外的人解说茶道艺术。

近代以前，茶道基本是男性的世界，但现在参加茶道活动的则是以女性为主。而外国人参加茶道，也很早就开始了，所以里千家特意发明了立式茶会礼，后来还建起铺地毯的茶室。就我的思考而言，体会千利休之茶意，原有以茶接引的意思，所以无论是女性还是外国人，都不应该被拒绝。而这自然就会导致一种新的主客关系的产生。昔日千利休都慨叹不能以赵州为主，达摩为客，可见这种主客关系其实是茶道里最难把握的事。

茶道在这百年间曾相应做出多种改革，也正是因为这些改革而引起川端康成的批评。说实在话，这些近代以来的改革是否可以说是成功，仍然是无法断定的事。因此我也不以为川端的话就是抱残守缺。我的意见是，站和跪或坐都是次要的，既然跪有跪的一套，再发展出站的一套及坐的一套也不妨事。但关键还是在于主客关系的调整问题，对此，我的办法从旧，即：

逢女人杀女人，逢外国人杀外国人。

不过，我不主张对现代茶道过分否定。现代茶道至少保证了茶道能生存于今日社会。文洁若女士曾提到一九八五年她到日本茨城筑波科学城参观国际科学技术博览会的事。她说，在茨城县主办的茨城馆内，占地面积九百平方米的日本式庭园，是用竹篱围起的，中间坐落着古色古香的双宜庵。这座一百一十五平方米的木造建筑，是茨城县造园建设协会副会长设计的。筑波山由二峰构成，自万叶时代起，便以双宜山闻名于世。它象征着茨城风光旖旎的大自然。按说古老的茶道似与科学技术风马牛不相及，但日本人认为，茶道、花道都代表着传统的精神文明。举办博览会的半年期间，这间茶室招待了将近五万游客。据说九月初的一个星期天，来参观博览会的达三十三万人，到此品茶者不下三千人。一半来客是初次进茶室，当然也包括我在内。据说闲雅的茶室体现了日本传统的美，而茶道的真髓在于"味苦而甘，堂朴而闲，庭隘而幽，交睦而礼"。

可能有人会指责双宜庵是仿古建筑，有人会说此处讲的"真髓"已距千利休的精神太远。我注意到文洁若所说"按说古老的茶道与科学技术风马牛不相及"的话，她的"按说"只是"按中国人的说法"，或者"按现在中国人的说法"。其实不同时代有不同时代的科学技术，不同时代有不同时代的古老文化，这两者不是从来就是共处的吗？就似织丰时代已有了洋枪，信长与秀吉不是也一边用着西式兵器，一边参与着已有百年以上历史的茶道吗？何独今人就不能在网络时代里去那草庵里饮一杯茶呢？我有些为"双宜"之名陶醉，其名虽是因山而取，因地而取，我更觉可作因时去解。

回到川端康成的那篇演讲。他说"雪月花时最怀友"是茶道的基本精神，如果果然这样简单，千利休又何必反复叮嘱弟子们去修行佛法呢？

我每读此文，心里都在为川端感叹，他没有能成为一位禅宗的悟者，所以说起禅宗总是外道。这是川端的遗憾。他仅围绕雪月花来立论，这使我想到此语的出处，白居易有《寄殷协律》诗：

> 五岁优游同过日，一朝消散似浮云。
> 琴诗酒伴皆抛我，雪月花时最忆君。
> 几度听鸡歌白日，亦曾骑马咏红裙。
> 吴娘暮雨萧萧曲，自别江南更不闻。

白诗里也有美人不归之叹。难道川端即是日本近代之白居易不成？若论川端对禅之理解，或与白香山恰在伯仲间。白称乐天居士，川端可以称悲天居士矣。

说到雪月花，有桩极有趣的事。川端引日本道元禅师与明惠上人的和歌：

道元：
> 春花秋月杜鹃夏，
> 冬雪皑皑寒意加。

明惠：
> 冬月拨云相伴随，
> 更怜风雪浸月身。

就在和他们相同的时代，有位中国僧人，杭州灵洞护国仁王禅寺的禅僧无门慧开刚好也作了那首禅意诗：

> 春有百花秋有月，
> 夏有凉风冬有雪。
> 若无闲事挂心头，
> 便是人间好时节。

我们把中国禅僧的诗与日本僧人的和歌，再与白居易之"雪月花"放在一起，这四首诗歌之比较，又可以给我们引出无数话题。但不知是属于川端还是属于后世茶人的失误，如果当日千利休也说到"雪月花"，那就应是与他的"夏天如何使茶室凉爽"的话相应的，是沿着无门慧开与永平道元的话来说的，而不大会是把白居易的诗用作茶道精神。

回到茶道的发展的话，我所以说"逢女人杀女人，逢外国人杀外国人"，意是不管时风如何改变，不应随意改动千利休的茶道精神。我们总当相信，时代固如寒来暑往而有古今之别，不同时代皆有不同的欢乐；而在人的精神世界里则无论是东方或西方，也事实存在着超越时代的如雪如月如花一样永久美好的内容。主观的雪月花与客观的雪月花，此喜彼悦，交相辉映，这在任何时代里、任何文化里，都是人的最高追求。在这最高追求面前，正所谓殊途同归，无论是传统文化之再生，还是新文化的确立，其实都是如茶道之"道"，用日本通常的解释，就是"路"而已。路不是目的，目的是走下去。这即是我写作本书，参究茶道的最重要的心得吧。

本文选自《茶禅一味：日本的茶道文化》，中国社会科学出版社，二〇二一年一月版

# 养花

花卉公司来做生意，要租我些花树放在家里，由他们负责定期来养护，且租金并不高。我确有些动心，但想了想，终还是自己动手的好。

现在花店卖的花，种类其实很少，翻来覆去就是玫瑰百合郁金香，了无新意。这些花用于插瓶固然方便，但看久了也便腻了，倒好像是要用这些花来陪衬花瓶似的，省得花瓶空着难受。盆栽的花，又以蝴蝶兰居多。蝴蝶兰娇气，养好不易，不几日花死盆废，我家便剩了不少空盆，却不知该怎样打发掉。所以，花店的花，是以供人看为主，原不是为了要人来养的。可是，花所带给人的乐趣，看或说赏，只居其一，时间亦短；亲手来养较之单调的看，其实是有着更多的兴味的。

记得二十世纪九十年代初，老舍夫人胡絜青老人从故居的丹柿小院搬入楼房，养花的条件不如以前了，但老太太仍然坚持。为补花之不足，我们老少常结伴去附近的地坛公园看花；有次是我当祥子，用小三轮车推着她——可惜我并不会蹬车。老人披着块花头巾坐在三轮上，

胡絜青老人

我们边走边聊。她说六十年代初她到天坛写生，巧遇陈毅元帅夫妇，随手为陈夫妇在月季花丛中留影纪念。回到家里，老舍催着她把照片连同底片寄给元帅，说，为中央领导拍照是不能留底片的。我后来还特意问过元帅哲嗣昊苏，昊苏同志说，他家里也找不到这张有月季花的照片了。

我那时没有细问，可能絮青老人与漳州有何关系，每年秋末冬初都会从漳州寄来许多水仙。老太太留一些，其余的就分给我们，分时还要先教会我们如何修根，如何培育；不过到了春节前后，仍然是她家的水仙开得最好，进门就觉香甜扑鼻。趁着那一点翠绿，给老太太叩头拜年，老太太笑吟吟地或者拿出幅字，或者拿出幅小画，权当了压岁钱。如是画，必定是花。

昨日与人艺舞台监督杨铁柱通电话，铁柱兄告我，前些日子举办了一个小小的老舍夫妇合葬的仪式。现在，该是我给老太太送些花去的时候了。

我的另一位画家老师梁树年先生也爱花。他是去年二月二十四日殁的，与张中行翁是不同年而同一天。他们两老相识是我介绍的。他们的最后一面，是梁翁约我和行翁到他家赏花，由头是有人竟然在春节时送来了一盆盛开的牡丹。我们两老一少围着牡丹合影，行翁身量高，屈着背来就花，梁树翁垂胸长髯与花映衬，我亦还在如花年纪。这些故事，却是在花店里不能有的。

二〇一五年七月二十三日

# 玉
# 兰

　　两年前曾应陕西电视台《开坛》栏目的邀请，在华
清池畔与中国剧协主席尚长荣先生一起接受电视访谈。
那次是我门下唐山人赵竹村君陪我同行，竹村既是第一
次远行，又是第一次乘飞机，一路上不停地拍照，甚是
兴奋。他的这种兴奋感染了我，尽管那次我除了在拍摄
现场坐着与尚长荣聊天外，哪里也没有看成，但仍然不
失为一次愉快的旅行。今年五月初因出席中日大学校长
会议而再访西安，恰巧又住在前次下榻的曲江宾馆。我
特意约了《开坛》美丽的主持人李蕾会面，没想到李蕾
又正和剧作家杨争光在一处吃茶，顺便就也会了这位生
长关西落脚深圳的汉子。我是不喜欢独自旅行的人，在
不熟悉的地方，也希望有熟悉的人能够在一起。记得方
地山有赠周煦良联说，"此去好行万里路，说来都是一
家人"，这样的感觉才是我觉可意的。

　　有些遗憾的是，两次到西安都没有时间去看看我想
看的地方，譬如西安有名的道观八仙庵。据说八仙庵右
院里曾有株白玉兰，高达十余丈，一人不能合抱。玉兰

能如此壮伟，亦算是难得了。我其实是并不爱玉兰的，觉其一树白花花的，心里难免感到惨痛。但我所敬重的张伯驹公在二十年代尝见其花，说是"千葩万蕊，若雪山琼岛，诚为奇观"。可惜仅二十年后，伯驹公避难入陕，再访此花不遇，听说"树已为驻军伐作薪矣"，令伯驹公"惆怅久之"。又一个甲子过去，既欲吊其花，也思吊斯人，偏却总无机缘。八仙庵自宋代创建后，几经翻修，仍然是著名的景点，总还是有机会去看的。叹我们所在的世界，本就少不了花与人的存在；但是，有些花，有些人，就真的不会再有了。留下这个存在的世界，为了一些常常存在的花与常常存在的人，能够去讲述那些不常有的花事人事。

晚间不寐，在曲江宾馆里作有《小秦王》一首，也略记下些我的感慨。诗云：

细雨潼关遥望中，咸阳旧路过匆匆。

灞柳堪折执金吾，春风可记主人公？

"可记"就是"不记"的意思。嵌入两个西安的典故，嵌入两个西安的古人，述说的却是我今日的情怀。那风姿绰约的花，那举止翩翩的人，柳是留不住的，空折柳，莫怨春风！

二○一五年七月二十二日

# 玉簪花

袁宏道《瓶史》里以一"寒"字评白玉簪，说得真好。

玉簪其花好像是在明代才现身出来似的，《长物志》《本草纲目》《遵生八笺》《花历》《药圃同春》里都有其一席之位，但渊博如李时珍，亦难确切知其底细，仅将其归作草花一类。李说：

> 玉簪处处人家栽为花草，二月生苗成丛，高尺许，柔茎如白菘，其叶大如掌，团而有尖，叶上纹如车前叶，青白色，颇娇莹。六七月抽茎，茎上有细叶，中出花朵十数枚，长二三寸，本小末大，未开时正如白玉簪形，又如羊肚蘑菇状。开时微绽，四出，中吐黄蕊，颇香。不结子，其根连生，如鬼白射干生姜辈。

尽量把花草树木说得有用了，这是李时珍的本事；所以他对花茎根叶的观察也细，遂使得寻常如玉簪，也能享有与牡丹梅菊等名花同样的待遇。专就世论而言之，花亦仿佛人之有地位声名。严子陵只是把大腿往汉光武的肚子上搁了一回，便成就其千古大名；牡丹也仅是据说某次未奉武则天圣旨，乃于艳丽之外加诸有德，正位花王。无数的人日日劳作着，无数的花年年开放着，都作为了生活的底色而不被关心，我们的文化是否在"彩色"上做的文章太多了呢？并且，这样的"彩色"文化，每每又是勉强"底色"接受，要求"底色"为之奉献，更不认可"底色"也是有着一个小小的自我。我不是否定"彩色"之特殊价值，于文化，亦不能不致力精深；但我们也应该关注一下长期以来"彩色"对于"底色"的文化压迫了。从这一意义上说，今日的流行文化是很有可取之处的。

话题一说就远。文震亨《长物志》说玉簪："洁白如玉，有微香，秋花中亦不恶。但宜墙边连种一带，花时一望成雪。"这是"彩色"肯于赏识"底色"的意思了，虽未免居高临下且要动手加工，其姿态总是可嘉。李笠翁又有惊人言语道，"花之极贱而可贵者，玉簪是也"。贱，云其地位寒微；可贵，则以为其实质不输名花。

清末有人将玉簪比拟专擅小家碧玉的花旦演员潘巧龄，题句有：

> 云鬟斜插玉搔头，季女新妆态轻柔。
> 时觉花清香亦媚，爱卿固自恁风流。

又有诗说潘剧，那就说得更好了：

> 俗事俗情皆是戏，未经人道味偏长。

　　"底色"的空间因"未经人道"而尤觉广袤，这已是现代文化的又一基础。但"底色"与"彩色"的调匀问题亦已格外突显出来。则李时珍、袁宏道、文震亨、李笠翁诸家看玉簪的经验，尚不失为借鉴乎。

二〇一五年七月九日

中
山
公
园
牡
丹

　　偕门人耿直信步行至中山公园东门，见园内正在展出郁金香。入园，但见一片颜色缤纷，煞是娇艳；稍细玩味则觉未免洋气过头。郁金香摆在中山公园里，像是大褂上镶了一排钻石袖扣，彼此都有些碍眼。快到南门的时候郁金香不见了，代之以丁香、碧桃，虽然也未见得就是中国原产，总是在这一方水土住的时间长了，看着闻着都更感到舒服。继续向南，遇到牡丹，仅两畦，开数朵。我与耿直是刚在洛阳看过牡丹的，由看盛开到看待开，亦算是时光倒转。走到唐花坞前，我就忍不住想到张中行翁有张心爱的照片，是一九三九年春他与李九魁、周祖谟一起为唐兰先生南下送行的合影，地点就在这唐花坞门外。

　　行翁说过，中山公园的牡丹是二十世纪五十年代由崇效寺移植而来的。邓云乡则说，崇效寺的牡丹是移植到了景山。很久以来，我都很想弄清楚这桩公案，可是到现在也没个结果。可以肯定的是，崇效寺的牡丹的确在五十年代发生生存危机，幸得叶恭绰先生援手，向新政府建议救助，落户于中山公园或景山公园。叹我之于花，一知半解而已，文献的了解多于植物的认知，否则从花间或可探究其来历。

我没见过行翁养花，而他是曾动手养过花的，且与有名的花把式刘慎之交厚。最近还有朋友对我说，行翁写的《刘慎之》文甚是"动人"。"动人"说得好，那是因为行翁写得出刘的"动花"的本事，才能为其人其花留下这一纸水墨图画。比较而言，我们这一代，不仅是距那些人远了，距花其实更远，在提倡饭都要快吃的时代里，哪能享有赏花的从容呢？

行翁《崇效寺》文说："那时候，略有闲心而住在内城的人，一年至少要到城外游两次：春末夏初牡丹开花的时候游崇效寺，是赏春；秋来芦花飘落的时候游陶然亭，是悲秋。"

行翁、邓云乡丈，都是曾经和我们在同样的时代里生活过的人。我们先前只是片面地把他们的回忆当作是人的怀旧；这一个春天里，我的身旁没有了老人，看着他们都看过的花，想着他们都想过的事，我突然意识到，他们的文章，其实都是在怀念一种已在现代气氛里消逝的生活的情趣。而与之类似的，不是在商品中得来的情趣，在现代生活里能找到多少呢？

本文选自《张中行往事》，内蒙古教育出版社，二〇一二年三月版

编
后
记

　　说起来与靳飞先生的相识首先要感谢"梅兰芳"。二〇二二年冬杪，正策划着"梅兰芳与上海"的展览，有幸得好友一舸引见结识。此前对靳先生的了解都是从书上来的，知道他是张中行先生的弟子，与京城众多文化老人交情甚笃，可能是这个原因，其文字自然带有民国范儿。除了作家身份之外，在戏剧、宗教、诗词、茶道方面也均有论著行世，特别于张伯驹、梅兰芳、冯耿光等人物极深研几，自出机杼，实在像极了他师尊辈那一代的文人。能结识这样一位人物，是我求之不得的。

　　因靳飞先生常住日本京都，那次未见到本尊。真正识得他"庐山"真貌，却是在半年之后他来上海参加中日文化交流活动之际。靳先生甫一到上海就约了我，聊的焦点自然是我心心念念的"梅兰芳与上海"。那天上午与其说是聊天，不如说是听课。那些早已接受的观点，被辨疑纠谬重新说出了新意；那些没有被关注的人和事，又被他从历史尘埃中钩沉稽古出来。

靳先生说得云淡风轻，但对我而言隐隐有着当头棒喝的意思。临别又赠我最新力作《冯耿光笔记》。此后，对于梅兰芳、梅党、民国京剧、京沪两地文化名人等我们都感兴趣的话题多有交流。虽然他异常忙碌地奔波在中日两国之间，却仍见他佳作频出，我也不断在书里重新认识他。

今年元月，靳先生忽然电话联系我说上海文汇出版社想给他出一本随笔集，希望我能帮他编这本书，随即将责编和我一起拉了个群。想着要为靳先生"作嫁衣"，也不知哪来的勇气，当即答应了。好在靳先生的作品量大，内容庞杂。根据出版社编选原则聚焦于文化、文史类随笔，而他写的此类文章最可观。于是先大致确定各单元主题、视野及方向，再根据选出来的文章，不断调整与琢磨。文章大部分发表于若朴堂公号上，还有一些散见于各种报纸杂志中，还多次与靳先生及其弟子沟通搜寻最新的文字。终于在大家的努力下，这件"嫁衣"的"料"准备得差不多了。

在这些文章中，有谈论戏曲、怀人忆旧、探索京都佛教历史和中日茶文化等内容，因此将之分成四辑。收入本书时，有些讲座、对话作了必要的校订。其中戏曲话题中比较重要的有谈《牡丹亭》的创作时代背景的多元文化，清末如皋水绘园家班情况，京剧音乐发展历程，谈日本歌舞伎、中国昆曲和京剧，还有聚焦梅兰芳与上海与梅党核心成员之间的文章。此前靳先生曾发表了《把上海搬到北京的梅兰芳》。该文主要是论述梅兰芳向上海学习，把上海风气搬到北京，带动起京剧"改良"的热潮。而新近的《梅兰芳与上海》一文由讲座文稿而来，将笔墨着重放在梅兰芳与上海这个城市之间，在此成名、定居并将京剧艺术传播到海外，并详细剖析了其背后近代历史、海派城市文化及梅党之间错综复杂的原因。该文可以看作是前文的后续，其价值在于首次对梅兰芳与其一生最重要的城市上海进行了全面阐释，研究了梅兰芳艺术与上海城市共生关系；同时梅兰芳在京沪两座城市之间往还，补充揭示他对于这两大都市的近现代文化发展，亦做出了不可磨灭的贡献。其实此类文章，还有不少，因限于篇幅，只能割舍了。

除了戏曲之外，靳先生念兹在兹的还有那些旧派新派文化人。彼时他为了给自己尊敬的行翁多发稿，宁可摔了出版社的铁饭碗。我为此曾击节叹赏，又心生怜惜。故这次特意多收了几篇他写师尊行翁的文章。除了写几位名人如冒辟疆先生、张伯驹先生、张中行先生、吴祖光先生、梁树年先生、波多野乾一先生、张永和先生外，又发现他早年写过好几位普通人，虽无波澜壮阔的人生履历，但一池春水的文字也颇可玩味。

京都是靳先生长期居住的城市之一，浓郁的佛教文化气氛与他闲雅从容的气质倒是非常吻合。他写过多篇关于京都佛寺的文章。每篇主题围绕一座寺院，几个人物娓娓道来，这些文章无疑为它们在日本佛教史、中日佛教交流史上的重要历史地位做了脚注。但是仅仅这些完全无法概括其文章丰富的内涵，因为分明我还在其中看到了日本中世以来的历史、文化、文学、戏剧等，他又将自己最新的研究思考融入其间，这些京都佛寺在靳先生笔下仿佛一座座重又鲜活了起来。在日本茶道的研究上，靳先生也用力甚勤，特撷取了三篇谈日本茶道集大成者千利休和现代茶道发展方向的文章，又与其新近写就谈北京茶事的文章并置，可以一探隐藏在表象背后的两种文化的根源和异同。另有一组写花的篇章，虽极短，但吃茶与看花放在一起倒也相映成趣。

这些文章虽然谈的都是过往，但当下读着依旧有某种特殊魅力，便如俞平伯先生说："往事如尘，回头一看，真有点儿像'旧时月色'了。"

在此要感谢王婷、耿直、高一丁、窦强诸位在此书图片和部分稿件查找、收集上给予很大帮助，也要感谢文汇出版社此丛书策划鱼丽老师与我的多次交流和指导，正因为有你们才使得此书能够顺利付梓。

而之于我，在拾取这抹月色中又看好戏，又赏美景，有佳茗可尝，有良师为伴，足慰平生。

二〇二五年五月六日写于沪西虹桥鉴亭

**图书在版编目(CIP)数据**

若朴堂札记 / 靳飞著. -- 上海：文汇出版社，
2025.8. --（聚学文丛 / 周伯军主编）. -- ISBN 978
- 7 - 5496 - 4567 - 1

Ⅰ. I267.1

中国国家版本馆 CIP 数据核字第 2025BH6070 号

---

（聚学文丛）

# 若朴堂札记

主　　编 / 周伯军
策　　划 / 鱼　丽
篆　　刻 / 茅子良

著　　者 / 靳　飞
责任编辑 / 鲍广丽
封面装帧 / 王　峥

出版发行 / 文匯出版社
　　　　　上海市威海路 755 号
　　　　　（邮政编码 200041）
经　　销 / 全国新华书店
排　　版 / 南京展望文化发展有限公司
印刷装订 / 上海颛辉印刷厂有限公司
版　　次 / 2025 年 8 月第 1 版
印　　次 / 2025 年 8 月第 1 次印刷
开　　本 / 889×1194　1/32
字　　数 / 240 千字
印　　张 / 10.625

ISBN 978 - 7 - 5496 - 4567 - 1
定　　价 / 68.00 元